有一种告白叫留白

Chen Jun
陈俊/著

中国文联出版社
http://www.clapnet.cn

图书在版编目（CIP）数据

有一种告白叫留白 / 陈俊著 . — 北京 : 中国文联出版社 ,2017.8（2025.4重印）

ISBN 978-7-5190-2985-2

Ⅰ . ①有… Ⅱ . ①陈… Ⅲ . ①中国文学–当代文学–作品综合集 Ⅳ . ① I217.2

中国版本图书馆 CIP 数据核字 (2017) 第 200620 号

有一种告白叫留白

著　　者：陈　俊

出 版 人：朱　庆

终 审 人：金　文　　复 审 人：王　军

责任编辑：郭　锋　　责任校对：王洪强

封面设计：凤凰树文化　　责任印制：陈　晨

出版发行：中国文联出版社

地　　址：北京市朝阳区农展馆南里 10 号，100125

电　　话：010–85923033（咨询）85923000（编务）85923020（邮购）

传　　真：010–85923000（总编室）　010–85923020（发行部）

网　　址：http://www.clapnet.cn　　http://www.claplus.cn

E-mail：clap@clapnet.cn　　guof@clapnet.cn

印　　刷：三河市宏顺兴印刷有限公司

装　　订：三河市宏顺兴印刷有限公司

法律顾问：北京天驰君泰律师事务所徐波律师

开　　本：700 × 1000　　1/16

字　　数：229 千字　　印　　张：14

版　　次：2017 年 11 月第 1 版　　印　　次：2025 年 4 月第 3 次印刷

书　　号：ISBN 978-7-5190-2985-2

定　　价：42.00 元

卷首语：我手写我心

一个偶然的机会结缘博客，从此乐此不疲，至今已整整十年。

年少的时候，喜欢写点什么，后来，由于兴趣转变吧——一度我疯狂地迷上了销售，以至于鄙视一切与金钱无关的东西，除了不得不写的工作总结之外，再没留下任何墨迹。如今，重拾旧爱，好比老房子着火，一发不可收。

之所以写博客，是出于一个朋友的建议，说这样可以把自己的感受记录下来。当时不以为然，觉得如果拥有一些美好的感觉，就独自一人享受好了，干吗要弄得沸沸扬扬恨不得满世界知晓呢？不写出来，难道自己的快乐会减少吗？就像闻到了桂花香，即便不告诉他人，那份甜香不是照样沁人心脾吗？

写了之后才发现，写作如同酿酒，闲来可以细细品尝，更可以长久回味，否则花香很容易随风飘散，而酒香不怕岁月深。这些年来，游了不少好地方，由于没有记录，大多淡忘了。前几年到桂林出差，东道主介绍阳朔很好玩，我就坐了四个小时船，到了之后才发现，原来之前我去桂林游玩时早已途经此地，只是没有记录下来，印象不深。所以，现在每到一处，如果有感觉，就会立刻记下当时的心境。游玩时心境无疑最重要，有些地方景致虽好，但心头愁云密布，根本无心赏景；相反，有些地方普普通通，但心情舒畅，江山变得如此多娇。

如今坐在电脑前，敲进喜欢的文字，常常独自发笑。我的写作精神是自娱自乐，我的文字只为娱乐自己。女为悦己者容，我为悦己而写。别人喜欢看，自然高兴；不爱看，也无所谓，原本就非为你而作，不喜欢也属正常。恰如主人做了一桌菜，本打算犒劳自己的，却有不速之客登门。喜欢吃，就坐下来一起享用，相逢何必曾相识；不喜欢，就扭头闪人吧，缘分的空间本就不是谁都可以停留的。有些文字只写给那些心意相通的灵魂。

我写文章好比京剧票友，兴致来了吼两嗓子，只图高兴，不为赚钱。说实话，很同情那些作家，尤其是以写作为主要谋生手段的作家。他们写东西只为迎合读者，根本谈不上自我娱乐。好端端的一件趣事硬是被庸俗化了，无异于焚琴煮鹤。目睹过一些作家的堕落，原先的作品隽永雅致，堪称阳春白雪，渐渐为金钱故沦落至粗鄙艳俗，不忍卒读。

我不认为他们一开始就自甘堕落，起初只是无奈地妥协吧。一旦发现妥协的益处，下一次就该自觉自愿地投怀送抱了。从偶尔的流落风尘到放浪形骸大抵只是个过程，没有谁生来就是个媚俗之人。

十年磨一剑，博客十年，收获颇丰。静心写作，心境越来越平和；十年写作，只有甜，没有酸、苦、辣，调味瓶完全掌握在自己手里，我的文字我做主，只留下一个“乐”字，乐不可支、乐不思蜀、乐而忘返、其乐无穷……

十年笔耕，硕果累累，林林总总写了近 300 篇文章，文字随时光恣意流淌。

从没想到自己会如此勤奋，或许，原因真的只有一个。

我乐，故我写；我手，写我心。

此番整理成集，算是十年写作的见证吧，希望邂逅心意相通的灵魂，于万千文字中，为之欣欣然。

目 录

» 笔随心至

» 闲侃杂谈

» 自得其乐

» 眉头心头

» 往事如烟

» 游山玩水

笔，比烟花寂寞

多年以前，天天离不开的朋友就是笔了。

刚上小学的时候，父母送给我一个新书包、一个新文具盒。打开文具盒一看，里面装着满满的铅笔和橡皮。

那时候的文具非常简陋，橡皮多半是白白的一个小方块，偶尔得到一块花花绿绿的香橡皮，便乐开了花，在课堂上嗅来嗅去的，引得周围小朋友垂涎不已。

倒是五颜六色、五彩缤纷的铅笔，为童年的读书时光增添了明亮的色彩。

我的铅笔盒里总是摆满了铅笔，那时铅笔的数量及样式成了孩子们炫耀的一个重要武器，如同今天的孩子炫耀他们的手机。

细想起来，那时候铅笔的样式真少得可怜，高级一点的就是顶端带橡皮的那种，但在那个物资匮乏的年代，已经足够引以为豪了，不少孩子甚至还用不起铅笔。班上有几个家境贫寒的同学，短短的铅笔头都不舍得扔，用硬纸板做个笔套，拿橡皮筋绑紧照样用，直到小小的手无法握住。

那会儿还没有自动铅笔，削铅笔成了每天的必修课。刚开始，总是父母帮我削，我一边看，一边学着自己削。父母总不让我削，可能担心削破手吧。童年的我十分英勇十分顽强，哪里有危险哪里就有我，不久就偷偷地学会了自己拿刀片削。父母一看没辙，只好买了个铅笔刨，这就安全多了。长大以后，当我开始用眉笔、唇线笔时，竟意外邂逅了似曾相识的小刨子，顿生诸多感慨。逝者如斯夫，总有一些东西会令我们瞬间穿越时光隧道回到从前。

童年时，有一种笔我最为喜欢——蜡笔。图画课时，我们尽情挥洒，可着劲儿地涂鸦。蜡笔的颜色有十几种，用得最多的是金黄色和红色——整天画向日葵和红太阳。我画的向日葵很饱满，圆圆的脸上还带着点笑模样，像足了一个生在新社会长在红旗下的幸福娃娃，得到了老师、同学、家长的一致好评。后来，看到凡·高画的向日葵，心里一惊，原来向日葵在有些人的笔下是这个样子——艳丽、热烈得让人着魔。

最讨厌的笔，当属毛笔了，尽管它雄踞文房四宝之首。罪魁祸首并非毛笔本身，而是与之相伴的墨汁味道太难闻。有些东西惹人生厌，不一定是自身的缘故，而是受到了与之关联事物的牵连。父母常禁止我和坏孩子一起玩，也是担心近墨者黑吧。

上中学时，开始用钢笔。铅笔除了作图时用用，基本上退居二线了。

钢笔可比铅笔难伺候多了，刚用时，时常弄得到处墨迹斑斑——手上、书本上，还有衣服上。好像在向全世界宣告——我，是个中学生了！

钢笔较贵，且不是易耗品，故不能像铅笔那样时常更新。买钢笔是件大事，由大人领着一起去买，挑自己心仪的颜色和款式，免得买回来不喜欢。

那一刻方发现选择是件多么残酷的事，鱼与熊掌不可兼得，问题是压根儿分不清谁是鱼谁是熊掌。熊掌究竟是粉红色的还是橘黄色的？就这样犹豫不决，就这样举棋不定，小小少年，小小烦恼。

灵机一动，恳请父母：要不买两支吧？老师经常让我帮着批改作业，要有一支用来灌红墨水。

哈哈，计谋得逞！看着文具盒里并排躺着的小粉红和小橘黄，得意之情溢于言表。后来语文课上学习《孟子·离娄下》时，还暗暗思忖，尽享齐人之福的快乐莫过如此吧？

我偏爱纯蓝墨水，尽管大家都说蓝黑的保留时间更长一些，但我只是写作业，又不是写史书，还想留墨百世怎么着？那种大海般的湛蓝，如婴儿的眼睛一样清澈，又似蓝天一般明净。现在我的衣柜里有很多蓝色色系的衣服，说不清是否缘于年少时留下的美好记忆。

哥哥上大学时，邻居送了他一支黑色钢笔——英雄牌金笔，笔尖是纯金的。我爱不释手，意欲占为己有，同时清醒地认识到：哥哥刚刚如获至宝，肯定不舍得马上送给我，还是等他先用一段时间再说吧。

不怕贼偷，就怕贼惦记，我就这样日复一日地惦记着、思念着。一学期结束，哥哥放假回家，我翻开他的书包，金笔还在。我一边捧着它赏玩一边偷眼看哥哥。可气的是，他半点送给我的意思也没有。看来他还没用够呢，我只好沮丧地把金笔放了回去。

又过了一学期，哥哥又放假了，金笔又回来了，我立刻又凑上去摆弄。终于，哥哥有所察觉，逗我说：想要吗？

我没好气地想：这还用问？不想要，我天天惦记它干吗？我怎么没翻你那些书本呢？但我只是用力地点点头。

你下次考第一名我就送给你。

我要赖：你要先送给我，我才能考第一名。

哥哥爽快地答应了。于是，我就真的拥有这支梦寐以求的金笔了。

金笔往文具盒里一放，顿时六宫粉黛无颜色。到底是金枝玉叶的公主，岂是那两个小小民女粉红、橘黄能比得了的？并非我喜新厌旧，而是金笔确实气宇轩昂。难怪在那个年代，笔曾经是身份的象征，上衣口袋里插着一两支钢笔的一看就知道是文化人，如同20世纪90年代初期手拎大哥大的一看就是大款。

打那以后，每逢考试，我一定非金笔不用。哥哥成绩特别优异，我坚信他的金笔也肯定会带给我好运。别说，还真挺神奇的，此后每次考试都名列前茅。有一次，考试前忘了给金笔灌墨水，只好临时改用其他笔，成绩还真有所退步。别怪我迷信，马良离了神笔不也资质平平吗？从此，考试前顶顶重要的一件事就是准备好金笔，犹如战士的钢枪。

金笔，一直伴随着我顺利考上大学，方功成身退。

高中毕业时，同学们互赠礼物，送得最多的是钢笔，收到最多的自然还是钢笔。看着琳琅满目的钢笔，仿佛听到了同学们诚挚的心声——多写信、常联系噢！

大学期间，没再买过任何钢笔，就用这一支支饱含友情的笔歌唱青春、畅谈理想、憧憬未来，当然，还完成了无数次的作业和考试。

工作后，已经流行用签字笔了，不用灌墨水，质量也不错，放在公文包里很安全，绝不会弄得到处都是墨水，所以很快习惯用签字笔了。

现在，我的笔筒里就站着七八支签字笔，几乎一模一样，仿佛克隆出来的。可惜缺少了个性与生机，这也正是一个少年人与中年人的差异吧？少年人棱角分明，个性张扬，最反感别人将自己与他人混淆；到了中年，方明白木秀于林风必摧之，最好平凡得掉进人堆里也辨不出，大隐于市，岂不安全？

至于个性，一个中年人如果还动辄被称作有个性，无疑是可悲的，简直就是情商低下的代名词。中庸之道，乃中年人崇尚的处世之道。

随着电脑的一天天普及，笔的用途越来越小，特别是办公自动化之后，经常连着好几天都不碰一次笔。笔，在我的记忆中默默淡去了。

这不，本篇写笔的文章也是用电脑写就的。笔，正在一步步地退出历史舞台。笔的巅峰时期，就这样悄然结束了。

如今的笔，似乎比烟花更寂寞。

这，不正是社会的进步吗？

超越时空的是宽容

前些日子，韩寒引发了一场文坛大师保卫战。他在公开场合对大师们予以否定——“冰心、巴金、茅盾等人的文笔很差，甚至完全没有办法看……”

着实吓了一跳，我可是读着这些大师的文字成长起来的。为了考证究竟是否由于当初年幼无知缺乏判断力，特意把《小橘灯》找出来重读了一遍。

从那时起，每逢春节，我就想起那盏小橘灯。十二年过去了，那小姑娘的爸爸一定早回来了。她妈妈也一定好了吧？因为我们大家都好了！

还是朗朗上口，寓意深刻，不至于“完全没有办法看”嘛。至于韩寒，我只知道有这么个作家，从未读过他的作品，因此不能做出评判，既然他有那么多粉丝，想必总有可取之处吧。

这场纷争，究竟是谁之过？

我们这代人吗？我们从小便开始拜读大师们的作品，无论是巴金的激流三部曲《家》《春》《秋》，还是茅盾的《子夜》，都曾无数次地感动并警醒着我们。我们已经从内心深处将他们奉为大师，虽斗转星移，仍痴心不改。

如今，韩寒的一席话挑战了人们的底线，是可忍孰不可忍？看看网上那些如潮的驳斥就知道，整整几代人都在怀念这些大师，为他们鸣不平，以至于不惜用辱骂的方式进行战斗，有人甚至希望把韩寒拉出去枪毙。

是韩寒错了吗？也不能这么说。毕竟喜欢谁不喜欢谁是一个人的权利，每个人都可以有自己的看法。伏尔泰多年前就阐明了一个值得尊崇的观点——“我可能不同意你说的每一个字，但我誓死捍卫你说话的权利。”

如果说，在这场是非中，一定有错的一方，我想应该是时间和空间吧，一切都是时空的错。我们和韩寒是两代人，在不同的环境中长大，不同的审美观也是代沟的一种具体体现。

别说韩寒不认同我们欣赏的某些东西，我们回头去看自己十年前、二十年前的至爱，有时也会哑然失笑。

20世纪80年代初期，刘晓庆和张金玲都是当红女星，那时候即便是明星也很贫穷。张金玲出国访问时，从北京电影厂借了一条白纱裙当礼服。不久，刘晓庆出国访问，实在找不出像样的衣服，只好也借这条白纱裙当礼服。老外不明就里，惊诧万分：“你们中国女演员是不是都很喜欢这种款式的裙子？”令刘晓庆哭笑不得，尴尬万分。

如今再看那条白纱裙，恐怕普通的女孩都会嫌它简陋、落伍，甚至难看，可在当时，不失为一件霓裳。这便是时间的魔法了。

那时，我最喜欢的女演员是李秀明，《孔雀公主》令我为之倾倒。有一期《大众电影》上的封面人物就是李秀明，动人的大眼睛、甜美的微笑，那本杂志我珍藏了很久。数年后，有次在电视上再看到这部老片，居然无动于衷，往日的痴迷与神往早已离我远去。这便是时间的无情了。

《幸运52》刚播出时，我每周四晚必守在电视机旁，目不转睛，不错过每个问题。当时看李咏是越看越顺眼，甚至觉得他的脸都长得恰到好处，短一分就与其身高不成比例了。现在偶尔看到这个节目，便毫不犹豫地换台。诸如此类的还有王小丫的《开心辞典》，更别说《正大综艺》《综艺大观》什么的。时间，还是时间的问题。

只是，面对这一系列无奈的变迁，我们是不是可以更宽容一些？

无论是刘晓庆还是张金玲，再看到那条白纱裙，产生的感觉应该只能是亲切，而不是嫌弃。正如我听到李秀明的名字，脑海中浮现的依然是那位美丽善良的七公主。至于《幸运52》《开心辞典》，我永远感激它们曾经带给我的欢乐时光。

想起去年的同学聚会。分别十余载的大学同学相会于同济，一草一木都备感亲切。游览校园时路过食堂，飘出的阵阵香味勾起了青春最美妙的记忆。

有人提议要重温食堂的红烧大排，众人纷纷附和。大排端上来了，众同学迫不及待地埋头品尝，又不约而同地抬起头，笑了。一切尽在不言中。时光在每个缝隙里都打下深深的烙印，连口味也不放过。

有个男同学带着儿子，在读小学，吃了一口，就冲他爸爸嚷道：这就是你经常说的大排？都嚼不动，比城市花园的牛排差远了！

大家看着孩子，再次笑了。笑容里满是宽容，对孩子，对大排。

90后的孩子当然有批评食堂大排的权利，我们不是没有，而是不忍心。因为懂得，所以慈悲。那曾经是我们青春圆舞曲中一段令人向往的乐章。

韩寒面对众人的愤怒，辩解道："你们的大师不是我的大师。"诚然，我们不能要求他像我们一样热爱大师、崇拜大师，正如他不能要求我们喜欢他的作品以及张扬的个性。

但，即便我们的大师不是他的大师，给予一份应有的宽容与尊重也不为过吧？比如说，直言有讳；比如说，口下留情；比如说，微笑不语，哪怕王顾左右而言他。这，是一种礼节、一种修养、一种胸襟、一种格局。敬人者，人恒敬之。

记得有首歌唱道："爱，还是不要说的好。"不喜欢，也还是不说为好。暗恋时，我们将炽热的情感埋在心里，为自己为他人留些空间；不喜欢时，我们是否也能轻藏于心，为自己、为他人留有余地？

同样，对于韩寒的出言不逊，我们这代人也应该保持一份宽容，人各有志，志各不同。荀子主张"君子贤而能容罢，知而能容愚，博而能容浅，粹而能容杂"。有人的地方就有江湖，有读者的地方就有书评，你喜欢鲍鱼龙虾，也不必把那个爱吃青椒土豆丝的家伙贬得一无是处。

人生如海，宽容做舟，泛舟于海，方知海之宽阔；人生如山，宽容为径，循径登山，方知山之高大；人生如歌，宽容是曲，和曲而歌，方知歌之动听。

面对喜欢的，我们尽可以青眼相加，尽可以赞不绝口，尽可以爱不释手，尽可以流连忘返。

面对不喜欢的，我们可否宽容地付之一笑，然后静静地离去？挥挥手不带走一片云彩，微微笑不留下一句恶评。

如果说，这世上有种东西能够超越时空，那一定是宽容。

乏味才幸福

晚上看书，读到孟德斯鸠的一句话“那种历史记录读来乏味的国家是幸福的”，颇有同感。

纵观国际历史，但凡闻名遐迩的时代大多不平静，无论是罗马帝国时代还是春秋战国时期，无论是法国的拿破仑王朝还是德国的希特勒时代，无论是三国鼎立还是满清入关，每一个惊心动魄的时刻，都写满了亿万民众的灾难。凭君莫话封侯事，一将功成万骨枯。战争只是霸权主义者的游戏，他们为了利益、为了强权而战，遭殃的却是无辜百姓，可怜白骨攒孤冢，尽为将军觅战功。

以前上历史课时，最喜欢听老师说这个朝代没啥好讲的。没发生过什么大事，也就意味着不需要去背诵那些麻烦的年代和人物名称。我非常希望我所处的年代在若干年后也能被历史老师轻描淡写地一带而过，因为没啥好讲的，没有战争，没有灾祸，平淡乏味。乏味才幸福。

女儿初中时迷上了穿越文，我也跟着胡乱看了几篇，发现大多是穿越到清朝的。清朝有的是故事，情节跌宕起伏，众皇子为夺位而引发一次又一次的宫廷政变。没有故事的年代虽不为后人青睐，却堪称当代人之万幸。

老子提倡无为而治，主张治大国若烹小鲜，劝诫统治者治理大国应当像煮小鱼一样，不能随意去搅扰它，否则小鱼就残碎了。统治者无为，则百姓有为；统治者有为，则百姓倒霉。真正伟大的政治家，应该懂得让自己变得平庸无为，这样才能确保百姓幸福安乐。动辄劳民伤财，势必民不聊生，统治者也必将灭亡。皮之不存，毛将焉附？当年政府提出“不折腾”的时候，相信全国人民都松了口气。

曾经有一位诺贝尔经济学奖获得者评价克林顿政府的贡献，他坦言：“看在克林顿没有做过什么事的分上，给他打个 8 分吧。”的确，克林顿除了折腾出一起莱温斯基事件外，确实没什么翻天覆地的壮举，但美国经济却获得了复苏与持续增长，这值得所有自以为是的政治家深思。

国如此，家又何尝不是呢？乏味国家的人民是幸福的，乏味家庭的孩子也是快乐的。他们生活在父母的关爱中，尽享亲情的温馨。一旦有些夫妻不甘寂寞，可怜的永远是孩子，在家庭风暴中战战兢兢，没有一丝安全感。前不久，本市一个 13 岁女孩跳楼自杀，就因为父母整天争吵不休。那一天，夫妻俩又在吵骂，女孩走过去对他们说："你们要是再吵，我就去跳楼。"夫妻俩没有理会，没想到孩子真的走了绝路。

有些人的一生就像一部惊险小说，大起大落，大喜大悲，每一个章回都充满了戏剧性。戴安娜王妃，自嫁入王室后即牵动世人目光 16 载，最终以悲剧收场。她离婚后接受记者采访时说，向往以后能过上一种普通人的正常生活。

不少女孩子梦想拥有酣畅淋漓的爱情，宁愿轰轰烈烈爱一次，也不愿平平淡淡过一生，渴望对方关注她的一颦一笑、一举一动，甘愿为她生为她死。每每遇到这样的女孩，我都止不住感叹，年轻不是过错，但年轻人经常犯错。平淡的爱情有什么不好？恬静从容，幽美雅致，细水长流。那些浓烈的爱情，往往因爱生恨，爱之愈深，恨之愈切，最终沦为怨偶，不是劳燕分飞便是你死我活。烈酒给人激情，却也让人丧失理智，真正有益无害的唯有白开水，波澜不惊，却延年益寿。

我向来不看好惊天动地的爱恨情仇，也不向往波澜壮阔的雄伟人生。我宁可过一种平淡的生活，庸常甚至乏味，却不失安宁祥和。我渴望我的一生这样度过：没有战争、没有地震、没有饥荒，该读书时读书，该结婚时结婚，该生子时生子，该退休时退休，该老死时老死。当回首往事时，不因风云变幻而后怕，更不因碌碌无为而羞愧。有什么可羞愧的呢？许多有大作为的人都是以牺牲他人利益为代价，哪一个功成名就的君王背后不是尸横遍野呢？哪一个富甲一方的老板背后不曾倒下了无数倒霉的员工？将军夸宝剑，功在杀人多。那些看似华美的袍子常常爬满了蚤子，如此，我宁愿要一件干净的纯棉衣衫，简单朴素，却柔软舒适。

乏味，才是经久不衰的幸福。

好一片绚丽的油菜花

阳春三月，出差也变得心旷神怡，可以将沿途连绵不绝的油菜花尽收眼底。春风袭来，跌宕起伏，流金溢彩，绚丽夺目。打开车窗，花香醉人，惬意非常。农家春色深几许，最是村头油菜花。

油菜花有两大特点。一是颜色，凌寒冒雪几经霜，一沐春风万顷黄。与众不同的金黄，拥有了太阳的颜色，所以显得朝气蓬勃，热烈奔放，生机盎然。二是数量，观赏油菜花，一定要看成片成片的，一望无际，波澜壮阔。零星几株太过孤单，不像深谷幽兰，一株已然惊心动魄；更不似娇艳玫瑰，一朵足以扣动心扉。油菜花讲究的是团结，铺天盖地方显气势磅礴。

油菜花是百花中的草根一族。如果说，造物主制作牡丹采用的是精雕细琢，那么，制作油菜花一定是泼墨般的大手笔，这才有了轰轰烈烈、摄人心魄的壮观与震撼。

油菜花的生命力极强。花开季节，适逢早春，春寒料峭，三月飘雪时有发生，油菜花虽经风霜历雨雪仍热情绽放。尤其令人感动的是，田埂上、小道边，甚至农家小院的墙缝屋角，都能看到它们怒放的生命。虽是无意间落下的种子，照样茁壮成长，没有自怨自艾，更没有自暴自弃。

油菜花是平凡的，不像牡丹玫瑰兰花，每一品种均有独特的名字与习性，而油菜花只有一个统称。游人欣赏油菜花，大多站在远处眺望，很少有人走到田里，轻嗅其芬芳。但它们毫不在意，依旧欣欣向荣，默默无闻地孕育着沉甸甸的菜籽。

油菜花是农民的致富花、幸福花。种子可以榨油，是最健康、最安全的油，嫩茎和叶子是绝对的绿色食品。据说乾隆曾为油菜花写过一首诗：“黄萼裳裳绿叶稠，千村欣卜榨新油。爱他生计资民用，不是闲花野草流。”有些花开，只为美丽，而油菜花开，却预示着丰收和喜悦；有些花谢，空留惆怅，而油菜花谢，却令人透过黝黑的菜籽感知生命的延续。映带斜阳金满眼，英残骨碎籽犹香。现在网络上将“有才华”戏称为油菜花，可不，油菜花不仅具有观赏价值，更富有深刻的内涵。

看到油菜花，不禁联想起城市里的一群人。无论是建筑工地，还是菜市场、家政业，抑或街头巷尾，均可见到他们奔波的身影，在为城市的繁荣日复一日地劳碌。我们不知道他们姓甚名谁，只统称他们为农民工。

农民工的生命力很旺盛，我们从没有在健身房、体育场上见过他们，但他们比城里人更健康、更强壮。他们提倡团结互助，抱团打天下，一人有难，百人援手，不像城里人，即便邻里之间也老死不相往来。

农民工是平凡的，平凡到我们从没有尝试过走近他们、了解他们；农民工是伟大的，伟大到城市已经离不开他们，否则将变得肮脏无比、混乱不堪。就像这个春天，少了一朵白玉兰，谁都不会发觉，假如不再有漫山遍野的油菜花，农民必将损失惨重。农民的春天，是属于油菜花的，就像城市的军功章，农民工应该是当之无愧的得主。

消沉低落的时候，就去郊外吧，沐浴在赏心悦目的油菜花世界里。无拘无束、朴实无华的油菜花会将所有的烦恼和浮躁涤荡一净。金黄绚丽的油菜花，会将人的心情，也染得金灿灿、明亮亮的。

怨天尤人的时候，就想想农民工吧，看看他们的处境，就会发现生活是如何厚待我们。出生在农村并非他们的错，没有受过良好的教育更非他们的错，难能可贵的是他们没有抱怨，没有放弃，甚至没有仇富，反而来到城市里帮工，解决城里人的后顾之忧。相比之下，我们又为这座城市乃至这个社会做了些什么呢？我们当真那么“油菜花”吗？也许只不过是孤芳自赏而已。

油菜花低微，却并不卑贱；农民工平凡，却不失伟大。

老天爱笨小孩

一直不喜欢与笨人打交道，太费劲。笨人要么记性差，什么话都得反复叮嘱，还未必记得住；要么就是理解能力差，车轱辘话来回说，好不容易弄明白了，第二天又犯糊涂，得从头再开始交代。能不嫌烦吗？

以前单位有个小孩，笨兮兮的，最大的毛病是记性差，总是记不住单位的车牌号，每次跟客户都说错，耽误了不少事。有一次，他在车上接到一个电话，对方告诉他饭店包厢号，他重复了三遍，全车人都记住了，就他记不住，真没辙。

看《射雕英雄传》，非常理解黄老邪为啥不喜欢郭靖。妻子女儿都冰雪聪明，老友洪七公、一灯大师智慧超群，对手欧阳锋老奸巨猾，几个徒弟也都机敏过人，这辈子几乎从未和笨人打过交道。是故，他看到郭靖都觉得不可思议，天底下竟然有这样的傻小子？

不喜欢笨人，因为他们缺少幽默感。理解能力差嘛，别人讲个笑话还得琢磨半天，搞不清楚笑点在哪里。

一群动物逃亡途中经过一条河，由于超载，船必须要减重。大家商量后决定，每个动物讲一个笑话，如果大家都笑了，它便不用跳到水中。猴子第一个开始讲，大家都乐了，唯有猪没乐，猴子只得扑通跳下水。第二个是鹿，猪也没乐，鹿也西去了……第五个到羊了，它刚要讲，猪乐了："哈哈，猴子讲得太逗乐了。"瞧瞧，反应就这么慢，还怎么一起愉快地聊天呢？

前不久去内蒙古旅游，遇到一个二十出头的小导游，不是一般笨啊。恰逢暑假，很多家长带孩子出游，上车后，导游开始数学生证，门票可以半价。数了几个后，有游客咨询中午吃饭的事，导游答后，忘记数到哪儿了，只得从头开始数。过了会儿，有人问晚上住宿的事，他答后又忘记数哪儿了。大家哄堂大笑，他在笑声中又从头开始数。有一个小孩在睡觉，睡得迷迷瞪瞪的，被笑声吵醒后惊奇地问："数啥呢？"导游说："学生证。"得，又忘了。他来来回回数了四五遍还没数完。车上游客乐坏了，尤其是那些孩子。有人实在看不下去了，自告奋勇地帮他统计。

突然，他想起件事要通知大家，拿起话筒，好不容易让全车老少安静下来："我想起来了，要嘱咐你们一件事。"大家都望着他，等待下文。然后，就没有然后了，他忘了到底要嘱咐什么事。全车人笑疯了，他也讪讪地跟着笑，说等想起来再通知。直到下车也没想起来。

印象中的导游都能说会道，巧舌如簧，谈笑间令游客钱包灰飞烟灭，像这样傻兮兮的真是另类，简直是异类。游客都在善意地笑，全然没有了任何戒备心。不像以前，导游每提出一个建议，我们都要在脑海里飞快地思索，会不会又是一个圈套。

途中路过一个土特产超市，他号召我们去买，说后面路上没有超市了。大家一哄而上，明知道这家超市东西比较贵，但为了支持导游工作，还是愉快地上当受骗。

我之前还隐约担心，这么笨的导游可怎么生存下去呢？现在觉得大可不必了。闲聊时一问，原来他入行已经 4 年，俨然一名资深导游，的确是杞人忧天了。

想起曾国藩和小偷背书的一段轶事。可最终呢，成功的是有点呆笨的曾国藩，而不是聪明的小偷。郭靖最终的成就也超越了黄老邪，成为众人敬仰的武林民族英雄。之前单位的那个傻小孩，人缘特好，年年被评为先进个人。就说那个笑话里的小猪吧，傻傻的有什么不好呢？别的动物都接二连三跳下水淹死了，它还妥妥地留在船上安然无恙，哪里是什么蠢猪，分明是扮猪吃老虎。

廖一梅是特立独行的剧坛才女，继《恋爱的犀牛》《悲观主义的花朵》之后，又推出最新图文集——《像我这样笨拙地生活》。笨拙，也是一种返璞归真吧，大脑袋有大智慧，也有大烦恼，时常聪明反被聪明误；而笨小孩，自知天资不够，便格外用心，以勤补拙。功夫不负有心人，不仅最终也能取得成功，而且因为没那么多心机，更容易找到单纯的快乐。

想起刘德华的一首老歌——《笨小孩》，笨小孩总是慢人家一拍，但依然坚强得像石头一块，总会勇敢站起来。别担心，一切的一切，老天自有安排。

因为，老天爱笨小孩。

世人又何尝不爱呢？

卖西瓜的小男孩

那天下班，准备买个西瓜回家。

我一向不善挑西瓜，正看得眼花缭乱，只听到一个小小的声音：“阿姨，买我家的西瓜吧，不甜不要钱。”

扭头一看，是个 10 岁左右的小男孩，头发短短的，脸晒得黝黑，正用期盼的眼睛看着我。

我看看他家的西瓜，样子还不错，瓜蒂上挂着几片绿叶，像是刚摘下来不久，透着新鲜劲儿。

“你会挑瓜吗？”我有点不太信任他，城里这么小的孩子还什么活都不会干呢。

“当然会！”他一边回答一边腼腆地笑笑，白白的牙齿在黑黑的脸蛋上一闪一闪的，格外耀眼。

“那就挑一个沙瓤的吧。”

他很兴奋，开始认真地帮我选瓜，拍拍这个，再拍拍那个，终于选好了一个。一称，15 斤，我嫌重，还得拎着它爬楼呢。但看到小男孩脸上荡漾的笑意，我掏出钱。他熟练地找给我零钱。

“就你一个人来卖西瓜？家里大人呢？”我有点奇怪，别人家都是夫妻俩来卖西瓜。

“我妈帮人送西瓜去了。阿姨，你要是买三个，我帮你送。”

“三个？你拎得动？得爬好几层楼呢。”

他不屑地撇撇嘴：“别说三个，一麻袋装四个我都背得动。”

忽然有些感动，对这个卖西瓜的小男孩，虽素不相识，却有种怜惜。这个岁数的孩子，倘若在城里，还依偎在父母身边撒娇呢。这个男孩，已经挑起了生活的重担，过早地品尝到生活的艰辛。

后来又买了几次西瓜，见到了他妈妈，应该只有三十来岁，但看上去苍老、憔悴，她自己开着拖拉机来的。别人家，一般都是男人开拖拉机，女人负责收钱，如果要送瓜，多半也是男人去送。不知这男孩的父亲怎么了，但愿只是在家里忙农活吧。

男孩很懂事，渴了，就喝玻璃瓶里的水，估计是从家里带来的，我从未见过他吃任何冷饮。

不知怎么，每次见到这个男孩，都会想起一个人——少年闰土。他也像闰土一样晚上去碧绿的西瓜地里看西瓜吗？长大以后，也会变成一个“懂事”的中年闰土吗？似乎能够理解鲁迅先生写那篇文章时的心情了，辛苦、贫困会让一个原本活泼泼的少年变得麻木、凄惶。

随之，那段记者和放羊娃的经典对话蹦进脑海。“你为什么放羊？”“挣钱。”“挣钱干什么？”“娶媳妇。”“娶媳妇干什么？”“生娃”。“生娃干什么？”“放羊。”一时间引为笑谈。

如果说人生中有什么是自己不能选择的，那一定是出身。且不说投生到王公贵族家里是何等气派，就是投生到城市一般工薪阶层家里，境况也会完全两样。

人与人之间的差别，应该从出生那天就开始形成了。佛说，只能修来世，是不是这个意思？今生已然成为定局，只有来世可以期待。

转而否定了自己，太消极了！王侯将相，宁有种乎？无数出身卑微的英雄豪杰通过自身的努力，照样功成名就、位极人臣，尽管他们比常人经受了更多的坎坷与磨难，正所谓英雄莫问出身。反之，多少家庭优越的纨绔子弟最终将祖上产业挥霍一空，只落得穷困潦倒、落魄悲凉。

最近有家公司出了一件事，令人痛惜，发人深省。一个男博士，80后，在单位是部门经理，月薪丰厚，前程似锦。男博士后来和单位一女同事关系暧昧，女同事逼他离婚再娶，男博士没有同意。女同事恐吓说要去告诉其妻，再告诉领导同事，总之让他身败名裂。男博士不知如何是好，想了两天，留下封遗书，跳楼自杀了。

众人皆叹：人生过于顺畅，未必是件好事。一旦有风吹草动，顷刻间土崩瓦解，倒是那种从小吃惯苦的，更能够坦然面对逆境与突发事件。

再次想起那段经典对白。

换成博士又如何？“你为什么读博士？”“找份好工作，挣大钱。”“挣钱干什么？”“娶妻。”“娶妻干什么？”“生子”。“生子干什么？”“读书，读博士。”

再换换呢？“你为什么当官？”“挣大钱。”“挣钱干什么？”“娶妻。”“娶妻干什么？”“生子”。“生子干什么？”“当官，当大官。”

我们只不过是一群城市里的放羊娃而已，过着另一种轮回的日子，从中谋取的快乐远不及放羊娃的纯粹与洁净，有什么理由和资格去恣意嘲笑别人呢？

这个卖西瓜的男孩将来如何，我不敢妄加猜测。有一点可以肯定，他的生存能力一定很强，心态一定很好，用眼下流行的一个词，就是抗击打能力强。苦难是一笔财富，阳光总在风雨后，他会比蜜罐里泡大的孩子更懂得珍惜——珍惜金钱、珍惜幸福、珍惜生命。

前天路过那个西瓜摊，没看到小男孩，看到了他妈妈和一个男人，一定是小男孩的爸爸，父子俩长得很像。他父亲的腿上缠着绷带，想必前段日子摔伤了在家休息。心里暗暗松口气，还好，小男孩的境遇不至于那么不幸。

这么说，小男孩以后不用出来帮忙卖西瓜了，于他而言，是件好事，可以利用暑假尽情地玩耍。只是，可能以后再也见不到他了。

他挑的西瓜，真的很甜。笑的样子，也很可爱。

伞，绽如花开

（一）

伞有性别吗？

如果有，应该是“她”吧。五颜六色的外表，形状各异的造型，似乎只有女性肯对自己的容颜、体态如此用心。

女性用伞的机会也远远多于男性，烟雨蒙蒙的雨季、骄阳似火的夏季，伞成了女人离不开的一个好友。

从随身携带的伞上可以窥见女主人的个性：普普通通的伞，主人是随和的女性；玲珑别致的伞，主人是细腻的女性——我见过一个女孩，夏天的遮阳伞与衣服的颜色从来都是精心搭配的；假如进进出出用的都是某某企业的广告伞，则大致是个节俭且大意的女子。

（二）

多年前，伞的性别应该是“他”。

彼时的油纸伞，笨重、厚实，是契诃夫笔下套中人手中不可或缺的道具，勃朗特三姐妹笔下的英国乡绅手中也不乏此物。

小时候最怕下雨，撑不动那厚重的雨伞，时常担心会夹到手指。出门时还好办，由大人帮着撑开，放学时便心存惶恐。故童年对雨天实在不存多少好感，当然，也因了无法外出玩耍的缘故。

后来有了自动伞，便免去了诸多困扰。慢慢地开始喜欢雨天，尤其是那种细雨绵绵又不用外出的日子。

只是，当台风登陆，平素漂亮娇俏的花伞在狂风骤雨中飘摇不定时，会无比思念厚重的油伞。只有在油伞的庇护下，方有勇气纵声高呼：让暴风雨来得更猛烈些吧！

人亦同伞。有些木讷之人，关键时候却坚如磐石；有些人，虽有玲珑剔透之心，却始终不知忠诚为何物。

风轻云淡的日子，我们喜欢靓丽的花伞在身边轻旋低吟；待到黑云压城城欲摧，我们期盼油伞强有力的呵护。

（三）

人们常称，大人物的关照为保护伞。保护伞完好无缺时，熠熠生辉，普天同照。伞下的人们头顶光环，面带得色，昂昂然不可一世。

保护伞倒了，伞下之人仓皇逃窜，树倒猢狲散，大难来临各自飞。得道之时鸡犬升天，落魄之际鸡飞狗跳。彼时多痛快，现时多痛苦，应了江湖上的潜规则——出来混，迟早要还的。

再强大的保护伞终究不过只是一把伞而已。每次打开电脑，都能看到瑞星杀毒软件的小绿伞昂首挺胸，可是在诸多新型病毒面前也只会耷拉着脑袋。

既然世事难料，就选择低调吧。当初在伞下的时候不那么招摇，失去伞的时候便不觉得丧魂落魄。

（四）

伞有籍贯吗？

如果有，应该是“南方”吧。

前几年去湘西凤凰古城开会，闲暇时几个同事泛舟沱江，两岸景色秀美如画，不觉心生感叹，只有这方灵杰之地才能培育出沈从文、黄永玉这样的大师。正神游于小翠成长的边城里，忽见三三两两的女人在岸边洗涮，有的洗床单，有的洗衣服，还有的在洗雨伞。

一个北方男同事的眼珠都快掉下来了，重现刚才看到美丽村姑时的表情，只不过刚才是惊艳，此番则是惊诧。

“伞，也需要洗吗？南方人有洁癖吧？”

同船一杭州女子用微笑传递了道不同不相为谋的居高临下，悠悠地说，以前西湖边也常常有人洗伞的。

南方雨季较长，很多东西容易发霉，包括雨伞。雨季用过的伞，看起来是晾干了，但干得不透彻，极易生霉，要趁天晴的时候拿出来洗洗，暴晒之后再收藏起来。

十里不同俗，百里不同风，北方人自是难解其间之奥秘。

（五）

相比之下，南方人与雨伞的亲密接触要远胜于北方人，从湿漉漉的梅雨天到热辣辣的三伏天，从淅淅沥沥的春雨到清清冷冷的冬雨。

在南方的旅游点，大都能见到卖伞的，那种古装戏里的花纸伞，赤橙黄绿青蓝紫，尽显缤纷妖娆。

倘若在西湖边买下粉红色的纸伞，在伞下漫步白堤，才子佳人的感觉便会扑面而来，或许隐约中还会听到许仙轻唤娘子的声音。

景点中最多的还是各式各样的儿童伞，唐老鸭、米老鼠，还有小熊猫，煞是可爱，有孩子的家庭中便多出许多栩栩如生的伞精灵。

看过一场表演——伞之舞。无数把伞汇集在一起，顿成伞的海洋，伞的世界。小小的伞被赋予了巨大的力量，集腋成裘般，蔚为大观。

（六）

伞有年龄吗？

如果有，应该是“花季少女”吧。

曾经非常钟爱一把伞，蓝色的伞面上散着点点安静、雅致的白花，似盛开在田野上的雏菊，陌上花开，可缓缓归矣。于细雨中漫步，似一朵朵跳跃的浪花；于阳光下徜徉，似蓝天上的朵朵白云。

可惜搬家时弄丢了，记得带着的，却怎么也找不着。后来陆续买过几把蓝色的伞，皆无法找回当初的心仪感觉。

有一天，因为找一本书，打开一个尘封已久的箱子，那把伞赫然躺在里面。哦，想起来了，搬家时看到箱子里还有空隙，便随手放了进去。

急急打开伞，点点白花已成一片黄花，斑驳得不忍细看。都说人老珠黄，原来伞老了也同样容颜不再。多可惜，最好的花样年华埋没在了黑暗暗的箱子里。是玫瑰总会开花的，可一旦错过了花期呢？是金子总会发光的，谁又知道埋在地下的金子究竟有多少？

我看着伞，微微叹息。

（七）

伞有婚姻状况吗？

如果有，应该是“待字闺中”吧，却正在甜蜜地恋爱。

恋爱中的人儿尤其向往雨天，可以毫无顾忌地躲在伞下紧紧相依，一把雨伞便令外界的喧嚣戛然而止。两个人的世界里只容下彼此的目光，还有滴滴答答的雨声，像美妙的音乐，伴奏出一曲爱的浪漫。心思，藏在了雨伞深处。

雨，慢慢滴；伞，静静开；情，渐渐浓。

钱钟书先生说借书的妙处就在于一借一还两次机会，借伞又何尝不是呢？有心人会专挑阴天去拜访对方，创造人不留天留的际遇，不但可以坦然留下，更可以促膝长谈，反正，外面正下着雨呢。就算离开，也要借上一把伞，下次还可以登门还伞。

（八）

过去伞坏了会专门有人修，天晴的时候，巷子里时常传来修伞师傅的吆喝声，家家户户便忙不迭地找出那些伤残之伞。渐渐地，生活条件改善，坏了的伞直接丢掉，换新的了。

有点像婚姻。以前离婚手续远比现在繁杂，单位证明、街道证明，还有如影随形的邻里议论、亲人规劝。许多夫妻知难而退，磕磕碰碰熬过了一生，凑合成了金婚者也大有人在。

现在再没有诸多约束，一段破损的感情便懒得修补，直接丢弃成了最简单的选择。

外面的世界很精彩，手中的旧伞很无奈。补，还是不补？丢，还是不丢？无疑是个难题。

丢，很容易。再买一把新伞，也很容易。只是，新伞又能用多久呢？

（九）

伞，有职业吗？

如果有，应该是“职员”吧。

以前的伞，在家庭中拥有相当的地位，一旦丢失，务必要赶紧找回来。粗心的小男生丢在课桌下面的伞，往往寂寞不了多久，便会被小主人的父母拽着其耳朵连夜找回去了。

现在的伞，早已称不上贵重物品，出租车、饭店、会场、教室……时常可见神情落寞的伞，孤零零地躺在那里，如同一个被老板炒了鱿鱼的倒霉鬼。

伞，用的时候张得越大越好，不用的时候，静静地缩在角落，以不占地方为佳，于是有人发明了折叠伞。

职员的最高境界莫不如此。有利用价值时，鞠躬尽瘁，任劳任怨；失去价值后，应急速隐退，瞬间蒸发，万万不可在公司枉占席位，更不要在老板面前晃来晃去。

普通的伞，几十元即可，如基层员工。也有价格高的，据说韩国进口的遮阳伞防紫外线功效特好，区区一把小伞卖到好几百，有点像高薪引进的人才。只不知，这些伞真能挡住紫外线，令肌肤白里透红与众不同吗？

喜欢美丽的伞，因而喜欢每一个雨天、每一个晴天。

喜欢雨天，细雨中翻飞起伞的浪花，活泼地跳跃在雨的怀抱中。

喜欢晴天，阳光下盛开成伞的花园，每一把伞，绽如花开。

无人能逃单相思

纵观大千世界，芸芸众生，似乎无人能逃脱单相思。

当然，这里所说的单相思，并不特指男女之间狭义的情感，还涵盖了方方面面的情形。大到民俗文化、生活方式、做人原则，小到饮食习惯、衣服饰物、颜色偏好，五花八门，千奇百怪。

民以食为天，饮食上的单相思最为普遍，症状便是将自己喜欢吃的食物一味地推销给别人。我以前有个老板，湖南人，最喜欢吃臭豆腐，还美其名曰“千里飘香”。一提及便两眼发光、垂涎三尺，每次请客更是保留节目，还十分好客地礼让再三，逐一端到每个人面前。可惜所到之处，皆掩鼻扭头。西方有句谚语，一个人的美味佳肴也许是另一个人的穿肠毒药。瞧见没有？毒药耶。只有皇帝才有资格请人吃毒药吧？久而久之，只要老板发动请客，同事皆以种种借口落荒而逃。此乃典型的饮食单相思。

衣食住行，除了饮食，着装及装扮上的单相思也颇严重，大多出于长辈对晚辈的管制。几乎所有的少女都会为衣服款式和母亲赌气，所有的少年都会为头发长短和父亲反目。为什么说是少年人呢？因为儿童太小，尚缺乏美丽和潇洒的概念，只知专心致志地玩耍，父母让穿啥就穿啥。忽如一夜春风来，千树万树梨花开，一觉醒来，青春在向自己拼命地招手。于是乎，陡感自己眼睛太小了，皮肤也不够白净，身材不是胖了就是瘦了，据说世界上90%以上的人对自己的相貌心存不满。君不见，众多男女明星，在我等看来，已属仙女下凡、潘安再世了，可人家偏要百尺竿头更进一步，意图精益求精、白璧无瑕，不在韩国，就在去韩国的路上，痛并快乐着。

有个年轻的女同事，服装总是领导公司新潮流，别的女孩莫不对她前卫的审美观佩服得五体投地。她扬扬得意地泄露天机，全都仰仗老妈的劳苦功高。每次买衣服她都盛情邀请老妈前往，同事们纷纷羡慕她们母女之间竟然毫无代沟，不料她狡黠一笑："凡老妈赞不绝口的衣服那是万万不能买的；老妈说马马虎虎的，也别轻举妄动；一旦遇到老妈嗤之以鼻的，嗨嗨，买了保证没错，屡试不爽噢。"

好熟悉的理论，凡是老妈反对的就是我们拥护的。老妈啥时候一不小心就沦为了敌人？就在少女第一次与母亲为了衣服而争执的花季吧。

居住方面亦不例外，同样存在单相思。乡下孩子考取大学，毕业后留在城市，住进了高楼大厦，用上了现代设施。孝顺的儿女便想让含辛茹苦的父母进城来享受享受，生拉硬拽地将爹娘接到城里。不料年迈的父母并未露出想象中开心的笑容，反而显得拘谨和不知所措。他们害怕站在阳台上晾衣服，看着楼下小小的人影，两股战战，几欲摔倒。他们害怕煤气灶，害怕微波炉，害怕光洁明净的地砖，如履薄冰……可怜的老父母心惊胆战，惶惶不可终日，生怕弄坏了这些价值连城的宝贝。于是他们小心翼翼地提出回家。儿女们觉得爹娘不可理喻，放着好日子不过。殊不知，儿女眼中的神仙日子于老人们而言只意味着不自在，就像《白马啸西风》里李文秀常说的一句话："那都是很好很好的，可是我偏不喜欢。"

父母与子女如此，夫妻之间就更加有过之而无不及了。有一对夫妻，新婚燕尔，感情浓得如同深秋的暮霭，怎么也化不开。后来，丈夫忽然爱上了周星驰的喜剧片，找来无数的光盘，让妻子陪着他没日没夜地看。他笑得前仰后合，妻子却觉得庸俗无聊，心中暗忖，怎么早没看出该君品位如此之低？他对妻子的冷漠也颇有微词，一点幽默感都没有，往后的几十年该多么无趣呀。小两口的摩擦不断升级，直至演变成一场战争。谁之过？"那都是很好很好的，可是我偏不喜欢。"

说到《白马啸西风》，不由得想起另一种单相思——文化的单相思。唐太宗贞观年间，高昌是西域大国，唐朝派使者到高昌，要他们遵守汉人的规矩。高昌国王对使者说："你们是雄鹰，在天上飞，我们是野鸡，躲在草丛之中；你们是猫，在厅堂上走来走去，我们是小鼠，躲在洞里啾啾地叫。大家各过各的日子，为什么一定要强迫我们遵守汉人的习俗呢？"唐太宗以为，高昌国王这么说，是不了解中华文明的好处，于是赐了大批汉人的书籍、衣服、乐器给高昌。高昌人私下说：“野鸡不能学鹰飞，小鼠不能学猫叫，你们汉人的东西再好，我们也不喜欢。”唐太宗非常愤怒，认为他们野蛮，不服汉化，决定派军讨伐。这便是不折不扣的单相思了。

人上一百，形形色色，正因如此，生活才丰富多彩。一枝独秀不是春，百花齐放春满园。如果世上只有一种花，即便是玫瑰，也会不觉其娇艳；如果世上只有一座山，即便是黄山，也会难察其秀美；如果世上只有一种食物，即便是鲍鱼，也会失去其鲜美；如果世上只有一个季节，即便是春天，也会变得索然无味。更不能想象世上只有一本书、一部电影、一首歌曲、一种色彩……世界将变得多么可怕。

只是，纵观我们周围，上至达官贵人，下至贩夫走卒，几乎无人能逃单相思。就让我们默默地守住这份单相思，守住自己的爱好、习惯、理念、文化。嘘，千万别去打扰别人，即使你认为那些好东西能带给对方更多的快乐。子非君，安知君之乐？

身为父母，请给孩子更广阔的空间。儿孙自有儿孙福，你怎么就知道将来的社会需要什么样的人才呢？斗转星移，世事难料，昨日的内敛早在今日的张扬面前束手就擒，昔日号称学好数理化走遍天下都不怕的莘莘学子有多少赋闲家中，英雄无用武之地；而当年选了文科的同学却一路过关斩将，顺顺当当地摘取了公务员的桂冠。

有位母亲说：“现实太残酷，如果我给孩子一个快乐的童年，我就不能给他一个快乐的成年。”不敢苟同。童年对一个人心智的发育最为关键，如果拥有一个布满阴影的童年，那么他的成年又能快乐到哪里去呢？高学历、好工作，就一定意味着快乐吗？谁能说衣冠楚楚的金领就一定比吹口哨的流浪歌手更快乐呢？谁又能说商贾巨富就一定比工薪阶层更幸福呢？

身为儿女，赤子之心固然没错，反哺之情更是难能可贵，但切莫一厢情愿。需要设身处地为老人考虑，我们提供的一切真是父母想要的吗？

身为配偶，请给予对方更多的自由。己所不欲，勿施于人；己所欲，也请三思。

身为老师，更要明白职责所在。抽刀断水水更流，因势利导远胜于高压政策，良师益友未尝不是最佳选择。

当我们身患单相思时，当务之急是弄清楚对方是否也正对你朝思暮想、

夜不能寐。如果答案不幸是否定的，就请退后一步，远远地守望，快乐着对方的快乐，而不是把自己的快乐建立在对方的痛苦之上。倘若实在按捺不住，就请细细地回味、回味、再回味：“那都是很好很好的，可是我偏不喜欢。”

有一种深爱叫作放手，有一种单恋叫作守望。

小电梯 大世界

都市人每天都离不开电梯，上班、回家、逛商场、吃饭应酬。从这部电梯出来，进入另一部电梯，遇见不一样的人，见到不一样的风景。电梯俨然成了另一个世界。

（一）

我上班的写字楼里大大小小的公司很多，鱼龙混杂。年轻人也很多，男男女女、高矮胖瘦各自不同，但有一点却惊人一致——都喜欢在电梯里吃早餐。豆浆、稀饭、面包、煎饼，还有烤山芋，乌烟瘴气。我最讨厌边走路边吃东西的年轻人，稍微早起十分钟不就游刃有余了？何必把自己的人生摧残得如此仓皇？

与抽烟相比，在电梯里吃早饭还可以容忍。真搞不明白，天底下怎么竟有在电梯里抽烟的人？无视“严禁吸烟”的公告与他人的健康，最起码的公德心都不具备。周围的人避之唯恐不及，恨不能屏住呼吸，但鲜有当面斥责的，这就是中国特色的处世哲学吧。事不关己，高高挂起，就算关己，只要不是只关自己一人，都可以视若无睹。

（二）

电梯里总有人打电话，拉开一副成功人士的忙碌架势。那么狭小的空间，还举着手机大呼小叫，真令人厌烦。不知有多少重要的事情不能出了电梯再说？

中国人说话声音之大，总令老外瞠目结舌。中国人在国内扯着嗓门喊惯了，出了国也照样陋习难改。一群中国人在国外就餐，最后为付账你争我抢，不亦乐乎，不知情的老外以为他们起了严重纠纷，差点要报警。

那年去澳大利亚，途中游览黄金海岸，乍见蓝天碧水，免不了大呼小叫，以示惊叹艳羡，吓得老外纷纷爬上岸，以为即将发生海啸。

一群人关进电梯，就等于进了一个小小的世界，组成了一个临时团队，就该顾及彼此的感受，不论是吃早餐、抽烟还是打电话。

（三）

虽说开关只在几秒间，上下不过几分钟，但电梯是职场白领不得不面对的一个特殊场所，可能会和上司不期而遇。职场人士深知，电梯里的瞬间，是职场人际中最浓缩的时空，或成喜或成悲，或成尴尬或成机遇。那些职场礼仪教科书，都会提及电梯里遇见上司该如何处置。

对下属来说是种煎熬，对上司来说也未必是享受，双双面无表情地盯着楼层显示屏看，一分钟都显得格外漫长。此刻上司和下属的想法和目标难得地完全一致，那就是尽快离开这窘迫的小世界。

刚才说到，电梯里的人组成了一个临时团队，那就和上司礼貌地打个招呼，继续让上司领导这个团队吧。他问你便答，否则沉默是金。有条件的单位往往会为高管专门配置一部电梯，不仅是特权的象征，也为了避免那份尴尬。

彼之砒霜，我之佳肴，在他人是遭遇，在自己也许就成了良机。倘若运气好，由此受到重用亦未可知，这样的电梯之遇就成了天赐良缘，成就了一段职场佳话。此时的电梯，宛若一个职场的童话世界，灰小子遇见了至高无上的国王，从此过上了飞黄腾达的生活。

（四）

人上一百，形形色色，乘电梯的人也是神情各异。有的淡定，有的急躁，尤其是赶着打卡的。向上的键明明已经亮了，还不停地用手一直按。好不容易挤进电梯，一看大家纷纷按键，几乎各楼层的都有，电梯成了站站停的公交车，他又急了，恼火地骂了句:“三楼的还坐什么电梯？！”三楼的不乐意了，谁规定三楼不能坐电梯了？一场口角由此而生，不仅没有提前到，反而影响了一天的心情。

欲速则不达，唯一的办法就是来早一点，早起的鸟儿有虫吃，早起的员工有梯乘。机会永远留给有准备的人，留给准备好的人。

小小电梯如此，大千世界莫不如此。

（五）

一个乡下人从未见过电梯，这天，他来到一家饭店，站在电梯口看见一位老太太进去了，过一会儿出来一位年轻漂亮的姑娘。他既惊喜又后悔：“哇，要是把老婆带来就好了。”

那天在电视上看到久违的倪萍，着实吓了一跳，昔日里端庄优雅、苗条靓丽的主持人，蜕变成一个皮肤松弛、发福走样的中老年妇女，令人唏嘘不已。

生活就像一部电梯，一个年轻女子进去，出来的是一个已近迟暮的大妈。岁月沧桑，物是人非。

人生如电梯，上上下下，有上也有下，不可能一直上，也不可能一直下。前一阵，有个“文革”名人浮出水面——张铁生，当年赫赫有名的“白卷英雄”。“文革”后被判处有期徒刑 15 年，出狱后成为企业家，公司上市，身家超过 3 亿。

从普普通通的插队知青到大名鼎鼎的“白卷英雄”，从身陷囹圄的阶下囚到炙手可热的亿万富豪，张铁生的人生可谓潮起潮落，惊心动魄。也像是坐了趟电梯，先由底层直至云端，瞬间降到低谷，现在又开始腾飞。这样的人生可谓无憾，该体验的都体验了，只是一般人没有他这样的好体魄，经不起这番折腾，早就头昏眼花，甚至一命呜呼了。

这样的超级电梯只有张铁生这样的 VIP 乘客才有福消受吧，普通百姓或许只适应站站停的电梯，不论是上还是下，悠着点为妥。

一花一天堂，一梯一世界。

鞋之畅想曲

（一）

人身上最重要的物件是什么？

对于灰姑娘来说，自然是水晶鞋，那是她爱情的指南针。

对于男人来说，应该也是鞋，不是有句俗语“女人看头、男人看脚”吗？所以美发店里挤满了各式年龄的女子，从 16 岁到 60 岁，而男鞋的广告似乎多于女鞋。

公司电梯旁边有一台自动擦鞋机，黑色的和棕色的两种。每天上班都能见到有男同事在擦鞋，有的是因为电梯没到，闲着也是闲着；有的分明已经养成了习惯。

马路边有许多擦鞋工，面前放把椅子，来来往往的路人时常光顾他们的生意。细看之下，坐在椅子上的还是男同胞居多。估计讲究的女同胞们早已在家里将鞋子擦得锃亮，根本不屑于在这种场合抛头露面。有身份的人有几个留恋露天排档呢？

与衣领肮脏的衬衫、破旧露趾的袜子相比，鞋子在男同胞那里受到的待遇算是好的了。

虽说男人看脚，但男人鞋子的数量与女人的相比，还是相形见绌。男人的皮鞋一般不会多于10双，女人的则往往不可能少于这个数。菲律宾前第一夫人伊梅尔达的3000多双名鞋曾让无数的男同胞瞠目结舌，一个人，要那许多鞋子有何用？就算一天穿一双，也得穿10年之久。女人却不这么想，除了羡慕还是羡慕。那么多美轮美奂的鞋子摆放在专门定做的橱柜里，就算穿不了，看着也无比赏心悦目。

女人的衣柜里永远缺少一件衣服，鞋柜里又何尝不是呢？永远缺少一双既美观又舒适的鞋子。

（二）

人常说婚姻如鞋。外人看着美观、自己穿得舒服的鞋子少之又少，世人觉得般配、自己感觉甜蜜的婚姻更是可遇不可求。

年轻人如果选择了不合适的配偶，常会受到家人、社会的指责。他们非常困惑——到底是谁结婚？我的婚姻为什么要你们看好？

这就是年轻人的胸无城府了，不知道婚姻乃一种媒介、一个阶梯，可从一个阶层通向另一阶层。如果强强联合，就从石油王国通向了钢铁帝国；如果弱弱联合，就从柴米油盐通向了鸡毛蒜皮。这两种都还好说，毕竟没什么本质的差异。最怕的就是强弱结合，要一个华尔街的大鳄天天关心油盐酱醋，或是要一个羞答答的小家碧玉一夜间变得雍容华贵，确实够难。谁都不想为了别人改变自己的生活圈子，哪怕为他至爱的儿女。当然，就算想改变，也未必容易，有些意识形态上的东西是根深蒂固的。同样面对丈夫的出轨，戴安娜和希拉里的做法截然不同，同一阶层的人无疑更容易相互理解。我一直赞同门当户对，人生苦短，也许还没等双方相互适应，日子便戛然而止了。人生中的诸多乐趣还没来得及享受，岂不可惜。

年轻人只要还没被爱情冲昏头脑，仔细想想鞋子的理论就会恍然大悟。一个人独处时，往往愿意穿拖鞋，外出则常常换上皮鞋。一个人在家里不可能待一辈子，一旦外出，就会发觉穿拖鞋的诸多不足——不雅观、影响前进的速度，许多公众场合还明文规定穿拖鞋者禁止入内。最终不得不妥协地换上皮鞋，将拖鞋无情地遗弃。早知现在，何必当初？

有个男人，爱上了比他大 20 岁的女人。为了不使自己、爱人、家人感到压力，他选择了远走他乡，和爱人长期隐居深山老林。这不失为良策，可以随心所欲地穿自己想穿的鞋子，过自己想要的生活。

（三）

平时穿得最多的是高跟鞋。喜欢高跟鞋完美的弧度，穿上之后，身影袅袅。可是，内心深处却对布鞋情有独钟。

就像一个男人，结婚会娶个门当户对的，心里却念念不忘村里的小芳。经常听到女人愤愤不平地指责变心的丈夫，找个情人无论相貌还是才学均不如自己，她们通常会说，如果你有本事找个比我强的倒也罢了，可是……真不知你图什么！

图什么？就图摆脱高跟鞋穿布鞋的轻松感。如果找个比老婆更强的，无异于换了一双鞋跟更高的鞋，岂非自寻苦吃？只有穿上普普通通的布鞋，身心才会彻底放松。挡不住这种家居般的温暖诱惑，他们只好“自甘堕落”了。如人饮水，冷暖自知。

（四）

好多事情都是别人看着光鲜，自己备受折磨，比如穿新鞋。

以前看过江青身边工作人员的回忆录，上面历数江青的罪状，其中就有一条关于鞋子。江青讲究穿着打扮，常买新鞋，但新鞋通常磨脚，于是她就让工作人员先穿一周，待软和之后她再穿。

人与人交往也同此理，无论夫妻还是同事，都要经过一个磨合期。如果鞋子质量好，磨合期就短一些；如果质量差，就得没完没了地磨合。咱学不了江青，可以找人帮着吃苦受累，只好自己多担待了。

（五）

穿旧的鞋子怎么办？自然是扔掉，弃如敝屣嘛。扔的时候多少有点恋恋不舍，毕竟相伴了那么久，旧情难忘。

找到了一个扔旧鞋的好办法，出差的时候扔。出差一周左右，我便会随身带两双鞋，其中就有要扔的那双。回来时行李还少一些，减轻负担。

有次离开时，照例将要扔的鞋子丢在房间，在总台结账时被拦住了，原因是有东西丢在房间。我自认为一向仔细，所以很诧异，直到服务员气喘吁吁地拎着那双旧鞋出现在我面前。我啼笑皆非，只好接过来，连声道谢，出了宾馆大门，四顾无人方仓皇弃之。

后来学乖了，直接将旧鞋扔进房间的垃圾桶，再没出现过那样的误会与尴尬。

人们失恋时，常常会到外地散心，无疑可以迅速忘却一些心痛。像扔旧鞋子一样扔掉坏心情和负心人，返程时身心轻松，从此开始一段崭新的人生。

（六）

鞋子与人生的哲理似乎密不可分，古人喜欢用鞋子的故事来教育人，比如郑人买履、削足适履什么的。老外也不例外，经典的营销案例就是美国和英国的推销员去非洲推销鞋子的故事。

有一年，浙江省的高考作文题是《行走在消逝中》。从古至今，鞋子的品种也称得上是行走在消逝中了。

长征时的草鞋，现在只能在博物馆里见到了；小时候常穿的高帮雨鞋，也几乎销声匿迹，城市里没那么多积水；精美绝伦的绣花鞋，成了名副其实的工艺品，就算一时心动买回来，恐怕也找不到合适的场合来秀其风采。我时常站在绣花鞋前发呆，一遍遍地问自己：好看是好看，可是用途呢？什么场合穿？在家里？还不如穿拖鞋自在呢。配什么衣服穿？职业装？万万不可。运动装？有点幽默。休闲装？不伦不类。唉，如今的绣花鞋，成了一个高不成低不就的才女，只落得一生寂寞。

行走在消逝中的，不只是鞋，还有心境。我依稀听到曼桢幽怨的声音：世均，我们回不去了。

是的，大家都回不去了。

无论穿着什么样的鞋子。

心尖上的宠物

前年，外甥送给我妈一只小狗，从此，老妈的老年生活平添了无尽乐趣。小狗到了我家，也算掉进了蜜罐里，过上了无比甜美快活的好日子。

孙辈们小的时候，我妈宠着他们，如今，都长大成人了，有的已经成家。儿孙绕膝的天伦之乐离他们越来越远，多少有些寂寞与失落，这条小狗来得正是时候，立刻受到了全家人的热烈欢迎和百般宠爱。

小时候，我很喜欢猫啊狗的，曾经养过一只猫和一条狗。不幸的是，狗先失踪了，后来猫也死了。我伤心极了，发誓再不养宠物，受不了那份心痛。

不过，我很支持父母养宠物，一来增加运动量，遛狗对老年人而言是项蛮不错的运动；二来有个温暖的陪伴。

说到温暖的陪伴，狗狗当之无愧。所有的动物中，狗最通人性，也最忠诚，忠诚得让人类汗颜。

狗对主人，往往一辈子不离不弃。看过《八公犬的故事》，感动得热泪盈眶。2010 年上海发生特大火灾，一条金毛犬趴在公寓外 40 个小时不吃不喝地等待自己的主人，还一直不停地流泪。“当初你一时兴起牵它进门，末了它用一世还你知遇。”

我家的狗狗也很忠诚，每天醒来第一件事就是找我妈，找到后方能安心吃食或玩耍。有时我妈一大早出去买菜，它醒来后就四处寻找，楼上楼下转悠，每个房间都进去瞅瞅，焦躁不安。远远听到我妈的声音，迫不及待地冲向门口，迎接她老人家。见到之后，开心得又蹦又跳，小尾巴摇来摇去，嘴里还哼哼唧唧的，貌似在撒娇。

我家的狗狗很聪明，一般狗狗的智商相当于三四岁幼童，正是活泼可爱的年龄。只要家里来人，狗狗都兴奋得欢蹦乱跳，卖力地表演各种技能，站立、握手、抛花生米、找皮球。那股子可爱劲儿一点也不比孩子差，因此，这年头养狗的人越来越多。

老年人养狗，也许是因为寂寞；年轻人养狗，也许是觉得比养孩子省事，但乐趣并不减少。狗不哭不闹，不要喝奶不要换尿布，也不要花钱上学，更不要买房子结婚，还比孩子听话，既不顶嘴也不撒谎，更不会离家出走，简直有百利而无一害。很多丁克家庭变成了丁狗家庭，不要孩子只养狗。

有一次看电视，家庭矛盾调解节目，差点没把我笑喷。小两口结婚好几年了，妻子不愿生孩子，养了条小狗叫杰克，关爱备至。丈夫投诉说，妻子给狗狗买的衣服、鞋子多得令他忍无可忍，因为占据了他大半的衣橱。最可气的是，妻子喜欢和邻居聊天，经常聊着聊着突然说："哎呀，时间不早了，我要回家给杰克做饭了。"以至于邻居每次见到他，都和他打招呼："嗨，杰克！"都以为他才是杰克，哈哈。

我家的狗狗很爱干净，喝完水还在拖把上擦擦嘴，从不在家里大小便。遇上下雨天就有点麻烦，它不肯出门，怕把脚弄湿，更不肯在家里方便，宁愿憋着。可把我妈心疼坏了。真是条自律的狗狗呀！我妈现在最担心下雨，尤其是那种没完没了的阴雨天。

我家狗狗虽然小，但很勇敢，绝对是看家护院的好手。只要有陌生人经过，它马上警惕地竖起耳朵，时刻准备出击。我妈领着它出门散步，若是遇到别的大狗，它也毫不示弱，冲到大狗面前汪汪直叫，大狗倒被吓得后退几步。不过据我姐姐观察，它只有跟在我妈后面才狗胆包天，自己单独溜达时则远远地躲着大狗。这就是所谓的狗仗人势吧，不过识时务者为俊杰，不失为一只聪明的狗狗。赞一个！

我妈对它一直疼爱有加，尤其是上个月底之后。上月底的一天，我妈照旧领着狗狗在小区内溜达，遇到老邻居张婶，两人闲聊了一会儿。张婶正好买了葡萄，客气地要送一些给我妈尝尝，我妈婉言谢绝，于是两人拉拉扯扯的。狗狗本来在一边玩耍，一见此状，毫不犹豫地飞奔到我妈身边，冲着张婶狂吠，吓得张婶赶紧松手。我妈感动坏了，一个劲地夸它忠义勇敢。不出两天，狗狗的英雄事迹传唱左邻右舍，在小区内家喻户晓，就连远方的亲朋也多有耳闻。如此忠心护主的狗狗，主人怎能不把它放在心尖上呢？

小区里有个老太太，春节前从外地来儿子家过年，将狗狗也带来了。老太太守寡多年，儿女都不在身边，狗狗是唯一的亲人。老太太给狗狗取名为"公主"，疼爱之心溢于言表。春节时，到处都在燃放鞭炮，公主受了惊吓，加之初来乍到，地形不熟，大年初二不幸走丢了。瞬间天塌了，一家人年是没法过了。老太太哭成了泪人，把小区里里外外找了个遍，一遍遍地唤着公主，凄凉之声令人动容。儿子连忙发动所有朋友，满大街地毯式搜寻，好在春节期间街

上人不多，隔天在街心花园的一个角落找到了公主。老太太把公主紧紧地搂在怀里，再不肯撒手。

无独有偶，重庆有位女士养了6年半的狗狗走失了，该女士租用了凯迪拉克、越野车、甲壳虫等7辆轿车组成了一支“重金寻犬队”，车身上，贴满狗狗的彩色照片。不养宠物的人觉得不可思议，养宠物的人深知理应如此，早把狗狗当成了自家孩子。试想想，如果孩子丢了，能不竭尽全力地寻找吗？

很多宠物的日子过得比人都好，我妈就经常买猪肝、鸭脖，还煮鸡蛋给狗狗吃。上次回家听我姐抱怨，小东西越来越挑食了，现在吃火腿肠居然只吃鸡肉的不吃猪肉的，还真聪明，都知道白肉比红肉有利于健康了。

张总家也养了一条狗，用司机的话说，已经被惯得不像样了。每天早上一杯酸奶、一个鸡蛋、几块蛋糕；中午、晚上不是卤牛肉就是酱鸭肝，排骨更是敞开吃；洗澡用飘柔，满柜子衣服，西装、中装一应俱全。狗狗每天早晨四点多就要出去溜达，不论冬夏。夏天尚可，冬天就惨了，张总一大早就要顶风冒雪牵它出去玩耍。倘若不起床，狗狗就一直待在床前哼哼，再不起床，狗狗就开始挠床板，就差掀被子了。这般调皮捣蛋，张总还爱得不行。狗狗原来叫豆豆，近来张总已经不喊它豆豆了，而喊“张豆豆”。乖乖，混得真好，已经被赐姓了，何等之荣耀呀！

本以为张总对张豆豆已是一等一的娇生惯养了，不承想强中自有强中手。那天与人聊天，说起他们单位有个同事更绝。那人一开始养了只公狗，一直好吃好喝地伺候着，视为掌上明珠。忽然有一天担心起狗狗会不会寂寞，于是突发奇想，又买来一只母狗和它做伴。天啦天啦，这不是传说中的娶媳妇吗？太有才了！谁知道老外更胜一筹，前几天看新闻，美国纽约一女士为她的两只宠物狗举办了一场奢华婚礼，花费高达25万美元。这场婚礼打破了吉尼斯世界纪录。

养狗的人恐怕都分不清到底是疼孩子多些还是疼狗狗多些。我有个同学，儿子叫小海，养了条狗叫大山，他平常念叨大山的次数绝对比小海要多。也难怪，每次他一喊大山，大山不论在哪里在干什么，立刻狗不停蹄地飞奔过来，用头在他的裤腿上蹭来蹭去，亲热得不行，蹭得他心里暖洋洋的。一喊小海呢，小海不论在哪里在干什么，都懒得哼一声，实在喊急了，才不耐烦地甩出句“干吗干吗”，让当爹的心里拔凉拔凉的。因此，有一些富人死后宁愿将财产留给宠物也不留给子女。美国有位千万富婆去世后，将几千万遗产留给了3条宠物狗，而她唯一的儿子只得到了区区100万。据说恼羞成怒的儿子提出起诉，要求宣判母亲遗嘱无效，一场人狗之间的“遗产大战”就此上演。

不论结局如何，做儿子的都应该自我反省，母亲之所以做出这样的举措，必定事出有因。儿子输给狗狗，足见狗狗在母亲心目中的地位，不过，一定是儿子的心里先没有了母亲，母亲的心里才慢慢地没有了儿子。既然可以娶了媳妇忘了娘，为什么不能养了狗狗忘了儿呢？古人称儿子为犬子，现如今不少儿子连狗都不如；今人称狗狗为“狗儿子”，有些狗狗比儿子还亲。正如柏杨先生在《含饴弄狗时代》中所言：“这是一个老年人的寂寞时代，也是一个含饴弄狗时代。”既然没有儿孙绕膝，就只能与狗狗做伴了。因此，常回家看看才是孝道，就算不能常回家，经常打电话问候问候总是可以的吧，毕竟感情是一点点积累起来的。倘若有一天，父母的心中只有宠物而无子女，无疑是两代人的悲哀。

如今，狗狗来我家已经两年了，父母身体越来越好了，每天遛狗的运动量还是不小的，最重要的是，多了许多乐趣与情感寄托。

现在打电话回家，除了问候父母以外，还要特别地问候一下狗狗，一来爱屋及乌，二来尊重父母的感受。朝夕相伴的狗狗，俨然已是一个家庭成员，而且是父母心尖上的宝贝疙瘩。

幸福像花儿一样

贵州之行，沿途一直在思考：幸福到底是什么？幸福究竟离我们有多远？谁是最幸福的人？

当地人曾自嘲：看自然风光，贵州像欧洲，山清水秀；看物质生活，贵州像非洲，穷困潦倒。贵州的确风景如画，美不胜收，令我们目不暇接，大饱眼福。有人喊道：“快看，这里还有假山！”大家仔细一看，万分惊诧。路边立着一座秀丽玲珑的假山，和苏杭公园里的假山一模一样，形状奇特而俊美，上面还长满了花花草草。但定睛一看，就是座真的小山，只是美得让人不敢相信而已。仔细一想，也绝不可能是假山，生活在贫困中的山民每天都在和温饱抗争，哪里还有这份闲情逸致？

有句话说得好：上帝关闭一扇门时，一定会打开一扇窗；反之亦然。上帝是公平的，给了山里人清幽的环境、洁净的空气，难以摆脱的是贫穷与寂寞；给了城里人富裕的生活、繁华的街道，随之而来的就是喧嚣与污染。

究竟谁更幸福呢？山里人认为毫无疑问是城里人幸福，但自认为幸福的城里人却与日俱减。城里人偶尔也认为山里人幸福，这种念头也只是一闪而过，毕竟很少有人会为了这份幸福去做山里人。

幸福就是一种自我感觉，就算全世界的人都认为你应该幸福，你偏和自己较劲，整天愁眉苦脸、怨声载道，那也没辙；就算全世界的人都认为你不应该幸福，你也照样可以每天哼哼歌，优哉游哉。幸福的关键就在于自己怎么看，心态决定一切。

如果用积极的心态去看待周围的人和事，就都可以拥有幸福，改变不了环境就改变自己。处在事业高峰时，尽情地享受事业带给你的那份成就；处在事业低谷时，尽情地享受生活带给你的那份闲适。遵循佛家倡导的：吃饭时吃饭，睡觉时睡觉。

最喜欢《感恩的心》中的一句歌词："花开花落，我一样会珍惜。"花开花落只是花儿不同的状态而已。花开，展现的是青春的绚烂，踌躇满志的情怀，甚至是目空一切的豪情壮志，初次站在这舞台，听到掌声响起来；花落，体会的是人生的成熟，历尽沧桑的境界，甚至是与世无争的大彻大悟，谢幕时登峰造极的辉煌与大功告成的轻松。花儿是幸福的，幸福像花儿一样。

就像我们这些游人，平时在单位也有种种的不悦与抱怨，但看到老区人民的贫困时，看到老区孩子和自己孩子的天壤之别时，大家一致感慨：老区大不易呵，回去后要好好生活、好好工作，善待自己、善待他人。

忽然想到一个很简单的痛苦疗法。当你觉得自己很不幸，就去看看那些更加不幸的人。埋怨鞋子不够舒适时，就去看看那些没有脚的人；感到精神空虚时，就去看看那些饥寒交迫的人；觉得感情很不顺时，就去看看那些无家可归的人；斥责孩子不够争气时，就去看看那些正在承受丧子之痛的人；抱怨加班太多时，就去看看那些失业的人……

当我们身处逆境时，不要放弃任何有益的尝试，有一种成功源于坚持。要谨记英国首相丘吉尔在牛津大学的演讲："第一，永不放弃；第二，永不放弃；第三，永不放弃。"

当我们身处顺境时，不要忘乎所以、妄自尊大、为所欲为，要学会克制和收敛，不要以为自己的能力可以决定一切。这个时代没有永远的赢家，也没有永远的输家，永远的只是把握机会而已。这个时代什么都会发生，世界很大很大，自己很小很小。

谁是最幸福的人？自以为聪明的人未必聪明，自以为幸福的人一定幸福。幸福感完全操之在我。敝帚自珍没什么不好，情人眼里出西施也没什么可笑，反而是一种内心深处淡淡的喜悦、宁静的幸福。

幸福究竟离我们有多远？远在天涯，近在咫尺。幸福就像风筝，一端牢牢地握在我们自己手中。

就做一个能够把握幸福的人吧。

值得珍惜的钥匙

(一)

钥匙如恋人，一把钥匙开一把心锁。钥匙对了，锁应声而开，清脆愉快；钥匙不合，累得满头大汗，也是徒劳。

早年去黄山,见过天都峰上密密麻麻的同心锁。据说缘于一个美丽的传说：很久以前，一个富家女与穷小子相爱，可父亲想把她许给官家公子。婚期来临,穷小子勇敢地抢出新娘逃到了天都峰上。面对追兵,他们手挽手飞身而下。此后，这里便成了人们表达爱情的绝佳去处。两锁相扣的同心锁，象征着情侣的同心、忠心、痴心及永不变心。钥匙被抛进悬崖，意味着这样的爱永远打不开，任谁也破坏不了。

见过许多不合适的恋情，双方身心疲惫，半途而废，终难执子之手。当初没有精心检查钥匙是否合配，便开始盲目地浪费时间与精力。即便外人心如明镜，却难以开口相劝，或即便苦苦相劝，也收效甚微，只缘那人已身在此山中。只听说愚公移山，未听说愚公移情，爱情中不存在天道酬勤。日复一日的纠缠只会导致对方越来越强烈的反感。“感化”二字用于犯人颇为合适，用于爱人终归少了些浪漫。

就像宝玉与宝钗，宝钗的金锁上写着“不离不弃，芳龄永继”，而通灵宝玉上刻着“莫失莫忘，仙寿恒昌”，看似天造地设，实则貌合神离。宝钗最终被离弃，只因为宝玉乃衔玉而生，并非衔着那把对的钥匙。

也见过被废弃的同心锁。当初千辛万苦爬上山顶，以青山为媒蓝天做证锁住彼此的心，却又狠心撬断铁锁以及曾经的信誓旦旦，与另一个人重浴爱河。不知夜深人静之时，能否听到另一把钥匙在深渊里哀哀低泣？

很久以前，一把钥匙只能开一把锁，后来有了可以开很多把锁的万能钥匙，莫非是钥匙中的大众情人？遭遇这样的万能钥匙，是悲是喜？

想念从前，一个一把钥匙只能开一把锁的古老年代，一个一诺千金的诚信年代。

（二）

钥匙如亲人，手足般的亲人，亲到我们会忘了其存在。

有钥匙的时候，我们轻松自如，无所畏惧；一旦丢失，则不知所措，心如刀绞。多年以后，忆起那个危难的日子，仍心有戚戚。

婴儿出生时，有条件的家庭都会送孩子一个长命锁，长命锁的钥匙便是亲人们无时不在的关怀与牵挂。

有钥匙在身边的时候，或许我们会嫌它累赘、碍手碍脚，一如双亲的唠叨。有朝一日丢失了，我们便心神不宁、惶恐不安，盼望这只是一场噩梦。假如一切能够从头再来，我们定会给予钥匙更多的爱护与珍惜。可惜，往而不可追者，年也；去而不可得见者，亲也。树欲静而风不止，子欲养而亲不待，何尝不是人间最大的悲哀呢？

丢失钥匙的人，都会迫不及待地返回原地寻找，却常常无功而返。钥匙，不会留在原地等我们，父母——年迈的父母，又怎会永远站在原地等我们呢？

钥匙丢失了，再怎么追悔莫及也无济于事。百行孝当先，及时行孝莫留悔。

（三）

钥匙如朋友。

有些钥匙如挚友，丢了令人扼腕叹息；有些如普通朋友，丢了可以再配一把，这样的朋友遍天下。

有些钥匙始终伴随着我们，十年、二十年，甚至更长，如家门钥匙、保险柜钥匙，这些朋友堪称知己。

也有一些钥匙隔三岔五地更换，比如我们换办公室、换写字台了，原先的钥匙便随之作废，就好比我们的事业伙伴。大家今天在一个圈子里混，称兄道弟，换了工作环境，便成为前同事、旧相识。至于朋友的称谓，则成了一段或浓或浅的记忆。

还有一些钥匙属一次性的，比如我们去商场购物时的存包钥匙，出了商场门便毫无价值。这有点像我们的商界朋友，业务需要时，一起推杯换盏、觥筹交错，说些豪情万丈的誓言，看似是两肋插刀的朋友，实际上彼此心知肚明。这些钥匙有时效性，以利益为前提。张爱玲说爱情是一袭华美的袍子，上面爬满了虱子，变味的友情又何尝不是呢？

人的一生中会有许多把钥匙，究竟有多少值得珍惜呢？

对于那些值得珍惜的，我们是否真的珍惜了呢？

云层上的乱想

一个人出差坐飞机，常常喜欢挑一个靠窗的座位。起飞前看看杂志，起飞后看看云彩，什么都可以不想，什么都可以乱想。

（一）

一团团、一簇簇的云，层峦叠嶂，像雪山一样，竟令我有些莫名的畏惧。可能被2008年的雪灾刺激了，一想起那些白雪皑皑的马路，就满是揪心害怕，自己不敢开车，也打不到车，行路难哪。

唯一值得期待的就是雪夜读书。寒冷的冬夜，夜深人静，万籁俱寂，一本好书，幽静而惬意。是故，金圣叹认为雪夜闭户读禁书，乃人生最大乐趣。林语堂也曾描述："在一个雪夜，坐在炉前，炉上的水壶铿锵作响，身边放一盒淡巴菰，一个人拿了十数本哲学、经济学、诗歌、传记的书，堆在长椅上，然后闲逸地拿起几本来翻一翻，找到一本爱读的书时，便轻轻点起烟来吸着。"

雪夜读好书，是下雪天令人欣慰的一件事。

（二）

有些云层，像一堆堆厚厚的棉絮，很想扑上去美美地睡一觉。

母亲最喜欢晒被子，只要出太阳，一定要把被子抱出去晒晒。晒过的被子散发出太阳的味道。每当被子晒过后，我总喜欢将头埋在被子里，闻着太阳的味道酣然入睡。

大学期间一直住朝北的宿舍，又是顶楼，记忆中除了每学期开学几乎没晒过被子。母亲倒是经常写信提醒我要晒被子，寒暑假更是念念叨叨。我每次都铿锵有力地回答："晒，每星期都晒呢！"一边答一边在心里窃笑，谁相信一个住顶楼的女生会勤快到每周把被子抱下楼去晒呢？

不晒被子的习惯到女儿出生后就戛然而止。我发现自己越来越像母亲，一看到太阳好，就迫不及待地把女儿的被子抱出去晒。女儿每每不耐烦："你还真是喜欢晒被子！"我总是趁机叮嘱她以后上了大学自己也要经常晒被子。女儿哈哈大笑："你放心吧，我肯定会晒的。"我正准备露出欣慰的笑容，她又冒出两个字——"才怪！"此乃她的经典后缀，我已见怪不怪。

是谁说的？"母爱就是一场重复的辜负。"

（三）

有些云，散乱、轻盈，似有若无，不知怎的，竟想起一些薄命的女子，可能最近看多了网上报道的爱恨情仇吧，从歌手陈琳到空姐于丹丹。

女人，在被男人遗弃之后总是不甘心，没有能力或舍不得报复男人，便伤害自己。经常听到女人哭诉：他为什么不再爱我？我为了他，牺牲了一切，努力把自己变成他喜欢的样子，可惜"我的柔情你永远不懂"。

一直以为，除非原先的一些陋习真的糟糕，否则女人完全没必要为了讨好某个男人而改变自己。那个男人喜欢你，也是因为你最初的样子，而并非是未来不可预知的。一旦不喜欢了，即便变成天仙也没用。改变自己的最终结果，便是丧失自我。爱情没了，连自我都荡然无存，只能令人哀其不幸怒其不争。

不喜欢一个人是不需要理由的。不喜欢吃胡萝卜，莫非还要给出个一二三四？

一个像于丹丹这样的女孩子在年轻时遇到了熟男，是场灾难，曾经沧海难为水。女孩子要多年以后方能明白，当初自己并非多爱他本人，更爱的是他的阅历、成熟、地位，乃至金钱。细想想，这种有家室的男人，他的英俊、他的才华、他的财富，以及一切的一切，就像春晚相声说的："这和我又有什么关系呢？”

聪明女人一定是先爱自己，再爱他人。等到有一天失去他人，至少还拥有完整的自我，否则吃亏上当也怨不得别人。就像切洋葱辣了眼，难道能埋怨洋葱吗？谁让你爱吃这一口呢？谁让你不戴上口罩眼罩呢？谁让你不先把洋葱冷冻一下呢？正如热辣辣的感情最容易伤人，需要冷处理。

散乱、轻盈的云，看上去最美，却最容易随波逐流。微风一吹，便消逝在浩瀚的天空，了无痕迹，令人徒生感慨，为那些曾经的美好。

（四）

云层堆出的雪山与雪山之间有一道深深的沟壑，不禁想起大山里的人家。

有次去贵州毕节举办捐赠活动，见到了大山里的孩子和他们的学校。教室低矮、破烂，只有一扇小小的窗户，光线微弱到几乎看不见。没有课桌，只有一条条当地人称“杀猪凳”的长板凳。尽管学习环境无比恶劣，但山里的孩子非常刻苦，每天坚持走两个小时的山路赶来上学，风雨无阻。对他们来说，读好书是走出大山的唯一出路。

又想起了愚公移山，常有后人争论愚公究竟是愚是智。说他愚的无非是说何必非要住在原地不可，大可以一搬了之，山是死的，人是活的。支持愚公的自然认为遇到困难就应该勇敢地去克服，而不应只想着如何逃避，毕竟故土难离。前段时间看到报道，三峡移民已经出现了大规模回迁的浪潮。物离乡贵，人离乡贱，许多人离开故乡后难以适应，只好选择回到故土。

权衡利弊得失，与背井离乡相比，好歹大山是可以移走的。愚公不一定愚，也未必智，但有一点是肯定的，他对故乡有一份执着的痴爱。

（五）

飞机在前行，云层不断变幻，思想像轻盈的白云，自由地驰骋在广阔的蓝天中。

林语堂曾写道：“如果天上有可爱的白云，那么，让他们读白云而忘掉书本吧，或同时读书本和白云吧。”

洪晃写过一本《无目的美好生活》，越是无目的的爱情越纯粹，越是无目的的友谊越珍贵，越是无目的的生活越美好，越是无目的的思想越自由。就让我们抽时间去读读白云，顺便再胡乱地想点什么吧。

只是当时已惘然

（一）

一个冬雨潇潇的午后，随手翻阅杂志，读到一篇《三毛谈心》，里面有段话深深地触动了我。

在这个世界上，很多人不够快乐、不够开朗、不懂得如何从无可奈何的情况里去求得生存之爱。我们应做聪明人，做智者、勇者，就算天大的事发生了，也不自弃，心平气和地为生活去争取最合理的解决之道。

没有一个人，能够在世界上放弃我们，除非我们自暴自弃。我们是属于自己的，并不属于他人。学着主宰自己的生活；即使孑然一身，也不算一个太坏的局面。不自怜、不自卑、不怨叹，一日一日来，一步一步走，那份柳暗花明的喜乐和必然的抵达，在乎我们自己的修持。

不要轻言放弃——在三毛最终放弃了自己之后，重读这篇文章，心情格外沉重，别有一番滋味在心头。

大学时代，三毛和琼瑶对我的影响比较大。先流行琼瑶，其后才是三毛。有人认为琼瑶小说过于虚无缥缈，但我始终觉得年轻的女孩子还是应该适当读读，毕竟她呈现给我们无限美好的爱情故事，让我们了解到原来爱情可以这样缠绵、这样绚烂，让人义无反顾地深陷其中。

相比之下，三毛要理性得多，可是理性的三毛最终还是走上了一条不归路，令人扼腕叹息。

只是当时已惘然。

（二）

多年前，沈殿霞主持一档节目，请来前夫郑少秋做嘉宾。节目快结束时，沈殿霞问郑少秋：“我有个问题想问你很久了，今天借这个机会问问，你只须回答 Yes 或 No 就行。究竟多年前，你有没有真正地爱过我？”郑少秋略微思索后认真地说："很爱你！"闻此，沈殿霞立刻泪流满面。

见过痴情的女人，没见过这么痴情的。结局已经显而易见，当年的爱或不爱还有什么意义？好比一个没考上大学的孩子，小学成绩好与不好已毫无意义，恐怕越好越令人徒增感慨。

肥肥独自带大了女儿，病危后，第一个想到的人是郑，最信任的人是郑，把女儿托付的人，还是郑。在肥肥的心中，他永远是不二人选。

总认为感情之事，如人饮水，冷暖自知，外人不好妄加评价，但内心深处终归为她不值。也许，她的爱情，从来都只是一个想象；也许，在感情面前，再坚强的女性也只不过是个弱女子。

只是当时已惘然。

（三）

北川县委农办主任董玉飞去世了，没死于地震，却死于自杀。据分析原因有二：

一是地震中因爱子遇难而遭受沉重打击，儿子才 12 岁。

二是工作繁重，压力大。董玉飞生前各项工作很繁杂，他曾说自己身心疲惫。

原以为，劫后余生的人会格外珍爱生命，没想到却接二连三地传来灾区人员自杀的噩耗。看来，很多事情不像我们预想中那么简单。也许，当他们直面死亡后，才发觉死亡并不那么可怕和恐怖，反而是一种超脱；也许，他们羡慕逝去的亲人，一了百了，而活着的人，其伤痛没完没了。于是，他们做出了常人难以理解的选择。

只是当时已惘然。

（四）

两个工作不顺心的年轻人向师父请教是否该辞掉工作。

师父闭着眼睛，吐出五个字："不过一碗饭。"

两人回到公司，一个立刻递上辞呈，回家种田，另一个什么也没做。

转眼十年过去了。回家种田的成了农业专家，留在公司的成了经理。

"奇怪，师父给我们同样五个字，我一听就懂了。不过一碗饭嘛，何必硬待在公司？所以我辞职了。"

经理笑道："师父说不过一碗饭，不过为了混碗饭吃，老板说什么是什么，少赌气，少计较，就成了。”

两个人又去拜望师父，师父已经很老了，仍然闭着眼睛，说了五个字：“不过一念间。”

顿悟，人生就在一瞬间，是与不是，一念之差，而已。

只是当时已惘然。

（五）

国学大师王国维才华横溢，被誉为“中国近三百年来学术的结束人，最近八十年来学术的开创者”。谁承想，一代学人却于51岁时投昆明湖自尽。世人嗟叹，他死殉清廷，效忠逊帝，真真不值。

王国维在《人间词话》里谈道：古今之成大事业、大学问者，必经过三种之境界：“昨夜西风凋碧树，独上高楼，望尽天涯路。”此第一境也。“衣带渐宽终不悔，为伊消得人憔悴。”此第二境也。“众里寻他千百度，蓦然回首，那人却在灯火阑珊处。”此第三境也。

我以为，先生自尽前应只处于第二境吧，不论是否值得，但他只觉无怨无悔。若到了第三境，蓦然回首，心境豁然开朗，清廷也好，逊帝也罢，与一个做学问的人有何相干呢？犯不上以死明志。

呜呼哀哉！只是当时已惘然。

（六）

沧海月明珠有泪，蓝田日暖玉生烟。

此情可待成追忆，只是当时已惘然。

当时，当时，人生中有多少曾经惘然的“当时”啊。

人的一生分为过去、现在和将来，过去对于现在而言，堪称“当时”，现在对于将来而言，何尝不可以称为“当时”呢？

用现在的眼光看过去，我们常常发现诸多不足与幼稚之处——行为乃至思想。若尝试用将来的眼光看现在，又何尝不是呢？

也许，人最重要的一项能力就是要学会多用将来的眼光审视现在，那样就会减少许多不必要的惘然。从王国维到三毛，从沈殿霞到董玉飞，莫不如此。

真希望有一天回首往事，我们可以欣欣然道：此情可待成追忆，所幸当时未惘然。

有一种告白叫留白

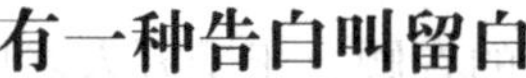

近日，在网上浏览了胡兰成的《今生今世》。

不必否认，这是个有才华的男人。正如，不想承认但不得不承认，张爱玲，一代旷世才女，于爱情上也只不过是个普普通通的小女人，而已。

这段故事，于张爱玲，是倾城之恋，一颗孤傲的心不惜跌落到尘埃里，那该是怎样痴迷啊。但，于那个男人而言，充其量，只能算是征服的快乐吧，就像在精美的橱窗里，看到了一件价值连城的工艺品，一时间，喜爱不喜爱倒在其次，重要的是要迅速占为己有，尔后方能鸡犬升天（说妻贵夫荣都嫌有些美化），最终奇货可居，任何时候都可待价而沽。

他，不正是这么做的吗？不是也做到了吗？

曾，有人替他喊冤，说，如果他抛弃的不是个奇女子，而是任意一个凡妇俗女，均不至于落下千古骂名。从有人类的那一天开始，喜新厌旧、始乱终弃便如同刮风下雨、冬去春来般屡见不鲜了。有哪个男人会因为这点小节招致世人长达几十年的唾骂呢？

不错。但，如果他攀附的不是张爱玲，又有多少人知道世上还有这么个胡兰成，又有多少人会去欣赏他的文字呢？人们争相阅读《今生今世》，是因为，那其中有绝世才女的芳踪。如果胡兰成的今生今世中没有爱玲，仅有他与小周护士、斯家小娘等众女子的打情骂俏，又能吸引几个人的眼球呢？尽管文字依然清丽，似乎每段感情也颇真挚，但，是因为爱玲的存在才使我们于闲暇中用眼睛的余光顾及了这些。不是吗？就像我们去黄山旅游，无意间发现太平湖的水也很清澈。

正所谓，成也爱玲，败也爱玲，冤冤相报，倒也公正。

转念一想，他，被人骂作见异思迁、轻浮薄幸，似乎是有点冤。因为，他从未真正地爱过爱玲，像一个男人爱一个女人那样去爱。于他，两人的交往只是才子才女，与佳人无关，本就不是一场风花雪月的事，只是爱玲的理解出了偏差。胡兰成在书中写道：“我向来与人也不比，也不斗，如今却见了张爱玲要比斗起来。”可见，他见了爱玲，哪里是动情了，分明是技痒了，想要在才学上与爱玲一决高下。就像欧阳锋遇见了黄药师，不过上几招试试对方的武功难免不太甘心。

可怜彼时的爱玲，在别人磨刀霍霍之际，却以为遇见了什么前世的缘分，甚至感恩冥冥之中来自上苍的眷顾，于千万人之中遇见了所要遇见的人，没有早一步，也没有晚一步，刚巧赶上了，不禁欢喜地从尘埃里开出花来。无奈，落花有意，流水无情，我本将心向明月，奈何明月照沟渠。

又想，这样一个临水照花人，怎的就聪明一世糊涂一时呢？难道真应了那句俗语，男人不坏女人不爱？就连钟灵毓秀的名门闺秀也不能免俗？是他的武功出神入化，能够不费一招一式就化对手为情人，还是她太过单纯，对方尚未拔刀便已然神魂颠倒，心甘情愿地做了阶下囚？就这样被他俘虏，且无怨无悔，没有了骄傲，甚至放弃了尊严。

忍不住疑惑，何以男人不坏女人不爱呢？人，难道都这么不可救药地喜欢犯贱？为什么不知道喜欢好男人呢？也许，好男人上来便把心掏了出来，轻易得到的难免不珍惜，已然看到了最珍贵的，好奇心全然满足，虚荣心也已得逞，还有逗留在他身边的意愿吗？女人便在索然无味间渐行渐远。男人喜欢坏女人也是同样的道理吧，虽说男女有别，于这点上却是英雄所“贱”略同。

那，什么样的女人才会喜欢好男人呢？

受伤的女人，倦鸟思归的女人。倦了，伤了，烦了，怕了，想要破碎的心日后不再风餐露宿，好男人便是最好的疗伤温室了。

再者，就是极其聪明的女人。从不羡慕电闪雷鸣的狂热，也不想体验雨打风吹的艰险，更不忍自己身心疲惫。观赏别人的精彩已经足够，何必凡事都要亲力亲为呢？喜欢电影里的情节不代表自己也得倾情演绎，向往模特儿身上华丽的睡衣更不意味着也要买上一袭招摇过市。聪明的女人一旦遇上好男人，便会早早地为自己准备好一间安全的爱巢，从此气定神闲、高枕无忧。

也许，张爱玲正是因为写多了爱情小说，沉浸在自己的幻想里不能自拔，遇上了胡兰成这样才貌双全的男人，便不免自我陶醉了。而她的才华，令她能够吸引众多的男人，却又令他们无法靠近。就像寒冷的冬日，我们喜欢晒晒太阳，却从未想过要抱个太阳回家。女人，才高八斗并非幸事，不是所有的男人都有那样的气度来承载的。男人，怎会爱上一个时时带给自己压力的女人呢？爱恋与温情齐飞，敬畏岂能共怜惜一色？即便喜欢，也只是苗人凤与胡一刀之间的惺惺相惜，而绝非焦仲卿与刘兰芝的如胶似漆。胡兰成，不过是个寻常男人，怎会拥有那样的自信，能够和光芒万丈的太阳长久共处一室。夏天一到，躲都躲不及。所以，这种畸恋，注定是稍纵即逝的，繁华过后便是无边的寂寞。其实，胡兰成从没有真正地爱过爱玲，由他的字里行间，不难看出他爱斯家小娘范秀美远胜过爱玲，那才是再正常不过的男欢女爱。

爱玲彼时是理解错了，但我想，她后来迅速醒悟了，于是远走他乡，始终不肯回头，于过去的事情更是只字不落，只留下胡兰成一个人在那里喋喋不休、独自聒噪。

曾，有无数人猜测，为何张爱玲对这段感情始终讳莫如深，也许追忆，但从不倾诉。

有人猜想，她被伤得太深了，所以不敢回头，连伤口都不忍舔舐。往事不堪回首，独自莫凭栏，怕再掀起感情的波澜。

有人断言，她是恨，恨那个薄幸的风流郎君。自是人生长恨水长东，此恨绵绵无绝期。

我以为，她，只是醒来了，意识到了自己的一厢情愿，甚至是幼稚可笑。于是，清高骄傲如她，除了选择远离、逃避，难道还有第二条解脱之路吗？

她，毕竟是冰雪聪明的，和那场噩梦就此告别，用留白代替了庸俗的言语告白，只留下一个悄然远去的背影，却不撒落片言只语。此时无声胜有声，有一种告白叫做留白。不给后人留下任何话柄，不想在伤了心之后，再被人笑为弃妇、怨妇，那便是雪上加霜了，是那段不堪往事的最不堪的结局。她怎么可能留下告白，“我真傻，真的”，那便成了祥林嫂。无论谁，包括她本人，都不能接受这样的现实。她选择了沉默是金，尽量让那段往事淡去、再淡去，淡出自己的心，淡出众人的视野，就这样彼此相忘于滚滚红尘吧。

可是，他，并不懂得这一切，也许，这正是他千方百计追求的一种结果吧。他广而告之了，不厌其烦地描述着每一个细节，致使她送他照片的事及照片后的文字顷刻间家喻户晓。本意不乏炫耀，不承想却令世人越发看低了他，真真低到了尘埃里。想起初恋中的爱玲给胡兰成的信中有一句话：“因为懂得，所以慈悲。”现在想来，他是越发地不配了。也许，爱玲是因为不懂得，才靠近的吧。

一直以来，都很欣赏爱玲的文字，此曲只应天上有。对她的这段情事也并无微词，能遇到一个令自己如痴如醉的男人，于一个女人而言，并非完全是不幸，即便那个男人有才无德，即便那个男人寡情薄义。毕竟，她爱过了，于那一刻，她是欢愉的，是充盈的，是心存向往的，是有所期待的，总好过终身的情感空白吧。至于别人怎么看待这段感情，并不重要，一个像她这样自我的女子无须顾及别人的闲言碎语。

看了胡兰成的《今生今世》，更加欣赏她。对于自己不再留恋的人，就该彻彻底底地放手，连一丝丝的藕断丝连都不需要，更无须浪费文字去追忆什么。虽然永不会忘记，但并不需要提及，事已至此，无可奉告。哀，莫大于心死，心已死，还留文字做什么？一生吵闹不休的夫妻往往能够白头偕老，看似相敬如宾的佳偶却常常劳燕分飞，没有了心，便不再需要文字与语言。

对于不再想要拥有的感情，最好的告白莫过于留白。一代才女做到了，尘世间的凡夫俗女还在为种种情事进行口水大战，毁了别人的名声，也污了自己的清白，早知今日何必当初。

有多少人能懂，有一种告白叫做留白呢？

要用青春赌明天

那天，看到陈彤的一篇博客《着落》，心里很不是滋味。

这是一个50岁的男人和一个17岁女孩的故事。女孩家境贫寒，没有父亲，母亲是小工厂的工人，经介绍认识了这个50岁的男人。男人有两套房子和一份清闲的工作，还有一百万存款。结果男人没看上她，却看上了17岁的女儿。男人希望女孩不要考大学了，和他过日子就好。女孩觉得相对于高考寒窗苦读来说，跟老男人在一起更轻松愉快。女孩的母亲跟老男人商量：“能不能让女孩参加一年高考？如果考不上，就结婚生孩子。”老男人不同意：“你让孩子考大学的理由是什么呢？考了大学读了书又怎么样？一定能找到称心的工作吗？一定能找到爱她的男人吗？现在，她和我在一起很幸福。”母亲因为受了太多的苦，知道生活的不易，觉得女儿找到这么一个男人，至少不必为了糊口而起早贪黑了，于是就答应了，理由很简单：女儿这辈子有着落了。

真令人痛心。17岁，花样年华，鲜花一般的年纪，为什么要拴在一个老男人的身上渐渐地枯萎、凋谢？

17岁，一个风华正茂的年龄，宋美龄、希拉里进入韦尔斯利女子学院学习；17岁，一个青春勃发的年龄，香奈尔开始学习针线技巧，为日后时装品牌的问世奠定基础；17岁，一个奋发图强的年龄，邓丽君已经在努力地用歌声改善全家人的生活；甚至还不到17岁，叶诗文已经成为最小的世界游泳冠军，连获两枚奥运金牌。

是的，她不是邓丽君，更不是香奈尔，可是，她也是17岁，一个充满无限机遇的年龄，一个没有任何牵挂可以全力以赴的年龄，为什么不肯给自己一次机会呢？为什么不去拼出一片属于自己的蓝天，而只是心甘情愿地做一只井底之蛙呢？

中国人有句俗话——欺老不欺少，就是因为年轻人机遇无限，一切皆有可能。我一直以为，人生，最神秘的就在于其未知性，那种一眼就看到头的人生又有什么吸引力呢？

人生，好比赴一场盛宴，你永远不知道下一道菜是什么，也许是青菜萝卜，也许是鲍鱼龙虾。假如一辈子只吃一道红烧肉，尽管不会饿死，但不觉得索然无味，不觉得遗憾终生吗？不仅仅是因为失去了品尝其他菜肴的机会，最重要的是人生没有了期盼。

如果说，人生如同一场赌局，青春就是我们手中最值钱的筹码，怎能白白浪费？直至生命结束都没来得及去用，抑或，用一辈子只有一次的昂贵青春去换两套房子，无异于暴殄天物。

正如陈彤所言："17岁，一个有梦想的年龄，一个应该起程去走更远的路看更多风景的年龄，一个应该最不惧怕未来、最勇敢、最无畏的年纪，现在就因为两套老旧的房子，全放弃了。"让世人在气愤、惋惜之余，不免要哀其不幸怒其不争了。

我们年轻时，铭刻在心的是保尔·柯察金的名言："人的一生，应当这样度过：当他回首往事时，不因虚度年华而悔恨，也不因碌碌无为而羞耻……"就算现在的年轻人不再那么热衷于革命，但最起码，青春是要热热闹闹度过的，不能把自己葬送在一套老房子里，陪着一个年已半百的大叔。这种温水煮青蛙的生活看似稳定，实则风险极大。用青春换"着落"，结果赔光了全部青春，也未必就能换来一个"着落"。20年后，一个40岁的女人，既无学识也无工作经验更无青春，仅靠两套老掉牙的房子度完余生？要知道，这年头，工作远比男人可靠。就算勉强可以度日，生活有了着落，但精神上有着落吗？

她简直都不知道自己失去了多少。

首先，没有尊严。一个寄生虫的生活有尊严可言吗？有一句话说得好：“没有和男人一起吃过苦的女人是没有权利分享他的财富的。”一个17岁的女孩为了着落找50岁的男人，说白了，就是好逸恶劳、贪图享受。对于懒惰者而言，再好的机遇，也会变得一钱不值。老男人喜欢她，和喜欢一只宠物有何两样呢？将来，连她自己的孩子都未必瞧得起她。那天，朋友说，她7岁的女儿因为老师夸赞妈妈是博士而感到无比骄傲，顿时觉得她5年的苦读是如此值得。诚然，有什么比儿女的崇拜更令人满足呢？而这个17岁的女孩将来如何教育她的孩子要自强自立、拼搏进取呢？对于孩子而言，有什么比母亲的言传身教更有效呢？

其次，没有朋友，更别说知己，因为，同龄人有着和她完全不一样的生活，正所谓，道不同不相为谋。她的青春历程是段空白，就好比她原计划去电影院看场大片，结果刚看了段广告就呼呼大睡，看似颇为舒适，实则毫无收获，连短暂、片刻的记忆都不曾拥有。曲终人散，别人是满满的回忆和心得，闲来可以反复咀嚼回味，而她仅仅看了段味同嚼蜡的广告。

也许，我们年轻时听的是叶倩文的《潇洒走一回》，向往的是“我拿青春赌明天”。人生最让人欣喜的，是有希望，有梦想，17岁不拿青春去赌明天，难道要等到70岁才追悔莫及吗？有个人姓卞，17岁时被称作小卞，谐音很不雅。他知道如果自己碌碌无为，中年时就将被唤作“大卞”，为避免这个悲剧，他一直很努力很努力，后来人称卞经理，如今人到中年的他已是卞董事长，坐拥自己的家族企业。人，一定要把握年轻时的机会，不经历风雨，怎能见彩虹？不要惧怕人生路上的风雨，没有浪花、没有波涛的大海还配叫大海吗？永远平静的那是一潭死水。同样，没有辛苦、没有拼搏的青春也不配叫作青春。

“我拿青春赌明天”，青春不能虚度，如果年轻时就只想着舒适、安逸，将来等待他的注定是落魄和潦倒。人在做，天在看，上天是公平的，付出与回报早晚会成正比。常言道，不怕苦，苦半辈子，只要前半生努力就可以了；而怕吃苦，则要苦一辈子，老来穷才是真的穷，因为那时候什么都没有了。现在，拥有青春就等于拥有一切，青春始终是每个人手中最值钱的筹码。假如可以交换，我相信许许多多的人都愿意用他们手中的权力、财富乃至声望去换回青春，那些都远远不止两套房子。女孩既然青春在握，何必如此不以为然、不加珍惜呢？就算现在穷困一些、艰苦一些，又有什么关系？做个踏踏实实的励志妹，总好过出卖自己的青春吧。只要努力，只要付出，青春换回的绝不仅仅是两套房子，而是更精彩绚烂的人生。青春在手，完全可以赢得一个无限光明的未来。

之所以这么在意这个 17 岁的女孩，可能因为她与我的女儿同龄吧，实在不忍心看着她走错路。所以，想将王蒙《青春万岁》里的那首诗送给她，也送给所有 17 岁的女孩。

所有的日子，所有的日子都来吧，让我编织你们，
用青春的金线和幸福的璎珞，编织你们。
有那小船上的歌笑，月下校园的欢舞，
细雨蒙蒙里踏青，初雪的早晨行军，
还有热烈的争论，跃动的、温暖的心。
……
所有的日子，所有的日子都去吧，
在生活中我快乐地向前，
多沉重的担子，我都不会发软，
多严峻的战斗我都不会丢脸……

如此美妙的青春，难道不值得好好地去赌一把吗？作为一个自认为没有辜负过自己青春的人，我只想说：年轻真好，青春万岁！

B-GIRL

2004 年去悉尼时，由于歌剧院内部正在装修，不对外开放，只能擦肩而过，留下诸多遗憾。

时隔十年，有机会再去，特意上网搜了下，悉尼歌剧院正常营业，参观费每人 24 澳元，打定主意无论如何都要抽时间一睹其风采。

结果此行非常顺利，不仅参观了歌剧院最大的音乐厅——可容纳 2679 名观众，还听到了普通话讲解。碰巧那天晚上有演出，于是有幸欣赏了摇滚音

乐剧《B-GIRL》。

演出在歌剧厅，拥有 1547 个座位，稍小于音乐厅，但同样富丽堂皇、美轮美奂。

音乐剧非常精彩，尽管唱的是英语，好在歌词较少也较简单，能听懂个大概。

主角是一男一女，女演员是个普通的年轻女孩，A-GIRL，相貌平平，衣着普通得近乎邋遢，白 T 恤、牛仔裤，一个居家女子。

男演员则十分出众，相貌和体形堪称完美，音质纯粹，一开口便惊艳满堂。他扮演的其实也是个女性，B-GIRL，是那个普通女孩理想中的自己。天生丽质，衣着华美，穿一件天蓝色的如梦如幻般的外套，长着一双翅膀，可以自由自在地飞翔。

现实中的女孩过着平平凡凡的日子，生活并不如意。丈夫无情地抛弃了她，她被撵出家门，流落街头，但她在失意中进入到一种重获自由的佳境。这时，她理想中的自己出现了。男演员跳了一段非常优美的舞蹈，展翅飞翔，歌颂了自由的美好，然后将自己天蓝色的翅膀送给女孩。女孩顿感人生升华了，仿佛凤凰涅槃。之后两人的共舞将整个音乐剧推向了高潮，这象征着现实与理想的融合，音乐剧也在此时落下了帷幕。观众从如痴如醉中醒来，掌声经久不绝。

散场之后，尚觉意犹未尽。每个人的心中都住着另外一个自我，B-GIRL，出类拔萃，卓尔不群。

儿童时期，另一个我应该是邻家的哥哥姐姐，或健硕威猛，或端庄甜美；少年时期，另一个我可能是气场强大的明星，或英气逼人，或高贵冷艳；青年时期，另一个我多半是事业有成的名人，或睿智果敢，或知性优雅。

我也曾像那个女子一样有过许多梦想，戴红领巾时想象过自己会像刘胡兰一样英勇顽强，像小雨来一样沉着机智。少年时希望自己像华罗庚、陈景润一样成为科学家，为祖国四化建设做出贡献。高中时期接触到金庸的武侠小说，聪颖机灵的黄蓉成了我最喜欢的女子，没有之一。大学时期，幻想着像三毛一样走遍天涯，拥抱热情的撒哈拉大沙漠。我一直热爱旅游，与读了那么多三毛的游记不无关系。

中年以后，不少人的心中就没有另一个我了。古人云，四十而不惑，五十而知天命，谆谆告诫中年人要听天由命、安于现状。其实，人到中年万事休是一种消极心态，无论怎么美其名曰知足常乐，终究是对继续奋斗的一种逃避。梦想还是要有的，万一实现了呢?

每个人的内心都住着两个人，本我 A-GIRL 与超我 B-GIRL。不同的是，有些人不断地提升自我，努力地成为心目中那个更好的自己，而有些人只是一直在做梦，唯有梦中才能昙花一现。

前段时间在网上看到刘晓庆的近照，颇有感触。60 岁的女人，保养得如此之美，不能不令人点赞。以前我并不喜欢她，太高调招摇了。自她入狱以后，倒是改变了看法，难得身处逆境还如此坚韧不拔。出狱后她更是坚守热爱的事业，虽然看到老女人扮嫩让人起鸡皮疙瘩，但看看她的容颜身材，再看看周边膀大腰圆的黄脸大妈们，深感这个女人为了留住青春、为了成为更好的自己还是蛮拼的。就算脸蛋可以整容，身材总得自己维护吧，节食、健身，一样都不能少。付出才能杰出，此言不虚。

有多少男人女人一面幻想着魔鬼身材，一面管不住嘴、迈不开腿，只能守着本我，幻想着超我，但始终超越不了自己的惰性和贪婪，梦想永远照不进现实。许多昔日美女中年以后人老珠黄，连连哀叹岁月是把杀猪刀，流水它带走光阴的故事改变了一个人。天下没有免费的午餐，岁月对谁都毫不心慈手软，只是有人任凭岁月辣手摧花，有人不甘束手待毙而奋起抗争。

A-GIRL 平庸普通，B-GIRL 完美无缺，两者之间的距离似鸿沟似天堑，难以逾越。没有人能够不经过努力就达成那个更好的自己，每天努力一点点或许才是最佳途径，就这样慢慢地、慢慢地靠近那个更加心仪的自己，直至长出美妙的翅膀，在未来的人生旅途中自由自在地翱翔。

B-GIRL！

人不奋斗枉青春

这几天，一些学生花 15 万读武汉大学被骗的事闹得沸沸扬扬，不想评论其间的谁是谁非，只觉得应了一句话：那些曾经躲过的辛苦，总有一天会回来找你。

第一次看到这句话，是在微信朋友圈，一个同学转发的。原文大致如下：一个女孩失业后再寻新职，面试很少成功，总是被问到一些她不会的工作内容。

原因是，当年她不喜欢那部分工作，所以老板让她做，她就尽可能地推给同事做，结果书到用时方恨少，事非经过不知难。

无论对于女性还是男性，职场都是个靠实力说话的地方。一分耕耘，一分收获，不经历风雨，怎能见彩虹。你想准点上下班照顾家庭，没事儿逛街美容，就不要嫉妒别人的升迁，不要眼红别人的高薪。混日子一天两天可以，三五年差距就显而易见了。

其实，职场还仅仅是一个看得见努力的地方，功夫在诗外，真正看不见硝烟的战场是 8 小时之外的努力。下班后的晚上 7 点到 11 点，被誉为“黄金 4 小时”。8 小时内求生存，4 小时内求发展。这 4 小时中，有人在看肥皂剧，有人在玩游戏，有人在忙应酬，也有人在博览群书，有人在提升专业，有人在锻炼身体……日复一日，年复一年，人与人之间的差距越拉越大。是故，永远不必抱怨为什么加薪升职的总是别人，首先要问问自己付出了多少，与别人的差距有多大。

一个 1992 年的男孩，普通的二本院校学生，毕业之际他跟另外 6 个人一起在某单位实习，两个月后只有他被留下来了。问其有什么过人之处？他居然说，只有他准时上班，再就是邮件格式写得更对错字更少。

准时上班，少写错别字，就这些最最简单的东西居然很多年轻人做不到，想想都不知该笑还是该哭。有的年轻人，写给客户的函件错字连篇，几百个字中能错不下 5 个字，还喜欢造特长的句子，一个句子有 60 多个字，看得人眼晕，不知所云，正应了那句挖苦人的话：当初语文莫非是体育老师教的？

有的人活着，他已经死了。金庸先生笔下的《神雕侠侣》中有个活死人墓，据说是全真教祖师爷王重阳早期修炼的地方，也是杨过与小龙女相识、相恋、隐居的地方。现实社会中也有个活死人墓，那就是职场，葬送了无数懒惰之人的青春与曾经的梦想。

有个教授总结出一句话：“以大多数人的努力程度之低，根本轮不到去拼天赋。”醍醐灌顶，很多人一直以为自己与他人拼的是天赋，拼的是亲爹干爹，其实不完全如此，更多时候拼的只是一点点认真、一点点细节、一点点用心，甚至连勤奋都谈不上。

上班时少打游戏，少逛淘宝，多琢磨琢磨怎么把工作做好。下班后少看电视剧，少睡一点觉，多看看书，多跑跑步，仅仅这样就可以将同龄人甩出几条街了。因为，现在的年轻人，懒惰的实在太多，你只要做到基本的努力，就有资格笑傲职场了。

今天下雨，中午就近去楼下的功夫煲仔用餐。这是家夫妻店，丈夫是厨师，妻子是服务员，请了两个小伙计送外卖。周围写字楼鳞次栉比，生意很火，小两口终日忙忙碌碌。今天雨大，那些原本就不勤快的小白领更懒得出门了，大多叫的外卖。电话铃声此起彼伏，妻子一刻也没闲着。孩子很小，只有两三岁，一直在央求妈妈抱他，可是妈妈哪有时间呢？既要忙着接电话安排外卖，又要忙着给堂吃的客人上菜，孩子一直哭哭啼啼的，令人备感生活的艰辛。可是，据说这小两口已经在这座城市买房安家了，付出必有回报。

就在这时，进来一个乞丐，捧着个碗，70 岁左右。我不禁在想，这个乞丐年轻时究竟做了些什么？他努力过吗？像这小两口这样打拼过吗？乞丐并非残疾，个子蛮高的，就是驼背看上去都有 1.75 米以上，如果他年轻时稍稍努力一些，也不至于到了风烛残年还要受尽屈辱。这个世界上最毒的果子就是“如果”，它耽误了不止一代人。我相信，若干年后，很多人会说，如果我年轻时稍微努力一点，去读个硕士学位，也许就不一样了；也会有人说，如果我当初多学点专业知识，也许就能晋升主管了……不是不报，时候未到。躲过去的那些苦、那些累总有一天要找你来还。

据说花 15 万读武汉大学被骗的那些学生现在都回家了，有人暂时找了一份工作，有人则无精打采，每天睡大觉。乞丐在为他年轻时的懈怠付出代价，这些学生也在为他们当初的走捷径付出代价，所有想不劳而获的人终究要饱尝苦果。这就是生活，你想要小聪明敷衍它，结果却被它耍得惨不忍睹。

生活从来不会自动为你铺路，青春是用来奋斗的，不是用来荒废的。青春的路上，看到的应该是一道道奔跑的身影。莫欺少年穷，之所以说少年人前程远大，是因为有机会趁着年轻打拼出一片属于自己的天地。否则，等到垂垂老矣，一事无成，变成人人可欺的白须公，晚景该是多么凄凉。

人不奋斗枉青春，希望人在年轻时就能明白这个道理，等到老了，即便幡然醒悟也是为时过晚。

来世不可待，往事不可追。

择我所爱 爱我所择

又是一年春逝去，手机上朋友们的祝愿信息纷至沓来，一次次地提醒我，旧年已经渐渐地踏上了离途，逝者如斯夫。

一年中，或者数年以来，我曾无数次地问过自己：人生最重要的是什么？

从某种意义上来说，是选择。人生就是一次次的选择，选择就是一次次的取舍。

我始终认为，人最重要的首先是选择环境，其次是适应环境，最后才能是改造环境。当人生能有选择的时候，最重要的是做出明智的抉择；如果没有选择的余地，则退而求其次，适者生存；最终才谈得上去改造，打破一个旧世界，建立一个新世界。那是需要相当的智慧和勇气的，而且必须建立在充分适应环境的基础之上。

选择大于努力，良禽择木而栖，凤凰非梧桐不栖。方向对，才不怕路远，缘木求鱼是永远不会有什么结果的。所以，做选择时就要擦亮眼睛，放眼远眺，仔细审视周边的环境和你自己，走好人生的每一步。美国盲人作家海伦·凯勒曾经说过："这个世界上绝大多数人都有眼睛，但未必有眼光。真正的盲人不是那些双目失明的人，而是那些没有眼光、没有远见的人。"诚然，小学和中学时代比的是智商和勤奋，到了大学时代比的就是观念和眼光了。智商和勤奋为我们奠定了工作必备的知识基础，观念和眼光则决定了我们未来事业的发展空间。

常言道，在其位谋其政，我们每个人在做选择时，首先要定位准确——我是谁？我想做什么？我怎样达成？知己知彼，方能百战不殆。人贵有自知之明，首先要明白自己是谁，能做什么，既不能好高骛远，也不必委曲求全，合适的才是最好的。

选择即取舍，舍得舍得，有舍才有得，大舍大得，小舍小得，不舍不得，人不能什么都想要。平民王妃戴安娜死于什么？车祸？非也。从某种角度来说戴妃是死于她的贪心——既想要显赫的王位，又想拥有常人的爱情。鱼与熊掌不可兼得，老天给不了那么多，索性什么都收回了吧。生命不能承受之轻。

因此，我们每个人都必须懂得选择最需要的、最有价值的，而且一经选择，就不必再频频回首，没必要再对失去的一切念念不忘、黯然神伤。人性的弱点早已注定得不到的永远是最好的，张爱玲的《红玫瑰与白玫瑰》中已做了最好的诠释：得到了红玫瑰，久而久之便变成了墙上的一抹蚊子血，而白玫瑰还是床前明月光；得到了白玫瑰，天长日久便是衣服上粘的一个饭粒，而红玫瑰却是永锁心头的一颗朱砂痣。一代才女道尽了世间男男女女的患得患失，其实纯属庸人自扰，除了为自己平添许多烦恼之外，别无益处。人生有一门必修课，那就是必须学会热爱自己的选择。

其实，有选择的人生是幸运的，因为很多时候、很多事情我们别无选择，比如：出身、父母、兄弟姐妹、种族、性别、相貌等等。就拿出身来说吧，如果可以，相信会有无数的人重新做出选择，一种选择会让人省去多年的辛勤耕耘，换来一辈子的锦衣玉食。培养一个贵族需要三代人的时间，谁不想做那坐享其成的第三代呢？人与人之间的差异实在太大太大，有些人出生时的起点就是别人一辈子奋斗的终极目标。

遗憾的是，某些方面往往不容选择。但无论如何，我们总有一样东西可以选择，那就是快乐的态度。快乐既是一种生活方式，也是一种工作方式。工作快乐，人生便是天堂；工作痛苦，人生便是地狱。既然要生活，要工作，快乐也是一天，痛苦也是一天，为什么偏要为难自己呢？对于一些不想做但又不得不做的事，如果我们选择快乐地去做，则会让我们如释重负；如果我们选择痛苦地去做，则无异于雪上加霜。人要学会善待自己，和自己讲和。

人生即选择，你选择了超越，就选择了勤奋与努力；你选择了勤奋与努力，就选择了磨炼与成长；你选择了磨炼与成长，最终将会实现超越的梦想。人类因梦想而伟大，人类因选择而成功。

你选择了快乐，就选择了智慧的人生。人生之路漫漫其修远，一颗喜悦的心将会使我们的人生之旅充满情趣、风光无限。

既然人生能有选择，那就深思熟虑，择我所爱；既然我们已经选择，那就投入真情，爱我所择，快乐地生活，快乐地工作吧。

风起的日子，笑看过往。送走了今年，又是明年。我选择了你，你选择了我，这是我们的选择，从不曾悔。

闲侃杂谈

What's your name?

周末早上，想躺在床上看看电视，无奈先生抢先一步将遥控器攥在手中。

电视里正在放一些交通警察的故事，我兴趣索然，一心想着怎么才能夺回遥控器。

天助我也！电视里出来一女记者，大伙儿都叫她小丁，我自然以为她姓丁。一会儿主编找她谈话，开口喊她小吴，我立刻笑得人仰马翻。先生诧异地看着我，我无比鄙视地说：瞧你看的什么弱智片子？演员居然犯这么低级的错误，连人家的姓都喊错了，快快换台！

这回轮到他笑得喘不过气，断断续续地说：那个女的，叫、吴、小、丁！呵呵，哈哈……

气煞我也！瞧瞧这都取的什么破名字！存心让人上当不是？！

刚学英语时，老师教会话，第一个问句毫无例外都是 What's your name。后来大学里学德语，会话的开篇仍然是 Wie ist Ihr Name。千篇一律，无一例外，倒从另一个角度折射出姓名的重要性。

从某种角度来说，姓名带有一定的权威性，对人的一生或多或少起着暗示作用。叫泽东、泽民、恩来的自然从小就懂得以天下为己任，一心为民众的疾苦着想；叫巧儿、惠儿的大多心灵手巧；叫玉枝、翠花的肯定朴实无华；叫娇娇、蔓蔓的不用说就是个娇滴滴的小妞。男人名字带女人味的一般有着女性的细腻与温婉，女人名字很阳刚的多半自强自立，说话做事透着股利落劲儿，瞧人家吴健雄，胜却须眉无数。

从名字也可以看出一个人的家世，官宦人家崇尚忠义礼孝，书香门第欣赏梅兰竹菊，商贾出身的自然看好福禄寿财，民间百姓更希望人丁兴旺，各取所需，百花齐放。

起初，名字只是一个代号。过去老人家为了孩子健康成长，故意给他们取个贱名，狗剩、二蛋什么的，期盼一生平安。随着独生子女的出现，孩子的名字被重视起来。很多宝宝没出生之前名字已经取了一箩筐，直到满月了还迟迟定不下来。慎之又慎，唯恐这一点点的闪失就误了宝宝的锦绣前程。一旦家里意见不统一，便要有请专业人士隆重登场了。由此一系列取名公司应运而生，还有专门的电脑软件，技术含量越来越高，取名公司也赚了个盆满钵满。

有个同事阿玲，总嫌自己运气不佳，明珠暗投，认定是爹妈取名时没考虑周全，想想还有几十年的光阴，亡羊补牢，未为晚矣。于是找了家取名公司，通过一番深入研究，最后权威人士认证，她的“玲”字大大不妥，与成功人士的笔画不相吻合，须立刻拨乱反正。然后给了她一堆可以飞黄腾达的名字，担心改户口时太过麻烦，她从中挑了一个改动最小的“铃”字。就这样，改户口时也没少托人，这还是万里长征第一步。

为了彻底改变其平庸的命运，她不厌其烦地通知所有认识的人，让大家把她的原名统统改掉，似乎不这样就不够卓有成效。我们是同事，近水楼台先得月，她挨个检查，看我们是否将手机里的名字“破玲立铃”了，弄得大家啼笑皆非。看她那股不屈不挠的劲儿，同事都在感慨，如果她把这份一丝不苟的劲头用到工作上，何愁怀才不遇呢？不识庐山真面目，只缘身在此山中。人们往往忽略事物内在的本质，喜欢追逐缥缈的表象。缘木求鱼，当局者迷。

有些姓名性别特征不明显，或是压根儿颠倒黑白，容易引起误会。有个男同事叫赵海燕，开会时经常被分配和女性同住，而叫刘建设的女士生活中也存在诸多尴尬。有次赵海燕和刘建设同时参加了摄影大赛，递交了作品，最后赵海燕荣获一等奖，刘建设名落孙山。颁奖会上，主办方领导见到赵海燕时有些傻眼：咋的？你不是那个女同志？哈！咱海燕同志多走运哪，以柔克刚，不战而屈人之兵，妙哉！

同名同姓的人很多，给我们的生活造成莫大的困扰，特别是姓氏平常又平常的，取名一定要慎重，如果姓司徒、欧阳、慕容之类的就要好办得多。据说重名最多的是“张伟”，全国共有 30 万个张伟，其次还有王伟、王芳、李伟等，重名人数均在 20 万以上。现在不允许给孩子取单名是有道理的，否则老师得给张伟们编上张伟甲、张伟乙、张伟丙，多麻烦哪。

有个同学郑家才，大学毕业分到A城的知名国企，赶巧与A城市长同名同姓。有时候与同事一起吃喝玩乐，同事大呼小叫郑家才时，总会引得路人纷纷侧目。最可笑的一次，他们厂里出了些技术故障，他是技术人员，厂长找他了解些情况，离开时已是晚上八点。厂长十点多接到一个电话，对方称自己是郑家才，厂长哼了声，怪罪说这么晚还打电话来。对方重申自己是郑家才，厂长不耐烦地说，有事明天来厂里再说吧，就把电话挂了。对方又打来，这次很严肃地说，我是市长郑家才。厂长一夜没睡着觉，第二天见到郑家才同学，直怪他爹妈怎么给他取了这么个名。嗨，关人家爹妈啥事？只许州官家才，不许百姓家才？

再一想，也奇了，同样是郑家才，一个是大市长，一个是小技术员，名同命不同，真不知那些取名公司如何解释这种情形。

除了取名公司，作家应该是给别人取名最多的人，为他们笔下的男女老少。人物姓名也反映出作者的阅历、知识、喜好等，人物名字取得好，对文章来说堪称画龙点睛。“文革”中有部小说《金光大道》，主人公叫高大全，后来成了那个时代所有正面人物的代名词，正如秦香莲成了苦情女子的统称。《红楼梦》中的名字都很讲究，假语村（言），真事隐（去）。贾政是假正（经），贾宝玉则是真顽石，“宝玉”二字，一分为二，“宝”和“钗”相连，成了宝钗，“玉”和“黛”相连，则成了黛玉。暗示本钟情于黛玉的人，最终却与宝钗联姻，通篇自是“原应叹息”（元迎探惜）。就连丫鬟的名字都颇有一番讲究，袭人是“戏”子（蒋玉函）的“人”，平儿是“瓶儿”（摆设），鸳鸯却偏偏是个独身主义者，多么具有讽刺意味，是对那个腐朽社会和昏聩家族最好的控诉。

名字说重要也重要，说不重要也不重要，关键在于怎么理解。现代人很幸运，若觉得名字不尽如人意，又不想大动干戈，完全可以给自己起个网名改良改良。在网上可以尽显千娇百媚或风流倜傥，可以温柔地称呼自己“卖火柴的小女孩”，也可以豪迈地冒充“中原一点红”；可以假扮才高八斗的唐伯虎，也可以隐身为诡计多端的大尾巴狼。重要的是，谁也不在乎你到底是谁，更不会探询你的真实姓名。

或许，只有在网上相遇的时候，我们才不会动不动就问上一句What's your name吧。

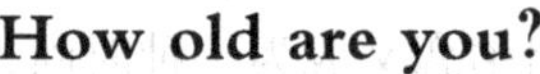

How old are you?

初学英语时，这是最基础的练习句，可惜用的机会越来越少。因为不断地被告诫，做人要有教养，不要随意询问男人的收入和女人的年龄，后来连带男人的年龄也不能随意打听了。

履历表中，水分最大的，除了学历就是年龄。

学历还不至于太离谱，无非是高中的改成本科，本科的冒充硕士，总之是一步一个台阶，而且到了硕士也就 over 了，再往上毫无必要，也没人相信。

年龄就不同了，水分相当大，5 岁上下皆有可能。如果是艺人，10 岁之内都不奇怪。

我比较欣赏老一辈的艺术家如白杨、张瑞芳，老了有合适的角色就演演，没有也绝不装嫩吓人，潘虹、陈小艺也不错。有些演员过于低估观众的智商，以为自己化了妆，观众就当她妙龄女郎。据说林青霞就因为受不了给别人演妈妈，所以一直赋闲在家，息影也比出来吓人有德呵。

这年头，不仅女影星刻意扮嫩，男影星对年龄也讳莫如深。谭咏麟同学就从不公开年龄，只说自己年年 25 岁。更有甚者，玩起“今年二十明年十八”的哄人把戏。

如果“永远二十五”仅指心态，倒无可厚非。相由心生，保持一颗年轻的心，不那么沉甸甸的，无疑是好事。生理的衰老必须承认和面对，我们所能做的，只是让衰老来得慢一点。

心理是否衰老，决定权操之在我。理想状态是拥有 100 岁的境界，80 岁的胸怀，60 岁的智慧，40 岁的意志，20 岁的激情，加上两三岁的童心。

不仅艺人对年龄敏感，官员也半斤八两。对于为官者而言，年龄是个宝，文凭少不了。首当其冲的还是年龄，为了多当几年公仆，多食几年俸禄，无数官迷不惜铤而走险，篡改年龄，以大充小，只要尚能酒饭，怎能算老？

这么多年，我们一直提倡男女平等，但困难重重，年龄首先就是个障碍。男人三十一枝花，女人三十豆腐渣。谈何平等？

择偶时，年龄尤为重要，稍有不慎，便酿成祸端。女人青春易逝，难以芳龄永继，过了 33，倒了半边山，此时的男人韶华依旧，恐难厮守到老，所以传统的黄金婚配法是男大女小。可是，人们渐渐发现，女性寿命比男性长 7 年左右。也就是说，如果结婚时女的比男的小 3 岁，以后就会面临着 10 年之久的守寡岁月。因而，如今姐弟恋又成为一种时尚，女大三，抱不抱金砖另说，最起码守寡的风险小了许多。

中国人在年龄的称谓方面尽显学识渊博，每个年龄段均有相应的称谓。初生儿称婴儿，10 岁称幼学，15 岁称童子，20 岁称弱冠，之后便是众所周知的三十而立，四十不惑，五十知天命，六十耳顺或花甲，七十古稀，倘若有幸活到 100 岁，“朝颐”两个字在那儿等着呢。

相比之下，外国人就偷懒许多。在年龄方面，只简单地分为三类：刚出生——baby，十来岁——teenager，成年人——adult，太没文化了，难怪他们看不懂老谋子的奥运开幕式。

以前在询问长者年龄时，总是问您老贵庚、高寿？现在总觉得有嫌人家老的意思。还是上海人聪明会说话，逮谁问谁：“侬几岁？”不管对方是黄口小儿还是白发苍苍，让人听后欢畅无比。

为了讨好对方，我们常常逢物加价，逢人减岁。明明看上去五十有余的，偏要言不由衷地说看上去四十刚出头；明明一大妈级的，偏偏问人家孩子有没有小学毕业。有人说这是虚伪，有人说此乃礼节，不管怎样，只要当事人自己知道今夕何年就行了。就怕那些听信谗言的愚者，变着法地把自己打扮成 10 年前的模样。谎言害死人哪。

对于有名望的人来说，高龄绝对是优势。丘吉尔曾说过：“一个政治家是否伟大，不取决于他的能力，而取决于他是否长寿。”读金庸和古龙的武侠小说，也时有感慨，那些一心一意想报仇雪恨而武功不敌仇家的人，只须找个隐秘之处修身养性，待几十年后重出江湖，自会发现昔日仇家均已作古，血海深仇已由时间替他做出了断。不亦快哉！

晚饭时，发现刚上初中的女儿神情落寞，追问之下，方闷闷不乐地说：知道吗？听同学说，林志颖是 1974 年的，已经 30 多岁了！

那又怎么了？

女儿惊呼：他已经是个老男人了！我再也不喜欢他了！

先生脸色倏变，他正美滋滋地以为自己风华正茂呢，没想到在90后的眼里，早已是个一钱不值的老男人。

他气急败坏地往女儿碗里夹了一筷子她顶顶讨厌的芹菜。瞧，老男人可不就这么不讨人喜欢吗?

心中窃喜，自从年过三十，我早已不奢望靠年龄谋取优势了，反倒心平气和，好在不是吃青春饭的职业。嘿嘿，现在老女人多了个老男人陪着，可真是天底下最浪漫的事啊。

心情奇好无比，主动帮女儿吃掉了碗里的芹菜，让那个老男人恼羞成怒去吧。

Where were you born?

在三亚海边，看到一对外国夫妻带着小女儿在捡贝壳，小女孩笑得一脸明媚。也是在三亚海边，一个本地的小姑娘手里拎着一串串贝壳项链，挨着个地向游客兜售。

脑海里突然冒出初学英语时那句经典的问句——Where were you born？

Where were you born？看似是问出生地，其实涵盖的内容异常丰富。

如果有幸 born 在北欧这些高福利国家，便注定了衣食无忧。母亲节前夕，国际慈善组织公布了本年度的“妈妈幸福指数”排名，挪威名列第一。中国在 77 个发展中国家中排第 18 位,中国妈妈不好做啊。所幸比上不足比下有余，总比不幸 born 在阿富汗、伊拉克这样战火纷飞、兵荒马乱的国家好多了，那些国家的人民只能自求多福了，活至成年已是万幸，有多少无辜的幼童丧生于流弹、疾病与饥饿。

即便 born 在同一个国家，江南与塞北，都市与乡村，富庶与贫瘠，繁华与蛮夷，差异依然相当之大。北京孩子将天安门、颐和园当成自家的后花园，周末想去则去，在许多外地孩子眼里，却无异于神圣宝地。每当看到绝症少年把去天安门看升旗作为人生的最后梦想，总止不住唏嘘慨叹。有些人唾手可得的东西却是别人梦寐以求的宏伟理想。

有一天看到一篇高考零分作文——《我有一双隐形的翅膀》，是一个北京考生写的:“我从来都知道，我有双隐形的翅膀。没有‘翅膀’的学生们，有不少当了放羊娃，也有的当了打工仔。我有一双隐形的翅膀而他们没有，所以我永远能比别人飞得更高。”

北京户口，的确是一双厉害无比的“翅膀”，直接将孩子们分为三六九等。没翅膀的孩子拼死拼活，穷其一生不过仅在地面上稍稍领先；有翅膀的孩子微微使点劲儿，便可以于天地之间自由翱翔。天高任鸟飞，鲤鱼跃“农”门，自当不可同日而语。

就算 born 在同一座城市，也存在天壤之别。早些年上海流行一句话：“宁要浦西一张床，不要浦东一栋房。”从高楼大厦到低矮的棚户区，人与人之间的距离仿佛隔了好几个光年。

也许这个世界压根儿就不存在什么公平，从人们 born 的那一天起。

那天看到一段评四大名著的言谈，不禁笑出声来。“《西游》：出身不好，想成佛是有难度的;《红楼》:出身不好，想嫁人是有难度的;《水浒》:出身不好，想当官是有难度的;《三国》：出身不好，想创业是有难度的。”

如果唐僧生来就先知先觉而非凡眼肉胎，何必要不辞劳苦上西天取经？如果黛玉不是父母双亡，家道中落，怎会落得如此可悲的境地？如果宋江系名门之后，含着金汤匙长大，怎会落草为寇又视招安如归？如果曹操生下来就是太子，何苦还要出生入死、东征西讨？

虽说英雄不问出身，但听到更多的是“龙生龙，凤生凤，老鼠的儿子打地洞”。中国如此，外国也不例外。印度电影《流浪者》里不是也有一句经典台词“法官的儿子永远是法官，贼的儿子永远是贼”吗？只不过国人的门第观念似乎更甚，从古代的世袭制度到“文革”时期的阶级出身论，遇罗克就曾为此献出了年轻的生命。

即便在今天，在改革开放的时代，仍有许多人因为户籍问题痛苦不堪。鉴于北京、上海的户口是无价之宝，许多年轻人甘愿成为北漂一族，希望通过自己的努力在那里扎下根，将来让子女赢在起跑点，生下来即有“一双隐形的翅膀”。无奈，京城居，大不易，近几年北京、上海的房价居高不下，北漂一族不幸沦为“蚁族”。

有人建议“蚁族”去二三线城市发展，房价低，不一定偏要挤到北京、上海来。蚁族又不是傻子，假如在二三线城市能有远大前程，谁愿意背井离乡呢？又不是天生的受虐狂。二三线城市外企极少，好单位不多，除了公务员就是些垄断行业、金融企业，电力电信以及银行证券，一般人进得去吗？

二三线城市发展靠的是什么，是出身、是父母、是一切与 born 有关的外因。

北京、上海虽然房价贵，但毕竟机会多多，特别是外企非常注重个人能力。假如学历不错、英文娴熟、情商稍高，就可以进外企做个自强自立的“杜拉拉”，过万的月薪虽买不起房子，但养活自己绰绰有余。这些没有背景只有背影的“杜拉拉”一旦到了二三线城市，可能连份像样的工作都找不到。

选择大于努力。最好的选择莫过于 born 在一个祥和的国家、富庶的家庭，天生就是一等人，成龙成凤，就像那个在三亚海边捡贝壳的外国女孩。实在不行，还可以通过婚姻改换门庭，做个攀龙附凤的二等人。婚姻如同第二次投胎，无论对于男人还是女人，就算不能出身名门，起码也得嫁入豪门。如果通通没戏，就只有自我勉励了——出身无法选择，人生可以拼搏。只要够努力，爱拼就会赢。

每一次都在徘徊孤单中坚强
每一次就算很受伤也不闪泪光
我知道我没有隐形的翅膀
但并不妨碍我努力飞翔
飞翔飞翔飞翔……
努力吧，所有没有“隐形翅膀”的人！
值得慰藉的是，你不是一个人在战斗！
值得期待的是，王侯将相宁有种乎！

阿拉上海人

大学时代是在上海度过的。当时想考北京的大学，父母不同意，原因很简单，离家太远。

到了上海，才发现听不懂上海话。我们班和我们宿舍上海人挺多的，每天叽叽喳喳、叽里呱啦的，不到三个月便听懂了。当时很得意，如同多学了门外语，比去北京的同学占了大便宜。

上海人超乎寻常地喜欢说上海话，言必称阿拉上海人，生怕别人勿晓得，被当成外地人，那便是奇耻大辱了。听懂上海话之后，便可以很好地了解上海人了。

阿拉上海人看不起外地人，所有的外地人都有一个统称——乡下人。这三个字涵盖了上海人对外地人的轻视及蔑视。上海人也看不起上海某些地区的人，所有的那些地区都有一个统称——下只角，都市里的村庄，宁要浦西一张床，不要浦东一栋房。典型的地域歧视。

阿拉上海人看不起穷人，所有的穷人都有一个统称——瘪三。典型的财富歧视。

阿拉上海人看不起傻人，所有的傻人都有一个统称——戆头。典型的智力歧视。

阿拉上海人看不起丑人，所有的丑人都有一个统称——卖相难看。典型的相貌歧视。

……

上海人以会算计为荣，以不会算计为耻。从甲地到乙地要坐车，七站地，一毛钱。精明的上海人会从甲地坐车到丙地，三站地，三分钱，再从丙地到乙地，四站地，四分钱，一共只需七分钱，上海当时五站地以下收费会低些。我这辈子从未见过如此会算计的人，惊为天人，顶礼膜拜。

上海人视财如命，锱铢必较。你若借了上海人的钱还想不还，简直连窗户都没有。他们会想尽各种行之有效的方式提醒你，直到你恍然大悟，如数奉还，煞费苦心的友情提醒方告一段落。比如你借了上海同学五分钱菜票，久久未还，你压根儿就忘了这茬。五分小钱，何足挂齿？但那是你的一厢情愿。债主旁敲侧击了几次，均无功而返，瞧着你那没心没肺、麻木不仁的无辜样儿，上海同学恨铁不成钢，决定使出撒手锏，主动出击。于是，他中午找你借了一毛钱菜票，晚上还给你五分钱，顺便告诉你上次借的五分钱菜票不用还了。你有点发蒙，为了帮助你回忆，他耐心细致地提供了借钱事件发生的“5W”和“1H”，甚至还有目击证人。倘若你还呆若木鸡，百思不得其解，他则不屑与你多费口舌，背起书包，扬长而去，心里一边骂你戆头一边将你列入黑名单，冻结了你从他那儿借钱的账户。

上海人普遍对人比较冷淡，不像北方人初次见面就恨不能把心掏给你。上海人既不会把心掏给你，也不会要你的心。君子之交淡若水，小人之交甘若醴，这应该是他们崇尚的。现在想来，我挺喜欢这种交往方式，距离产生美，既掩饰了一些不必要的真实——真未必一定善一定美，又给人以无限的遐想空间，一如国画中的留白。

上海人十分讲究穿着，女孩子不管住在什么样的棚户区、小弄堂，飞出来的都是一只只金凤凰，千娇百媚。不能不称道她们对生活的用心，一条丝巾有几十种结法，就那么三五套服装却令人每天耳目一新。不能不惊叹造物主对上海女人的偏爱，给了她们玲珑的身材和灵巧的心思，无论是大家闺秀还是小家碧玉，恰似老城隍庙的九曲桥，曲径通幽，韵味十足。这个世界不是有钱人的世界，也不是有权人的世界，而是有心人的世界，上海女性的用心让她们征服了上海男人，进而征服了上海。如果一个城市也有性别，上海无疑是女性，奥黛丽・赫本那样的窈窕淑女，优雅聪慧，光彩照人。上海男人遇到了这样的天生尤物，只能俯首甘为孺子牛。孺子牛在外勇猛扒分，能征善战；回家买菜做饭，一介煮夫。哄女主人开心是每日的必修课，一旦犯点啥鸡毛蒜皮的错误，则打不还手，骂不还口，绅士风范发挥得淋漓尽致。年轻时打心眼里瞧不起上海男人，一群窝囊废、娘娘腔，现在却觉得细腻体贴，温暖备至。

附庸风雅是上海人的一大特征，哪里有时尚哪里就有上海人。20 世纪 80 年代刚掀起旅游热，上海人趋之若鹜，到处白相相。附近江浙一带的人对他们爱恨交加，向往他们口袋里的真金白银，厌恶他们的种种做派——装模作样，装腔作势，自以为是，自命不凡。看在钞票的分上，主啊，饶恕他们吧。

上海人是正儿八经的君子，只动口不动手，崇尚文斗，杜绝武斗。不信带你去看。正值一个下班高峰期，一辆公交车缓缓驶来，到站停车，先下后上。上海人挤车的技术含量相当高，从不用蛮力气，讲究技巧。后面的推着前面的，助他们一臂之力，前面上去后也尽可能往里走，为后面的腾出一席之地。上海人在车上的站姿也很独特，每个人都侧立，最大限度地利用有限的空间资源。上海的公交车能容纳的人最多，不仅仅因为上海人苗条。如果这时上来一个不讲游戏规则的莽夫，争执便开始了。他横冲直撞，已令满车人怒目而视。哎哟，又踩了旁边一绅士的脚，绅士不能不“关切”地问候：“侬眼睛瞎了？”莽夫不甘示弱，反唇相讥：“哟，怕挤？怕挤坐红旗呀！”礼尚往来，兵来将挡，水来土掩，投之以石，报之以砖。满车乘客此时成了忠实观众，看到有趣处，会心一笑；听到俏皮处，暗暗叫绝。在拥挤的车厢里，劳累了一天的上海人无不兴致勃勃地欣赏着这场 PK。假如其中一个选手先行到站下车，全车人均会行注目礼，默默感激他带给大家的轻松一刻。剩下的一方也会恋恋不舍，

怅然若失，隔了两站悻悻而下。这时，满车乘客活跃起来，就刚才演出中的精彩片断进行回顾点评。车上几个北方人忍不住高声议论:“真没劲，看了半天，咋光说不练？在俺们那旮沓早就下车单挑了，忒扫兴了！”来自白山黑水的大老爷们怎么也不能理解上海人为啥只热衷于斗嘴。上海人听毕，微微哂笑，嗤之以鼻，焚琴煮鹤，大煞风景，我的柔情你永远不懂。

上海人评价一个人的标准是看他能否拎得清，至高无上的褒奖则是老拎得清，“老”是上海话中的最高级。他们无比热爱拎得清的人，对拎不清的人则白眼相加，视为异类。父母不允许子女和拎不清的孩子玩耍，也不允许子女和拎不清的父母的孩子交往，龙生龙凤生凤，有其父必有其子。同学中有不少上海人，有几个属于老拎得清的，如果能被他们夸上一句拎得清，外地同学便欢天喜地，合不拢嘴。外地同学对上海同学的最高评价就是——你真不像个上海人，疑似侮辱。有一次，认识了一个上海同学，热情爽朗，侠肝义胆，一起吃饭居然还抢着付账，太不像个上海人了！忍不住那样夸了他一句，不料他哈哈大笑，说从小是在新疆长大的，高二才回上海。瞧瞧！

说实话，大学时代对上海人真没啥好印象，现在时过境迁，想法已然大相径庭。时不时去上海出差，工作中也经常与上海同事打交道，感觉非常惬意。

阿拉上海人做事认真细致，心思缜密，滴水不漏，不偷懒拖拉；阿拉上海人做人很有分寸，恰到好处，善解人意，不强人所难；阿拉上海人做生意讲究信誉，追求双赢，互利互惠，不轻易毁约；阿拉上海人着装得体，颇具品位，浓妆淡抹总相宜；阿拉上海人饮食美味可口，色香味俱全，不似北方菜令我深恶痛绝，最恨北方人无论做什么菜都要勾芡，一片混沌，惨不忍睹。上海菜就像上海人，精致清爽，赏心悦目，我老欢喜噢。

现在，阿拉上海人令我刮目相看，我已经不再用那句疑似侮辱的话赞美上海人了，有时候发现一个老拎得清的外地人时还会夸他像上海人。

斗转星移，沧海桑田。不知是上海人变了，还是我自己变了，也许是时代变了，我们大家都在成长进步吧。

咱北京人

大学毕业后离开上海，被分配到一个陌生的城市。一个偶然的机会，被派驻北京办事处工作。

一上飞机，马上被清脆悦耳的京腔环绕。一声声京片子，好听极了，绕梁三日不绝于耳，难怪京剧堪称国粹。对北京人的第一印象是前所未有地好。

一踏上北京的大地，立刻置身于一片银装素裹的世界，那是北京当年的第一场雪。我从没见过那么大的雪，“千里冰封，万里雪飘，望长城内外，惟余莽莽，大河上下，顿失滔滔”。北京如此多娇，令我一见钟情。

北京男人高大威猛，比起奶油小生般的上海男人，让人油然而生一种安全感。北京是座典型的男性城市，极富男子汉气概，豪放不羁，一如苏东坡的《大江东去》。北京女人个子很高，我第一次为自己的身高自惭形秽，从那时起爱上了高跟鞋。

北京人大气，拿得起放得下，真英雄自洒脱。就像这座城市，气势磅礴，飞流直下三千尺，疑是银河落九天。我喜欢大气的人，和他们相处，轻松释然，不必时时揣摩对方的心思。真有不妥之处，他们也会有一说一，有二说二，绝不含沙射影，王顾左右而言他。

北京人有知识，他们喜欢读报、看《新闻联播》，上知天文，下知地理，中间还抓着时政要闻、股市行情、明星轶事、柴米油盐……和北京人聊天是种享受，高谈阔论，妙语连珠，语惊四座。大千世界，芸芸众生，阳春白雪，下里巴人，方圆几万里，上下五千年，就没有不知道的领域。坐火车出差，旅途寂寞难耐，突然上来个北京人，那才是三生有幸。十几个小时的旅途在天南海北的神侃中倏然而逝，令人叹息光阴似箭，依依不舍地惜别了北京人，对他们的好感又增加了十分。

北京人有文化，一如这座城市，随处可见浓郁的文化气息和深厚的文化底蕴，真名士自风流。伴着明清遗风长大的北京人，占据天时地利，尽享日月精华。全国人民热爱向往的天安门是咱北京人的百草园，莘莘学子朝圣的北大、清华是咱北京人的三味书屋，耳濡目染，潜移默化，怎能不平添几许文化？

北京人幽默，他们的幽默与生俱来，水到渠成，不掺杂丝毫的做作。北京人的幽默随处可见，信手拈来，不着痕迹，随风潜入夜，润物细无声。智慧的人不一定幽默，但幽默的人一定充满智慧。从过去的相声到眼下流传甚广的各种段子，大都起源于京城，出自咱北京人的手笔。北京人不仅善于针砭时弊，挖苦别人，也善于自嘲，这不仅是种勇气，是种智慧，更是种胸襟，是种格局。

北京人侠肝义胆，路见不平，拔刀相助。有一次，同学请我吃饭，还有他们一个同事，土生土长的北京人。在饭店门口，看到一辆小车撞了一骑自行车的中学生，可能是那学生拐弯时没注意。小车主人下来把学生训斥了一顿，学生吓哭了。北京同事立刻冲上前去，指责小车主人，看你吓着人孩子，车又没坏，吼什么吼呀？边上几个路人也跟着附和。小车主人见状，嘟噜了两句，上车走了。北京同事又去劝慰那孩子，让他赶紧回家，还不忘叮嘱下次拐弯当心。走过那么多城市，这个场景给我的印象最深，闪烁着人性的光辉。以后无论走到哪里，我都会怀着一颗喜悦的心去追忆京城的如烟往事，美好而温馨。

北京人政治热情尤为高涨，和上海人有天壤之别。上海人是事不关己高高挂起，北京人是家事国事天下事，事事关心。京城的出租车司机就是北京人民杰出的政治课代表。刚到北京时，恰逢美国要向伊拉克宣战。只要坐上出租车，司机的第一个问题是，您去哪儿？第二个问题保准就是，您认为美国会打伊拉克吗？恍惚间，自己坐在中央电视台，接受军事天地主持人的采访。第一次被采访，我惊诧不已，心想，这哥们当年也是个文学青年吧？瞧瞧，记者梦还没醒呢，愣是把乘客当成了嘉宾，把计价器当成了镁光灯。后来接受采访的次数多了，才知道是自己以草民之心度政治家之腹了，咱北京人一向以天下为己任，国家兴亡，匹夫有责。一时分不清是北京这个政治中心造就了咱北京人，还是咱北京人让首都名副其实，名不虚传。也许两者相辅相成，相得益彰。北京人的政治敏锐度相当高，我们办事处在一个居民小区中，片儿警和居委会大妈隔三岔五地上门探访，查查暂住证是否到期，屋子里是否有可疑物件，有没有来过闲杂人等。一回生二回熟，他们渐渐地信任了我们，但还是照来不误，改聊天了，家长里短，东拉西扯，滔滔不绝，侃侃而谈……唉，北京人的热情，让我欢喜让我忧。

北京人有点惰性，眼高手低。仗着自己是皇城根下的，把外地人都当成了子民，君临天下，高高在上，大事做不了，小事不屑做。所以，北京的钱大都让外地人赚走了，不少土生土长的北京人日子过得并不如意，甚至捉襟见肘。就这样，他们仍然放不下架子，就像一个没落的贵族，已然山穷水尽，却依旧不肯向生活低下高贵的头颅。也不知该称赞他们高风亮节，还是该痛惜他们不识时务。

北京人有点假清高，爱钱在心口难开，死要面子活受罪。我刚开始做销售时，不了解这点，谈了几次业务都不顺利，屡屡不能得手，说不出地懊恼与沮丧。去请教老板，老板也是个北京人，但他当局者清，给我历数了北京人的种种陋习。名利于我如浮云？哈,吃不到的葡萄都是酸的。视金钱如粪土？哼，做梦都想着当化粪池吧。云开雾散，豁然开朗，从此与北京客户的交往势如破竹，风卷残云，旗开得胜，马到成功。

北京人有点粗糙，一如他们的饭菜，一方水土养一方人。当时外地饭店还很少，请客户吃饭是最头疼的事。北京客人还好办，不嫌母丑、不嫌家贫是种美德。最怕来外地客户和朋友，尤其是讲究饮食的南方人，只能每每在满桌粗制滥造的饭菜前慷慨陈词，痛斥北京人的暴殄天物与不思进取。

北京人有点喜夸海口，言而无信。古人有三言二拍，北京人有经典三拍：合作初期胸脯拍得砰砰响，敢上九天揽月，敢下五洋捉鳖；没能如期完成，猛拍大腿，出师未捷身先死，长使侃爷泪满襟；最后追究责任，发现他已经拍屁股溜了，黄鹤一去不复返，白云千载空悠悠。最可气的是，事情过去之后，你以为他这辈子乃至下辈子都无颜见江东父老了，偏偏黄鹤摇身一变就成了候鸟，又若无其事地翩然而至，谈笑风生，还一本正经地和你商讨下一个合作项目。看着如此尽释前嫌的北京人，你瞠目结舌，啼笑皆非，只能叹道，健忘是一种病态，善忘是一种境界。嗨，我的北京哥们，I 服了 you。

所有的这些“有点”，都不影响我一如既往地喜欢北京人。白璧微瑕，正是这些微暇，让咱北京人显得更加真实、生动、有趣、可爱。

在即将离开这座城市的时候，写下这样的文字，也算是种纪念吧。

对我来说，这是个充满太多关爱和温暖的城市，这是个令我一见钟情又终生难忘的城市，我与这个城市有着不解的缘分。

再见了，北京。

再见了，咱北京人。

我，会想念你们的。

霸气的香菜

从小就不爱吃香味浓郁的食物，香菜、香椿什么的，统统都被开除出我的食谱。后来勉强接受了香椿炒蛋，但始终对香菜避之唯恐不及。

南方人还好，并非所有的食物里都要放香菜，他们更喜欢放香葱。我在上海读了五年大学，吃着食堂里的各色菜肴和街边小吃，一直毫发无损。北方人就完全不同了，他们对香菜情有独钟，不管是煎饼果子还是面条馄饨，不管是炒菜还是做汤，香菜就像盐一样不可或缺，令我十分头疼。出去吃饭，稍微说慢一点，馄饨里便被撒了厚厚一层香菜，只得皱着眉头一根根拣出来，不胜其烦。

一直纳闷，怎么会有人喜欢香味这么浓郁的食物？贾平凹在《丑石》中说，丑到极处便是美。那么香到极处便是臭？比如榴梿。反之亦然，臭到极处便是香，据说唐明皇拜倒在杨贵妃石榴裙下的真正原因是被她的狐臭迷倒的，正因为狐臭，才要“温泉水滑洗凝脂”，从而令唐明皇得以欣赏到“侍儿扶起娇无力”的柔媚，从此君王不早朝。

萝卜青菜，各有所爱，既然有人酷爱狐臭，也允许我讨厌一下香菜好不好？最讨厌的还不是撒在面条或者汤里的香菜，只要有耐心，总可以慢慢挑出来。最恼人的是饺子馅里的香菜，一口咬下去，猝不及防，正所谓明枪好躲，暗箭难防。饺子馅里的香菜好比一个隐藏在暗处的小人，悄悄伸出腿绊你一个大跟头。因此，在北京，我一般不吃饺子。

时而有好事者问我为啥不吃香菜，一边在心里暗骂其多管闲事，一边细细琢磨。是啊，为什么呢？那么香，那么有营养，为啥我偏偏不喜欢呢？

香菜就像一个浓妆艳抹的女子，尽管美艳不可方物，尽管花枝招展妖妖娆娆，但我总觉得有点装腔作势、故弄玄虚。归根结底，是因为香菜太霸气了，只要有它在，就会掩盖住其他所有的味道。就像榴梿，不让上飞机是绝对正确的，否则整个机舱全是浓郁的臭味或香味——见仁见智吧。香菜也如此，用它包饺子，放什么菜都没用，最终就是一股浓浓的香菜味，令你无处可逃，只能在它的笼罩中窒息、窒息……

是的，我不喜欢香菜就是因为它的香气太霸道了。同样，我也不喜欢霸气的人，尤其是女子，比如林徽因。好多人赞她秀外慧中、风华绝代，乃不可多得的人间四月天。我则不以为然。

她确实是一位倾倒众生的佳人，徐志摩为了参加她的演讲而坠机早逝，金岳霖更是为了她终身未娶，并且用大半生的时间“逐林而居”，将单恋演绎到极致。具有讽刺意味的是，她的丈夫梁思成却在她去世后再婚，而且当时已经 61 岁了。梁思成曾如是说：“俗话说文章是自己的好，老婆是人家的好。但我却是老婆是自己的好，文章是老婆的好。和林在一起有时很累，因为思想太活跃，必须反应同样敏捷。”

娶林徽因这样众人瞩目的才女真不是一件令人羡慕的事儿，就算没有金岳霖住在隔壁默默地守候，也够累人的了。就像其他的蔬菜和香菜一起做饺子馅，除了默默无闻还能有别的选择吗？梁思成后来娶的是一个简简单单的女人，从才子佳人变成了才子加人，也许这才是他梦寐以求的平凡生活。

冰心也不喜欢林徽因，还写了一篇小说《我们太太的客厅》加以讥讽。当时，梁思成和林徽因的周围聚集了许多文化精英，如徐志摩、金岳霖、周培源、胡适、朱光潜、沈从文等，形成了北平最有名的文化沙龙。林徽因在其间谈古论今，光彩夺目，梁家沙龙被人称为“太太的客厅”。

林徽因何等聪明，看出了冰心的冷嘲热讽后立即送给她一坛醋以示反击。都说文人相轻，更何况是两个才女，一个高洁淡雅，一个光艳照人，彼此不睦也属正常。我觉得冰心也不见得就是单纯地嫉妒林徽因，当时丁玲、萧红、张爱玲等女作家也很有名，怎么没见冰心挖苦她们？真心不喜欢林徽因才是原因。

与林徽因交往甚密的作家李健吾曾评价说：“林徽因口快，性子直，好强，几乎妇女全把她当作仇敌。”这就是了，只要她在，其他人都是浮云，如同太阳的光芒遮蔽了星辰，如同香菜的味道掩盖了一切。此之佳肴，彼之毒药，既然有金岳霖这样矢志不渝的追随者，那么有冰心这样不以为然的排斥者也乃天经地义，就像北方人嗜之如命的香菜却屡屡遭我嫌弃是一样的道理。

北方人性格刚烈，男的豪爽女的泼辣，物以类聚，因此他们酷爱香味浓郁的香菜。南方人细腻温和，不爱大喜大悲，饮食较清淡，所以并不热衷香菜，怕它霸道的香气冲淡了食物的原汁原味。

我不喜欢香菜就像我不喜欢霸气侧漏的人一样，都太过盛气凌人了，月

满则亏，水满则溢，任何时候都该给别人留有一席余地。“滋味浓时，减三分让人食；路径窄处，留一步与人行。”与人方便，与己方便，也许这样的处世之道才能令人终身受用。

比来比去的一生

人的一生，是在比较之中度过的，被别人比较，主动与别人比。

你出生时，邻床农妇的孩子是个九斤胖丫，妈妈初为人母的喜悦便大打折扣，盯着你的小脸百思不得其解：论营养，怎么也不可能比农妇差，怎么小家伙只有六斤呢？全然忘却了她是如何顺利地生产，而农妇折腾了两天两夜，最后还挨了一刀。

你万分委屈，号啕大哭——彼时表达感情的唯一方式。妈妈看看呼呼大睡的九斤胖丫，又埋怨开了：闹了半天，营养全长错地方了，哭声这么洪亮，该不会是个夜哭郎吧？瞧人家胖丫多乖。你恨不能爬到邻床，将胖丫掐哭，顺带掐下她脸上的一块肉贴到自己清瘦的屁股蛋上。

可惜，你只会哭，于是，你继续哭，泪飞顿作倾盆雨，但始终没哭来六月飞雪，所以妈妈至今不知道你当年的窦娥冤。

这才是万里长征的第一步。此后，喝奶、翻身、爬行、长牙、吃饭、走路、学语，你像个玩偶一样每天被家人抱来抱去参加各式比赛，选手们都是大院里的同龄幼儿。你不胜其烦，大人们却乐此不疲，你只好无可奈何地随波逐流，像马戏团的小狗一样，每天表演站立、傻笑、鼓掌，还有俗不可耐的飞吻，取悦自家长辈与各色闲杂人等。

长大以后，方知晓此乃轻松愉快的娱乐频道，那些正儿八经的教育频道、体育频道、经济频道尚未开播，它们就在不远处对你虎视眈眈。

刚上小学，你就如陀螺般被父母快马加鞭地抽着在各类辅导班转来转去——写作、奥数、英语……有一天，妈妈在饭桌上说起同事小孩在学书法，说完目光炯炯地看着你。你顿起火烧火燎的灼热感，无比怀念那段比吃比喝的幸福时光。你咬牙切齿，总有一天你要以牙还牙，以比还比，把父母也拿去与别人相比，比学识、比财富、比地位。

忘了从哪一天开始，你继承了父母的兴趣，开始主动和别人攀比。从考试成绩到衣服品牌，从班花的青睐到球赛名次，整个中学阶段你活得很不轻松，终于跌跌撞撞地闯进了名牌大学。

那个暑假是你今生最灿烂辉煌的时光。你轮番接受老师、同学、亲戚、邻里的恭维和祝贺，整个大院数你考得最好。你看着其他孩子被家长责骂，扬眉吐气，当年的出牙早和早说话已经毫无意义。你忽然忆起一个人，那个最初带给你巨大打击的九斤胖丫，真想让她见识你今日的风光，至今你对她胖乎乎的小脸蛋依然耿耿于怀。想起一句老话："小时候胖不算胖，长大了胖压塌炕。"你开心地笑了。

终于盼来了开学。首都的繁华令你目不暇接，整洁的校舍让你喜上眉梢，直到看见你上铺的兄弟居然有台精巧的笔记本电脑。父母刚送给你一部摩托罗拉，你如获至宝。

"没有最好，只有更好"，这句广告成了你大学生涯的座右铭；"比上不足比下有余"成了你极为鄙视的消极心态。你加入了学生会、文学社、篮球队，忙得不亦乐乎，只为将来找工作比别人多一份机会。

青葱年代，青葱校园，转瞬即成过眼云烟。由于学业优异，你顺利地在北京一家外企找到工作，你开始感激父母从小便威逼利诱你学《新概念英语》。

精明的美国老板使你顿悟，之前的比来比去都是些微不足道的热身赛，现在方正式进入角逐。老板充当裁判，发令枪已经打响，任何员工都没有退路，唯有前进、前进、前进、进。

你几乎天天加班，邻座的小李硬是把朝九晚五演变成了朝九晚九，你不愿意看到老板质疑的目光。

加薪、升职、外训，同事间的明争暗斗，让宁静的职场活脱脱变成一方热土。你倦了，厌了，却无处可逃，天下乌鸦一般黑，哪里的竞争不激烈。

你渴望像蜗牛一样，缩回自己的壳里，你想到了成家。男大当婚，女大当嫁，无论和古人比，还是和今人比，你都到了适婚年龄。

妻子是一次聚会上认识的，一个心直口快的北京姑娘。结婚时，父母来了，尽管带来了这辈子所有的积蓄，但你还是明显地感觉到"泰山泰水"的不满。

看着小小的一居室，父母感慨：要是在老家，怎么也得住上 100 平方米的大房子，你同学大宝的新房足足 180 平方米。别看他当年没考上大学，现在在闹市区开了家大超市，生意火着呢，挣得比你还多。

你忍无可忍，冲口而出：还不是他有个好爸爸，在位时给他谋了块风水宝地，省去了多少年的奋斗！

父母嗫嚅着说不出话，你蓦然发现他们苍老了许多。以牙还牙、以比还比的时刻终于来了，却丝毫没有想象中的快感。你想起很久以前读过的一个笑话：父亲批评儿子不努力学习，说林肯像你这么大的时候成绩是班上第一。儿子不甘示弱，反唇相讥：林肯像你这么大时，已经是美国总统了！

第一次读到这个笑话时，你乐不可支，体会到一种复仇的快意，甚至模仿那少年的口吻重复了几遍。可是现在，你的心沉甸甸的，貌似强大的父母如此不堪一击，你悔意渐生。

渐渐发现，结婚最大的好处就是不再孤军奋战，在与人比较的战场上，妻子始终并肩作战，摇旗呐喊，只是大多数时候敌我不分，枪口对内。在妻子眼里，值得比较的东西五花八门、应有尽有，从硬指标到形而上，从客观表象到灵魂深处。比身高、外貌时你自信满满，论及职位、年薪你无地自容，至于结婚纪念日的烛光晚餐和情人节的蓝色妖姬，你硬着头皮扮演着一个情意绵绵的郎君，只为妻子闺密的夫君就是这样令爱情保鲜的。一度你最痛恨的人就是妻子的闺密，天知道这些无聊的女人从哪里弄来这许多参照物，为妻子的攀比提供了丰富多彩、层出不穷的素材。

好不容易发了年终奖，两万元，你满面春风地交给妻子。妻子不屑一顾："什么破公司，两万元还好意思拿出手。我们同事的老公单位一人八万八！"你原本打算要回两千元春节回家孝敬父母，弥补上次对他们的伤害，但张张嘴，终于没有出声。那年春节，你借口加班，第一次没有回家过年。

谢天谢地，儿子如及时雨一般呱呱坠地，吸引了妻子全部的注意力。你悄悄舒了口气，好小子，来得真是时候，哄儿子睡觉时你情不自禁地哼了首《感恩的心》。

儿子头发稀稀拉拉，只有寥寥数十根。妻子眼里泪光点点，邻床那个小兔崽子居然满头乌云密布。"瞧咱儿子的眼睛多大，比咱俩的都大，快赶上小燕子了！"你超夸张的溢美之词总算博得妻子莞尔一笑。

儿子真是个小福星，带来的不仅是天伦之乐，还有期盼了5年之久的牛市。岁末清点战绩，一共赚了10万，立刻直奔那辆朝思暮想的POLO。还没来得及被胜利冲昏头脑，周围同事已纷纷开上奥迪、宝马。在这次轰轰烈烈的牛市中你远非最大的赢家。POLO带来的兴奋如细小的雨点落进炽热的土地，嗖的一声，便无影无踪。

周末到了，又可以接回宝贝儿子了。你买了盒德芙巧克力，满心喜悦地来到幼儿园。儿子敏捷地爬进你的 POLO，小手指着前方，奶声奶气地问道："爸爸，咱家的汽车为啥没有聪聪家的大？"

你抬头一看，林肯车头上闪闪发光的标志刺伤了你的眼睛，明明是眼睛被烫，心却在发热发痛。

又被拎出来与人相比了！只不过这回的元凶是儿子，四岁的小儿子。虽然明白这一天迟早会来，但怎么也没料到，竟来得这么早。

你叹口气，像父母当年一样，嗫嚅着嘴唇，半天没发出一个词，只是狠狠地一踩油门，将那辆威武的林肯远远甩在后面。

你知道，甩不掉的，是今生如影随形的攀比。

黛玉和宝钗

（一）

读过《红楼梦》的人，都会情不自禁地在黛玉和宝钗之间进行比较、进行选择，这段时间喜欢这个，过段时间又喜欢那个，但极少会有人同时喜欢两者，且不偏不倚。

喜欢黛玉的人，往往感情更为强烈、更为专一，根本容不得别人说她一个不字。喜欢宝钗的人，则大度许多，即便听到有人指责宝钗世故圆滑、工于心计，也只是稍做辩解，绝不会为此与人反目成仇，恰有些宝钗之大家闺秀风范。

（二）

曾经一度非常喜欢黛玉，那时刚读初中。喜欢她的郁郁寡欢，欣赏她的蔑视权贵，甚至连她的清高孤傲，都无条件地全盘接受。那种发自内心的喜爱简直到了骨子里，会不知不觉地模仿她——冷笑、讥诮、我行我素。每个女孩都曾义无反顾地喜欢过黛玉吧，毕竟她身上有我们少女时期的影子——任性、小心眼，还夹杂着些许孤芳自赏。

开始接受宝钗，应该是从上大学开始。毕竟她善解人意、温良敦厚，多么希望同寝室的女生都能如宝钗般宽容、谦让呵。只是，连自己也奇怪，对宝钗的喜欢怎么也赶不上当年赋予黛玉的，总差着那么一截。

（三）

痴爱黛玉者，是因其是个弱女子吧？柔弱的女子更需要用心呵护，否则她会手足无措，保护者也能从中体会到一种不可或缺的存在感。

宝钗过于贤淑了，太懂事的女子往往不招人疼。对女人而言，男人在敬重和怜爱之中通常只会选择一样。自强不息的女人令男人敬佩，可男人只会怜惜自己宠爱的小女人，那种被需要的满足感令男人沉迷其间难以自拔。

（四）

同样生在大户人家的黛玉，何以在性格方面和宝钗有着天壤之别呢？

我猜，黛玉幼时也该是活泼可爱的。可惜，母亲早逝，幼小的她就成了一只小刺猬，用尖锐的锋芒将自己层层裹紧，以保护少女那颗敏感、脆弱的心。

再后来，进了贾府，遇到了缘定前世的宝哥哥。爱之太深，患得患失，烦恼不堪。后人不喜欢黛玉，主要因她尖酸刻薄，连穷困潦倒的刘姥姥都不放过，讥笑其为母大虫。我一直以为，是刘姥姥的一句话得罪了她——刘姥姥给大家编了一个极标致的茗玉小姐的故事，痴情的宝玉信以为真，穷追不舍。黛玉从嫉妒到恼怒，一气之下，口不择言，“母大虫”三个字脱口而出。

宝钗呢，外有长兄薛蟠。虽说荒唐混账，但毕竟血浓于水，从不敢轻易得罪和委屈妹妹，出门一趟，还特地给妹妹带回来笔墨纸砚等礼物。内有明理慈母，事事安排得妥当周到，完全不用自己费心，还可以时不时地伏在母亲怀里撒撒娇。因此，宝钗的胸襟是开放的，心态是积极的，表现出来的做派是大度的。

黛玉呢，除了对宝玉说些体己话以外，皆深锁心扉，宝钗朝朝暮暮享受到的天伦之乐都是黛玉朝思暮想的啊。贾府上下的人都认为宝姑娘比林姑娘识大体、好接近。殊不知，黛玉就像一株狂风中的绛珠小草，已然自顾不暇，哪还有心情在意别人的感觉？她始终活在自己寂寞的世界里。

爱之深，方能恨之切。宝钗对宝玉远不如黛玉上心，所以，她更理性、更克制，自然就显通情达理了。谁会动辄和一个自己不十分在意的人吵架、怄气、寻死觅活呢？

（五）

黛玉无疑比宝钗更有才华，她的才华是一种与生俱来的天赋与灵气；宝钗，更多的是后天的学识与修养。如同艺术家与匠人之间的区别。

女子无才便是德，这句话听着刺耳。可细想之下，却有几分道理。一个人的时间和精力是有限的，如果在诗词歌赋方面花尽了心思，自然没有太多的功夫去从事女红与烹饪。反之，如果大字不识，自然要移情于灶台与儿女。人的感情，总要有所寄托。

黛玉自进了贾府，就只是孤零零的一个人。贾府虽大，却难以成为她真正的家园，她自然也难以参与其间的家务活动。更何况，她的身份也颇尴尬——不是仆人，似乎也称不得主人，顶多只是个小主子而已。

宝钗则不一样，她一直和母亲、哥哥生活在一起，即便进了贾府，在偌大的贾府之中也始终保持相对的独立性。因此，她更像个邻家女孩，娇嗔甜美，温柔可爱，任是无情也动人，既能设身处地地替姐妹们考虑问题，也懂得适时地奉承一下贾母。

黛玉，就像个不食人间烟火的仙女，不慎飘落到凡尘，美丽的大眼睛里满是惊恐、畏惧。凡人看她，怎么看也不像自己的同类，排斥之情油然而生。

唉，都是上天惹的祸。

黛玉、宝钗，俱往矣。

现如今，像黛玉这样单纯的女子越来越少了，像宝钗这样温厚的女子也不多见了，举目皆是精明如探春的职场白领和泼辣如凤姐的商界巾帼。

也许将来的将来，会有越来越多的时尚女子不屑地发问：“黛玉是谁？宝钗又是谁？她们算是成功女性吗？是自己做了 CEO 还是嫁入了豪门？福布斯排名多少？”

那将会是一种怎样的悲哀呢？

读书的意义

读书是一种需要，也是一种习惯。

一直以为书籍分为两种：有用的和有趣的。细细想来，一生中读书的时间绝大多数贡献给这两类书了，似乎有些不分伯仲。

年少时读的大多是有用的书，数理化语外，还有政史地，为了博取功名孜孜不倦。虽谈不上头悬梁锥刺股，却也苦下了番功夫，终于不负众望，如愿考入同济大学。那一瞬间，觉得所有的付出都是有意义的，正所谓宝剑锋从磨砺出，梅花香自苦寒来。

大学时期两者兼而有之，高数、英语、德语，各种化学，还有政经毛概，为了学分和毕业证书时常通宵达旦、废寝忘食；但很多时候可以畅游在偌大的图书馆里，尽情阅读自己感兴趣的书，尤其是每学期刚开学功课不紧张的时候，那也是大学时期最愉快的经历之一。

不得不说，大学真是个读书——有趣的书的好地方。中学时学业繁忙，高考像座看不见的大山压得大家喘不过气来。偶尔偷空读点闲书，都觉得自己是在不务正业，有愧于父母老师，一边读一边告诫自己不可沉迷于闲书，很纠结，都快人格分裂了。

大学阶段则彻底自由了，有的是时间，有的是书源，没有压力，没有自责。喜欢去图书馆找闲书看，一排排地看过去，发现有趣的先拿出来翻翻，确认值得一读便用借书卡借出来细细读。学校规定一次可以外借5本书，疯狂的时候每周都去换书。到放假前夕，还得拿着同学的借书卡，借个10本、20本带回家慢慢读。

大二时选修了古典文学，从此爱上了文学评论。那学期我时常流连在图书馆文学评论的书籍前，一本本翻阅，读了大量的文学评论。时至今日，我仍然喜欢读文学评论。文学评论可谓见仁见智，有一千个读者，就有一千个哈姆雷特。同样的人物、同样的事件，不同的人读来，便有不同的感受与体会。读到观点相仿的，点头称是；读到意见相左的，坦然接纳；读到荒诞不经的，哂然一笑。众多的文学评论中，我最爱红学评论。一方面因为《红楼梦》我读过好多遍，说到哪儿都不陌生；另一方面，红学家众多，书中姑娘们莺莺燕燕，书外红学家叽叽喳喳，煞是热闹。

有段时间，日本推理小说盛行，看了江户川乱步、森村诚一之后，忽然对侦探作品着了迷，又看了《福尔摩斯》全集，还有阿加莎·克里斯蒂。众多的推理小说中，我最爱阿加莎，在图书馆借了她所有的书，要么在宿舍里放下蚊帐，要么在阶梯教室找一僻静处，总之要营造一种幽静的氛围以便美美享受。

读有趣的书是种享受，这种享受比任何其他的享受都要来得持久。美食的享受是短暂的，一顿饭充其量两个小时而已，但一本好书可以带来几天的快乐。有的书因为太好看了，心生依恋，于是刻意地慢慢读，舍不得结束。我读《乱世佳人》和林语堂的《京华烟云》时均有这样的不舍。

读书不仅仅是种享受，有时也是种安慰。大学毕业那年闹学潮，分配单位不甚理想，加之单位接到上面通知，要对刚毕业的大学生从严要求，于是一律下派到车间，与一线工人为伍，彻底洗脑。眼看着学了多年的专业知识毫无用武之地，一夜之间又从天之骄子降为凡夫俗子，失落失意失望，痛苦迷茫。幸好单位有个图书馆，虽然与大学的图书馆不能相提并论——大学的图书馆里满是琼浆玉液，这里的图书馆只有白开水，但对一个濒临渴死的人来说依然如同沙漠里的一片绿洲，意义非同小可。

单位图书馆最多的小说是武侠小说，看完了所有的金庸和古龙，连不怎么喜欢的梁羽生也看了个遍。大学时最看不得别人一边看琼瑶一边落泪，现在没得挑了，只好开始读琼瑶。忽然发现，此刻看琼瑶倒真是应景，一边看一边落泪，只不过哭的是自己，叹的是时运不济。

有一天，在图书馆里发现一本程瞻庐的《唐祝文周四杰传》，上下两册的。一读之下，爱不释手。情节有趣，文字有趣，人物有趣，处处有趣，是我读过的最有趣的一本书。这本书在当时带给我很大的快慰，堪称人生阴霾中的一缕阳光。再回首那段灰暗的人生，惊觉寥寥无几的快乐中就包括读书，可以和发工资、休探亲假相媲美。书籍，真是人类最忠实的朋友，在所有的好运、光环都弃你而去时，所幸我们还拥有书籍。

如今有了网络，对喜欢读书的人来说无疑是个福音。有些书以前读过，再想读时却难觅芳踪，现在尽可在网上圆梦。我以前有过二月河的清朝帝王三部曲——《康熙大帝》《雍正皇帝》和《乾隆皇帝》，搬了几次家后便无影

无踪了。去年忽然想要再读，在网上随便就找着了，第二天快递就到了，恍惚间有种“千里江陵一日还”的眩晕，幸福来得如此突然。

读了这么多年书，早已练就了一目十行的本领，年轻时可以过目不忘，随着年龄的增长，记忆力在衰退，有些内容记不清了。以前黄蓉智斗渔樵耕读的每个情节、每句对白都记得清清楚楚，现在好多都忘记了。也许有人会问，既然都不记得了，那读书的意义何在？我读过的最精彩的回答莫过于此：“当我还是个孩子时我吃了很多食物，大部分已经一去不复返而且被我忘掉了，但可以肯定的是，它们中的一部分已经长成我的骨头和肉。阅读对你的思想的改变也是如此。”

古人云，书中自有千钟粟，书中自有黄金屋，书中自有颜如玉，古人诚不我欺也。不过这些书估计大多指的是有用的书，比如考试用书及各种专业书，可以用来求职谋生、立足于社会，有趣的书则会令人生丰富多彩。有用的书是雪中送炭，是人生必需品；有趣的书是锦上添花，是生活轻奢品。假如一个人只读有用的书而不读有趣的书，虽然踏实本分然而木讷无趣，令人呵欠连天；反之则略显浑浑噩噩而不能脚踏实地，不免令人担惊受怕。两者都不尽理想，最理想的莫过于博览群书，有用的与有趣的相得益彰，融汇成一个既有用又有趣的人。

粗缯大布裹生涯，腹有诗书气自华。书读多了，不仅气度不凡，容颜也会改变，性情自然也会改变。武侠小说读多了，必有侠肝义胆、见义勇为者辈出；推理小说读多了，肯定思维缜密、逻辑性强；历史传记读多了，自会以史为镜，避免重蹈覆辙。

诚然，书籍中的一部分已经长成我们的骨头和肉，改变了我们的思想，改变了我们的性情，改变了我们的习惯，从而彻底改变了一个人。

这，就是读书的意义。

父亲都是孙悟空

前些天看到一则报道《老爸机智救女》：江西有个父亲，女儿13岁。有一天，女儿告诉他去操场跑步，其实是偷着去网吧，结果在网上遭骗。得知女儿可能被骗至浙江卖淫，父亲一路追踪，佯装嫖客，从美容院救出女儿。

看过之后，心里五味杂陈，为孩子的年幼无知，更为父亲的机智勇敢。

天底下有多少不懂事、不省心的儿女，就有多少担惊受怕、殚精竭虑的父亲。儿女就像唐僧，细皮嫩肉、养尊处优，还好赖不分、自以为是，尽拿妖精当美女；而父亲，就是那倒霉的孙悟空，自跟了唐僧的那一天起，就不再知道自由是什么，每天鞍前马后地伺候唐僧。忙时干点正经事——化斋、探路、与妖怪作战，闲时还要和八戒斗斗嘴，给唐僧解解闷，简直就是奶爸、圣斗士加上周星驰的复合型人才。就这样，还吃力不讨好，时常被唐僧训斥，动辄念段紧箍咒，弄得头痛欲裂、生不如死。

孙悟空，堪称天下父亲的代言人哪。

孙悟空擅长七十二变，别说那些精明能干的父亲，就连最平凡的父亲也堪称超人。每每看到父亲多年卖血供儿上学、儿患尿毒症父亲捐肾之类的新闻，总止不住感慨万分，为那份深沉、博大的父爱。五一节早晨回家看望父母，路过一个馄饨摊——我小时候最喜欢这里的馄饨，恰巧看到一个中年男人拎着个保温瓶前来购买，不禁想起小时候的点点滴滴。记得父亲当年也是这样用保温瓶拎回一碗碗香喷喷、热腾腾的馄饨给我当早点。在现在也许不算什么，在当时那样物资匮乏的年代，每一碗馄饨都是父亲省吃俭用才能换取的。那天站在馄饨摊前，忆起这些往事，禁不住百感交集。

遥想当年，父亲们在单身时代，意气风发、无羁无绊，好比花果山上的美猴王，大闹天宫、偷蟠桃事件时有发生，不足为奇。自打唐僧出现后，孙悟空的生活便被彻头彻尾地改变了，从天马行空、潇洒快活的孙行者变成了“孙子”般的孩奴，从不为饮食之事操心的齐天大圣变成了外出化缘的劣徒。在小儿女的哭声中，父亲的心一点点变软、变软。父爱就是如影随形的紧箍咒，一经套上，终身禁锢。

曾经有个脾气不太好的男人，童年时期的霸道令同学闻风丧胆，少年时期的顽劣令老师头痛欲裂，青春时期的叛逆令父母烦恼不堪，结婚以后妻子也每每被气哭，就是个“混世魔王”。自从有了小女儿后，全家人都舒了口气：“阿弥陀佛，宿命中的降魔祖师终于横空出世！”从此男人像换了个人，对小女儿温柔备至、娇惯宠溺。堂堂七尺男儿每天下班后趴在地上给女儿当马骑，还眉开眼笑、乐不可支。为了女儿的健康，生生地将抽了十几年的香烟戒了，以前说一不二的大男人现在对小女儿言听计从。女儿上中学后，他担心女儿早恋影响学习，时而旁敲侧击，时而直言劝谏。有一天，一个男同学打电话到家里找女儿，他如临大敌，百般盘问，最后凶巴巴地告诫那小子，今后不许再打电话来，否则要他好看。小男生又怕又气，第二天到学校就告诉了女儿及同学。女儿觉得很丢面子，为这样一个粗鲁的老爸。回家后即和父亲大吵大闹，哭哭啼啼，还使出撒手锏——绝食。父亲赔着笑脸，道歉了几十遍，拍着胸脯保证再也不会对同学无礼了，最后答应买部新款手机送给女儿。女儿这才破涕为笑，得意扬扬地班师回朝。

这就是父亲，变成了孙悟空的父亲，只要唐僧同学念起紧箍咒，立马溃不成军、缴械投降。以前听过一个故事：两名都说是母亲的人争夺一个孩子，县官让她们抢，谁赢归谁。孩子被拉得哭了，亲生母亲心一软，便先放弃了。父亲又何尝不是呢？在与子女的争执中，最先妥协的总是父亲，不为别的，还是那份父爱。

虽说去西天取经是唐僧的志向，并非孙悟空的理想，可自从孙悟空跟了唐僧后，就一路精心护送，努力铲除取经途中的妖魔鬼怪。就像求学、求职、成家、立业，本应是子女自己的事情，可父亲心甘情愿地变成孙悟空，尽数铲除唐僧同学成长之路的一切障碍，比如懒惰、比如自信不足、比如早恋。众多的白骨精都在虎视眈眈地盯着单纯幼稚的唐僧同学，试图将他一口吞噬。父亲常常用金箍棒画个圆圈，告诫唐僧同学外面的世界很险恶。可唐僧同学偏偏一意孤行，认为外面的世界很精彩。父亲看在眼里，急在心里，少不得苦口婆心地规劝：早恋不是什么好东西，青涩的苦果休要贸然品尝，一旦中毒就悔之晚矣。可涉世未深的唐僧同学认为早恋看上去很美，那个美貌柔弱的小女生怎可能是白骨精？孙猴子就是个不懂情趣的老朽！于是肉眼凡胎的唐僧同学一步步地靠近，白骨精眼看就要得手，无奈孙悟空火眼金睛，关键时刻杀将出来，二话不说，一棒打倒白骨精。唐僧同学气急败坏，赶紧念起紧箍咒，孙悟空虽痛得死去活来，仍坚持将妖精彻底打死，总不能眼睁睁地看着唐僧同学自毁前程吧。

这就是孙悟空，对唐僧忠心耿耿的孙悟空；这就是父亲，为儿女忍辱负重的伟大父亲。

周洋赢得冬奥冠军后先感激父母，天底下的父母都被深深地感动了。至于有些人认为要把国家放在前面，也激起强烈反响，有网友评论道：“你是冠军，祖国母亲拥抱你；不是冠军，只有爹妈拥抱你。”斯言极是。

"俺老孙来也!"尽管时常被唐僧错怪，但孙悟空不计前嫌，总在关键时刻力挽狂澜，救唐僧于水火和众妖之中。

"有老爸在呢!"无论儿女成才也好，平庸也罢，父亲们历经千辛万苦也无怨无悔。只要父亲在，天就塌不下来。

孙悟空最终取得真经后被封为"斗战圣佛"，总算修成正果。父亲们呢?册封权应掌握在儿女手中。儿女如刘劭者，父亲是儿子继位的障碍，唯先诛之而后快；儿女如朱自清者，父亲是儿子眼中慈爱的背影；儿女如周洋者，父亲是女儿功成名就时首先要感恩的至亲……

一年一度的父亲节即将到来，身为儿女的我们，又该向敬爱的孙悟空们献出怎样的礼物呢?

高考状元之我见

炎炎盛夏，骄阳似火，有一个名词被炒作得如火如荼，有一群少年的身价如日中天，那就是高考状元。洞房花烛夜，金榜题名时，人逢喜事精神爽，状元及第爽歪歪。

忍不住，想说句令人扫兴的话。不敢妄言醍醐灌顶，只希望适当降降温，预防中暑。

我一直以为，高考状元只是一种偶然，于千万人中间脱颖而出，幸运程度不亚于中了彩票头奖。真以为巨奖得主是靠计算什么排列组合还有什么概率分布中奖的?果真如此，莫非造诣深厚的数学家就那么自甘清贫?那些精于计算的数学老师都与金钱不共戴天?

虽说基础是不容忽视的，但谁又能断言状元平日里一定比第二名、第三名优秀多少呢?据我所知，很多状元平时在班上只排前五名左右，极少有人每次都能力挫群雄、遥遥领先。高考中了状元，多半只是临场发挥略胜一筹，多考了一分半分而已。不是幸运又是什么呢?

尤其见不得媒体对状元大肆吹捧，似乎已然先知先觉，看到了状元通往院士的金光大道。其实，日后成名成家的又有几个是当年的高考状元?据悉，状元进入社会后，只有 20% 的人依然出类拔萃，大多数皆表现平平。如此说来，不只是王安石的年代才会出现天资聪颖却泯然众人的方仲永。

有人曾做过一个有趣的试验，他把两份名单给 10 个人看，问大家对这些人是否熟悉。第一份名单是：傅以渐、王式丹、毕沅、林召堂、王云锦、刘子壮、陈沅、刘福姚、刘春霖。第二份名单是：李渔、洪昇、顾炎武、金圣叹、黄宗羲、吴敬梓、蒲松龄、洪秀全、袁世凯。结果，大家对第一份名单中的人知之甚少，对第二份名单中的人却颇为熟悉。

可是，在当时，第一份名单中的人物是多么辉煌与显赫啊！全是清朝的科举状元。第二份名单中的人呢？全是落第秀才，曾经门庭冷落，默默无闻。

高考状元只是一朝成名，尽管能考状元的人，将来大多不会差到哪里去，因为中国是从 6 岁一直考到 60 岁的社会。在中国，应试能力也是一种才能，而且是不可或缺的才能，是赖以生存的才能。状元有了先天的优势，再辅以后天的努力，不是可以锦上添花吗？故不忍心看到媒体对他们大吹大擂，捧杀猛于虎。

颇认同一位教育学家的观点，完全没必要去炒作什么高考状元。每个省的前两百名都可以称作高考状元，其智商、知识结构及努力程度基本上都在一个层面，何必厚此薄彼呢？三千宠爱集于一身，对于一个心智尚未发育成熟的少年来说究竟是福是祸？如果上天再赐予宁铂一次机会，相信当年万众瞩目的他一定不愿重蹈覆辙。

最深恶痛绝的是媒体不负责任的误导。常有媒体言辞凿凿，声称某状元业余爱好极为广泛，文艺、体育、旅游、上网聊天、打游戏，十八般武艺，招招精通，平常用于学习的时间还没有普通同学多，诸如此类，就差没说是神童了。凡是念过书、参加过高考的人都知道，什么叫十年寒窗苦，什么叫铁杵磨成针，什么叫黎明前的黑暗，什么叫人前显贵人后受罪。爱迪生一生发明了三千多种东西，有才吧？可人家说什么了？天才就是百分之一的天赋，再加上百分之九十九的努力。哪位状元能大言不惭地标榜自己比大发明家还天才一百倍呢？鲁迅先生原本学医，半路出家，弃医从文，却能享誉文坛、著作等身，原因只是把别人喝咖啡的时间都用在写作上了。在他那么多著作里，从未读到过吹嘘其个人天赋的片言只语。

人，还是应该多些平常心为好，即便侥幸成了状元。何必效仿古时的皇帝，成则为王，败则为寇？一旦篡位成功，便迫不及待地自抬身价，什么出生之时天有异相、霞光万道；若没有登基，则会客观地认为不过是下雨天打个闪罢了。不要一成了状元就急着改换门庭，不惜颠倒黑白，一心想着炫耀自己天资过人，以三心二意为荣，视孜孜不倦为耻。

由衷地喜欢一句话：大考大玩，小考小玩，不考不玩。毕竟不考的时候居多，所以好好学习的时候居多。路漫漫其修远兮，值得状元上下求索的知识还太多太多，有什么必要在万里长征刚开始的时候就宣告大功告成了呢？对别的学生更是有失公允。每每想到那些状元平日还不如自己用功，便自惭形秽，除了充分验证自己天生愚钝以外，还能得到什么有益的启迪呢？既然原本不是读书的料，不如趁早死了这条求学之心吧！一个个身心疲惫的莘莘学子就这样心灰意冷地泪别学堂。谁之过？

最热衷于炒作高考状元的自然非高校莫属，尤其是各大名校。我就听过N位教授津津乐道本学院某年一次招进了全国的16名状元，眉宇间掩饰不住的沾沾自喜、扬扬自得。现如今，只要哪里出了状元，各大名校便一拥而上，纷纷摆出一副哪有状元哪有我、誓与状元共存亡的嘴脸。然后就开始哄抬价格，一掷千金，不像招生，倒似拍卖，你出30万，我出50万，似乎不将状元据为己有就不够实力雄厚，愧对百年名校之赫赫声名。

真有那些闲钱，不如用来更新教学设施，改善师生伙食也可，资助寒门学子更是善莫大焉。可惜啊，现在的高校越来越像二道贩子，只关注进货出货，很少过问中间的生产及再造环节。往往以进了多少状元为最高荣誉，以出了多少达官显贵、商界巨子为终极目标，教书育人的本职却如小数点后面的数字，被生生省略掉了。

高校热衷于吸纳状元，无非是借以抬高自己的身价，就像美女傍大款、政客傍富豪一样，高校开始大张旗鼓地傍状元了。

年轻的状元，一路走好！百年之名校，一路傍好！

借还是不借？

关于朋友间借钱的问题，一直是个热门话题。

答案无非是两种：借，或者不借。

肯借就简单多了，直接把钱准备好，或现金，或转账。

不想借就比较麻烦了，得找个托词。特别是关系还算不错的朋友，更得找个像样的托词。刚刚买了房、买了车、买了理财，前两天被小舅子、大表哥借走了……总之，现在手头没钱了，心有余而力不足。不管怎样，要将那种十分想借但又万般无奈的表情做足，借钱不成情义在，要的就是这个效果。

从不喜欢找人借钱，上大学起便开始自己理财，每学期开学时父母将全部费用交给我带到学校。那时候学费、书本费极其便宜，报到后便去食堂把一学期的饭菜票提前买好，再把回家的车费和必要的开支留出来，全部锁进抽屉。剩下的钱便是自由之身了，虽不多，却是没有压力的钱，花起来格外轻松愉悦，压根儿不用担心捉襟见肘，更不会沦落到向别人借钱。

我在上海读的大学，周围上海同学很多，上海人有个很好的习惯——不喜欢找别人借钱。当然，他们更不喜欢借钱给别人。偶尔急用，找上海人借了钱，倘若过两天尚未归还，他们便会变着法地提醒你了。比如，你借了他两毛钱菜票，过几天看你没有还的意思，他便会找机会问你借三毛钱菜票，过后再还你一毛钱，便两讫了。我一向佩服上海人的精明，自己不吃亏，也给了别人台阶，正所谓双赢，比那些死乞白赖跟在别人后面追账的不知要高明多少。也许有人问，如果他借了钱给你，回头你不还给他怎么办？放心，首先上海人不会借大钱给你，都是应急用的零散钱；其次，他要进行风险评估，信誉不好的一概不借，因此绝无坏账、呆账一说。

救急不救穷，这也是大多数国人借钱时所秉持的一项基本原则。谁还没个急用呢？一分钱难倒英雄汉，一时周转不灵也是常有的事，但一般几个月内即可摆脱困境，完璧归赵了。穷则是个无底洞，借多少也没个够，最重要的是何时能还得起呢？

前两天看到一则新闻，21 岁的四川女大学生希望有人资助或无息贷款 200 万元，让她为父母在城里买一套房子提前尽孝，她承诺 15 年内将贷款还清。

孝心可嘉，但方法有待商榷。“百善孝为先，原心不原迹，原迹贫家无孝子”，说的便是有孝心就好。寒宅中拳拳孝心随处可见，豪门内温馨亲情荡然无存，皇宫里弑父杀兄更是屡见不鲜。想尽孝，方法多的是。况且，就算她借到钱了，父母住在借钱买来的房子中真的能安心养老吗？看着女儿日夜为两百万奔波操劳，于心何忍？要知道，父母宁愿自己吃苦受罪，也绝不愿拖累儿女半分。

我不喜欢借别人钱，也不喜欢借钱给别人，尤其是毫无信誉的人，还有记性差的人。这类人最麻烦了，倒并非刻意不还，而是彻底忘得一干二净。

我又做不到像上海人那样，绞尽脑汁地提醒他还钱，只能自个儿生闷气，欠债的人还一脸无辜地问你为啥不开心。是故，不是至交的朋友，现在很多人确实不愿借钱给别人，风险太大。

正是由于这种情形，信用卡和 P2P 的业务才得以蓬勃发展。去银行贷款手续太复杂，宁愿多付点利息节省时间了。我看过一些 P2P 业务的流水，有的客户就贷个三五千，估计就是一时急用，买个手机、笔记本电脑什么的，宁可多付利息也懒得找朋友开口。

经常有人告诫，朋友间千万不要相互借钱，否则钱没了，朋友也没得做。鲁迅在遗嘱中反复交代儿子“不可以当作家，不可以借钱给别人”，估计鲁迅在这方面吃过亏，那时候文学青年大多穷困潦倒。我读过萧红的自传，境遇十分凄凉。为了抗拒包办婚姻，萧红离家出走，从此一生流浪，和借钱结下了不解之缘。她和男友同居的住宿费都是赊欠的，男友借口回家拿钱，黄鹤一去不复返。最终萧军将她从旅馆里救出来，他俩在一起后还是继续借钱。她写的《商市街》简直是一部“借钱”主题散文集，惨不忍睹。鲁迅周围像萧红这样饥寒交迫的文学青年不计其数，时常有青年作家写信给鲁迅说“已经挨饿了”，鲁迅屡屡伸出援手，就算稿费再多也难以应付，迫不得已才告诫儿子以后不可以借钱给别人吧。

还是钱钟书的做法最明智。司机撞伤行人，急切中找钱钟书借医药费。他问：“需要多少？”司机答：“三千。”他说：“这样吧，我给你一千五，不用还了。”干脆利落，一了百了，既不用惦记着催人还钱，又有效地帮助了他。

如今借钱的骗局太多，凡是 QQ 号、微信号被盗，十有八九与之相关。冒充同学、好友的名义四处借钱，借的也不多，通常几千元，甚至几百元。碰运气呗，逮着一个算一个，因为钱少，大家也不在意，随手就转账了。若是钱多，势必要打电话问个究竟，骗子将人们的心理拿捏得分毫不差。

曾看过一个心机段子，女生如何拒绝不喜欢的男生，那就是找他借钱。借过钱后，男生再来约女生，女生就会不断地说，放心放心，等我手头一宽裕立马还你钱。久而久之，男生就不太好意思去找她了，有催债之嫌疑。当然，这得是那种特别善良腼腆的男生才行，如若是个混混，还是趁早敬而远之，万万不能有任何金钱方面的纠葛。

君子之交淡如水，友情越简单越纯净越好，但有人偏偏坚持患难方能见真情，友情就要经得起考验，最好的试金石便是借钱。有人决定做个试验，挑了九个好朋友，给他们每人发了一条内容差不多的短信："我现在遇到点麻烦，需要向你借 × 万块钱，一个月之内归还。等你答复。"结果收到了七条信息、两通电话。回信息的全部是婉拒，两个直接打电话的愿意借钱。他悲凉地想："从现在开始，只有这两个朋友了。"

这简直是庸人自扰。不要动辄幻想着朋友为你两肋插刀、赴汤蹈火，问题是朋友有了困难，你是否也能挺身而出呢？人生在世，不能没有朋友，没有朋友的人生显得黯淡、寂寞，多个朋友多条路，但这条路未必一定就是借钱。

与其煞费苦心地审视自己有几个能借到钱的朋友，还不如多问问自己，如何才能永久地避免落魄？充分做好准备，有备无患，凡事量力而行，不慕虚荣，生活自会游刃有余，既不会令自己落难，也避免陷朋友于不义。这才是最可取的交友之道。

借还是不借？真心希望所有的人都不要让自己和朋友面临如此尴尬的选择。

妙趣横生的数字们

虽说并非所有的人都迷信数字，但每个人心中或多或少总有最钟爱的几个。

0，从小就是个爱捣乱的家伙。读中学时，0 是整数而非自然数，据说现在已经纳入自然数了。那时候老师经常在考试时用这个倒霉的家伙惩罚不好好学习的学生——0 分！继而严加批评。0 分乃老师的独门暗器，小李飞刀，例不虚发，打得一帮傻小子、傻丫头晕头转向、七荤八素、跪地告饶。

工作后更是如此，一听说从零开始，立马痛不欲生，这就意味着要吃二遍苦受二茬罪，还得保持低调，好汉不能提当年勇，那些个"勇"恰如一江春水向东流，朝花夕拾的机会都被断送了。0 这个家伙实在令我望而生畏，从小到大。

1，是个好孩子，和鲜花、掌声相伴一生，哪里有荣誉哪里就有 1。从小就被灌输了一大堆勇争第一的理念，见到 1 就像乡亲见到解放军，激动得热泪哗哗的，串成了一个个美丽的 1。如果要像《婚姻法》那样明文规定，一个人这辈子只能选择一个数字作为终身伴侣，相信大多数人会毫不犹豫地选择 1。1 早已成了我们心中的偶像和目标，我们万众一心，朝着无比崇高、无比伟岸的 1，前进！前进！前进！进！

2，我喜欢，既优秀，又不像 1 那么张扬。最重要的是，2 的读音与爱相似，以至于不是分得很清。史湘云同学也分不清，总是爱呀爱哥哥地乱叫，这便让一个冷冰冰的数字多了几分温暖的情愫和美好的寓意。

3 和 4 在我心目中的地位有点不三不四的，既不十分喜欢，也谈不上讨厌，总之不是很重要。好比部分朋友与同事，属于人际圈子中的第三层和第四层，见面只说些天气真好、物价飞涨之类的外交辞令。天天在一起也不觉得厌烦，一年不见也想不起发条短信，最特别的感觉就是没感觉。

5，自改成双休日之后，越来越喜欢 5 了。周五，多么令人期待啊！我认为 5 是所有数字中内涵最丰富的。瞧，它的写法中涵盖了横、竖，还有圆弧，其他的数字只具其中的一至两样。只有横与竖的数字未免过于阳刚，高仓健那样的硬派小生，仅供瞻仰崇拜，不足相伴。那些一味弯来弯去的数字就像没有内涵的空心美人，风摆杨柳，墙头之草，终嫌浅薄。5，象征着刚柔相济，外圆内方，欣赏这样的人品。5 像只有力的大手，包容了长短不一的 5 个手指，却各有分工，有条不紊，给人一种贴心的稳妥。

6，像个系出名门的淑女，六六大顺是前人留给她的金字品牌，没来由地招人喜爱。就像其排位一样，居于中间，不急不躁，有张有弛，彰显出一个淑女的良好教养。和这样的女孩交往，安心加舒心，最终心心相印、轻松愉悦。

7，亭亭玉立，身量苗条，形态优雅，充满了灵秀之美。七仙女、七夕节，还有儿时常玩的七巧板，带给我们无尽美好的回忆。对男人而言，7 更是温柔贤惠的妻。我一直以为，7 是个具有古典美的佳人，只是，谁配做她的才子？

8，是个八面玲珑的宠儿，尤其当广东哥们站到了改革开放的前沿，这个疑似“发”的家伙便一夜之间成了数字家族的暴发户，趾高气扬地挺着圆滚滚的大肚子，用同样肥硕的大脑袋傲视群数。要想发，不离 8，一时间飞沙走石，武林风波迭起，江湖重新洗牌。凡是傍上了 8 的东西便八面威风起来，毫不客气地自抬身价，电话号码、车牌号、楼层、房号，价格一日千里如同乘上了神舟八号。8 酷似个政府要员或商界翘楚，与之沾亲带故的若干人等均能捞点好处，一数得道鸡犬升天。大跌眼镜之余，止不住仰天长啸：一切的一切，是不是太八卦了？！

9，个位数字中最大的一个，重阳节便在农历九月九日。天生的王者风范，九五之尊，容不得轻慢。毛主席他老人家在阳历9月9日与世长辞。9是我最爱的数字，日久生情，喜欢天长地久地拥有。也许贪心，但那种久久不散的温馨令我感动，难以忘怀。

突发奇想，如果用每个数字来形容一类人的话，该怎样有趣？

0，象征着陌生人，一个虚无的世界；1，心中的偶像，高山仰止；2，甜蜜的初恋，在水一方的爱人；3和4，其淡如水的朋友和同事；5，有风骨的君子，外圆内方；6，儿时的小伙伴，虽天各一方，每每想起嘴角会浮现笑意；7，亲密伴侣，不离不弃，白头偕老；8，这个暴发户有点狂，瞧那副得志便猖狂的小样；9，代表自己，一个人最高的尊重首先应该给予自己，欲人尊己先自尊，欲人爱己先自爱。

朝夕相处的数字区分起来容易，人心却往往不能够轻易看透。

有些人，远远看去，明明是从小一起玩大的发小6儿，走近一瞧，却成了装腔作势的老8。“苟富贵，无相忘”永远是草根们的良好愿望，阔了的6们总仗着腰缠万贯，愣是装8。最终怎么看怎么像个0，虽乡音未改，虽鬓毛未衰，却俨然相见不相识了，没有友情的人生比0还要空洞虚无。

也有些人，原本是1，秋水伊人，在水一方，却日久生情，渐渐地变成了7。喜结良缘后，方发现天上的女神也喜食人间烟火，关键是有没有夸父逐日的勇气与耐力。不要笑话别人自不量力，感情之事，说不清道不明，不靠近，怎知道是相吸还是相斥？正因为缺乏勇气，才有了巧妻常伴拙夫眠。就因为拙夫不够聪明，不够敏感，不知道知难而退，所以他们勇往直前、不屈不挠，最终抱得美人归。

晚上做了个梦，十个数字在眼前晃来晃去，抓住了这个，溜掉了那个。我定定神，集中精力去抓其中一个。知道抓谁吗？

9，当然是9，自强自立才是硬道理。只要拥有自我，其余的皆是缘分。无论友情还是爱情，无论声望还是钱财，拥有了自我，则一切尽在掌控中。反之，丧失了自我，那许多身外之物又有什么价值呢？无非是过眼云烟，罢了。

生要逢时

前些天去一个北方城市出差，恰逢红薯丰收，当地朋友弄了些让我们尝鲜，大家吃得热火朝天。一男士始终拒绝品尝，他从小在农村长大，小时候吃得够够的，连红薯叶子都没少吃，发誓有生之年再不吃红薯。艰难的日子，苦涩的记忆，深刻的烙印，致命的摧残。

话题直奔苦难的三年困难时期。大家踊跃发言，声情并茂，一时间群情激昂。我插不上嘴，因为没挨过饿，就算挨过，也是活该自找的，奢望身轻如燕。

憎恶红薯的男士忽然说，他有个姐姐就是活活饿死的。农村重男轻女，好不容易有点粮食都让男孩子先吃，女孩只有听天由命了。

举座黯然。座中泣下谁最多？女同胞们裙衫湿。

东道主想营造饭桌上的欢乐气氛，开玩笑说：你们几位女士都应该感谢老天爷，让你们生在蜜罐里，否则咱们哪能认识呢？

是呵是呵，如果早生十年，再生在农村，饿死的不就是我吗？蓦然间一身冷汗，尽管已是秋高气爽。

生不逢时，乃人生之大不幸，遗憾的是这世上生不逢时的人还偏偏不少。

最最生不逢时的就数那些文人了。古往今来，有几个文人不是在穷困的边缘苦苦挣扎的？若在今天，斐然的文采、仙风道骨的草书，可以在家舞文弄墨、坐收渔利。

李白要是活到今天，凭他的想象力，开个广告公司绰绰有余。

长安一片月，万户捣衣声。如今有了 ×× 牌全自动洗衣机，男人们可以悠闲地陪着心仪的女人举头望明月。他好，我也好！

秦地罗敷女，采桑绿水边。如此制成的限量版服装天价都有人买，比纯天然的牛奶广告有诗意多了，特适合小资女人。女人，就得对自己狠一点！

长风几万里，吹度玉门关。上好的空调广告，超大马力，全家买一台就足够了。这么划算的事，一般人我可不告诉他。

长风万里送秋雁，对此可以酣高楼。×× 欧式楼盘，想不畅销都难！房地产商不爱死才怪，潘石屹和王石得为抢李白打破头，两块石头打起来会是什么架势？

苏轼的也凑合。

明月几时有，把酒问青天。不管是陈道明还是陈建斌，手上高举一瓶 ×× 酒，齐了。好酒啊好酒，就算贪杯也不伤身体噢！

我欲乘风归去，又唯恐琼楼玉宇，高处不胜寒。地球人都知道，咱有 ×× 牌羽绒服，寒冷统统不怕！

但愿人长久，千里共婵娟。婵娟，就是一款贵死人不偿命的月饼。不求最好，但求最贵。

相比之下，杜甫就差点意思了。人家处心积虑地卖楼，您老在旁边时不时哀叹一声，八月秋高风怒号，卷我屋上三重茅，这不存心添乱吗？

酒家也不喜欢他，艰难苦恨繁霜鬓，潦倒新停浊酒杯，这酒，还喝得下去呀？

不只是文人生不逢时，女人更是如此。

因不守妇道被沉塘的女人，要知道如今还有专门以身体写作的美女作家，以频出绯闻为荣的影视明星，估计自己都得主动跳塘。冤的人岂止窦娥一个？不是不明白，只是这世界变化快。

唐琬、刘兰芝等不幸的儿媳妇均生不逢时，若在今天，不被儿媳妇虐待已经是婆婆们的造化了，哪还轮得到对儿媳妇指手画脚？多年的媳妇熬成婆，后人将很难理解这句话。

十年浩劫中的人大多生不逢时。学生没有书读，白卷英雄蹉跎了一代人的青春；知识分子不仅失去了尊严，还失去了正常的生活；出身不好的人永无出头之日，原罪无以救赎；就连刘少奇这样战绩赫赫的开国元勋，辞世三年之后王光美才惊闻噩耗，更不必说那些无名百姓……

有生不逢时的，自然就有生而逢时的。

蒋介石生在动乱年代，得以成为一代枭雄，若在和平年代，也就是个混混。我去过奉化的蒋氏故里，导游介绍蒋介石儿时的一桩趣事，管中窥豹，略见一斑。蒋小时候就初露无赖之端倪，其家乡有一习俗，春节时要吃脆饼，全村孩子依次排队领取。蒋小朋友既想吃，又懒得排队，于是陡生邪念，先滚到水沟里将衣服弄脏，再横冲直撞地往前挤，乖乖排队的孩子们怕弄脏新衣服只得纷纷相让，蒋小朋友顺利地吃到了脆饼。这种舍身取饼的行为放在今天，就是个街头碰瓷的。可是在那个乱世出英雄的年代，却得以名垂青史，甭管流芳百世还是遗臭万年，反正奉化成了名人故居，游人如织。

老蒋活该斗不过毛主席，主席比他英明不是一点点。他老人家早就预言，数风流人物，还看今朝。可不是吗？

刘翔，有幸生在一个提倡更高更快更强的体育年代，如果早生几十年，再生在广阔天地里，肯定不能大有作为。顶多就是个跑得比别人快一点的孩子，在好看又善良的邻居小芳眼里，不见得比那个会唱情歌的下放知青强到哪里去。

姚明，假使生在一个不知篮球为何物的穷山沟指不定有多惨。那么大个，别说浪费多少布料多少粮食，单那矮矮的房门、短短的小床对他来说便是炼狱。

丁俊晖，初中都没毕业，只会打斯诺克。若生在贾府，早被贾政老爹打得死去活来了，老太太没准儿都不会心疼。这等不成器的孽障，留他作甚？！不承想竟成了世界冠军。和平年代，体育竞技充分满足了人们的好战心理。人们已经忘却了体育运动强身健体的初衷，将赛场日益演变成没有硝烟的战场，成就了一代天之骄子。

更别说那些大大小小的足球明星，从马拉多纳到本土趾高气扬的国脚，如果遇到韩复榘当政，将会怎样？

生而逢时的人们好生幸运啊！

我自己呢？生不逢时还是生而逢时呢？

和古代女人比，应该算生而逢时。最起码不用痛楚万分地裹小脚，而且可以读书。

和战争年代的人相比，何其幸哉。不用担惊受怕，不用颠沛流离，不用家书抵万金，更不用不破楼兰终不还。

和现代孩子相比，虽然没有如此丰厚的物质条件，但也不是吃糠咽菜长大的，最重要的是，上有哥哥姐姐，伴我度过了懵懂无知的童年时代和忧郁叛逆的青葱年代，比现在孤单寂寞的独生子女幸运许多。

如此说来，我应该额手称庆。

感谢新社会，感恩慈父母。

小宝和蓉儿

曾经是个金庸迷，“飞雪连天射白鹿，笑书神侠倚碧鸳”我都读过，很多篇都读了不止一遍。

最喜欢的男孩是韦小宝，最爱的女子是黄蓉。

两个人都是亦正亦邪，小宝常邪偶正，蓉儿多正少邪；小宝邪中透着那么点正，蓉儿正中不乏带着点邪；小宝善始善终，将顽劣进行到底，蓉儿改邪归正，因为嫁了郭靖，近朱者赤，或近墨者黑。一千个读者有一千个哈姆雷特，千万个读者的朱、墨标准自是不同。

我不知金庸是否最爱小宝，居然让他一口气娶了七个老婆，而且是明媒正娶，当之无愧地成为众多男人心目中的偶像。向小宝学习，向小宝致以最不崇高却是最真诚的敬礼！

尤为难能可贵的是，他居然在七个老婆中轻松周旋，左右逢源，且游刃有余，挥洒自如，不能不让人油然而生敬意。很多男人有了一个情人就已经鸡飞狗跳，险些家破人亡，于是暗自发誓以后就是遇着个仙女都不敢动心了，就这点出息呵？瞧瞧人家小宝。看来男人与男人之间的差距远远大于男人与女人的差距。男人来自火星，女人来自金星，但有些男人来自冥王星，都被踢出行星之列了。心比天高，命比纸薄。魅力来自能力，没有金刚钻，别揽瓷器活。

一个男人娶七个老婆究竟是幸还是不幸？对一般男人来说，未见得是件好事，过犹不及，妻满为患。不少男人都曾幻想自己能成为皇帝，三宫六院，环肥燕瘦，只是皇帝毕竟独此一家，别无分店；于是退而求其次，去做民间的宝玉或小宝也不失为上乘之选，反正都是个宝，甭管是宝贝还是活宝。只可惜一旦梦想成真，反倒叶公好龙，不知所措，就像穷人做梦都想着能中五百万，真中了大奖却无福消受，想花不知该如何花。甭管是花钱还是花心，最终还可能引火烧身，惹祸上身，终于沦为万恶之源。

瞧瞧人家小宝，偏偏通过掷骰子解决了古往今来最令男人头疼的一个难题——女人间的争风吃醋。其贡献不亚于牛顿发现了万有引力，阿基米德发现了浮力定律，从此，后宫无战事，后院不起火，平安无事喽。男人们可以全神贯注地忧国忧民了，闲时也可以放心大胆地拈花惹草了，妙不可言。

掷骰子，亏他想得出，高手往往一招制胜，思路决定出路。匪夷所思，却不失公平，最简单的往往最有效，机会均等，愿赌服输。倒符合小宝的个性，无拘无束，敢作敢当。谁说只有君子才坦荡荡呢？小宝自然算不得君子，但也未必，不是还有梁上君子一说吗？也可以封他个赌场君子，倒也不至辱没他。

天下之事，就没有小宝摆不平的，摆平了康熙，摆平了顺治，摆平了鳌拜，摆平了陈近南，摆平了吴三桂，摆平了宫中人，摆平了江湖人，摆平了大小七个老婆……当然，也摆平了读者。摆平即水平，搞定方稳定，不服不行。

我一直吃不准金庸是否真的喜欢黄蓉，怎能让她嫁给郭靖那傻小子呢？对此，我一直耿耿于怀，存在极大的异议，辜负了这样一个冰雪聪明的女孩。

蓉儿嫁给郭靖能有啥幸福呵？

先到书房来看看吧。琴棋书画，一窍不通。诗词歌赋，胸无点墨。不能总是在练功场上杀声阵阵吧？展现完了什么肱二头肌、肱三头肌接着还有啥呀？书房看来是彻底没戏了。对了，蓉儿后来在《神雕侠侣》中变得有点世俗，估计是近墨者黑，此为后话，不提也罢。

闺房呢？月上柳梢头，人约黄昏后。那样一个集天地之灵秀于一身的女孩，该需要怎样令人脸红心跳的情话才能开启她的芳心呢？可气那傻小子翻过来倒过去地只会说三个字——好蓉儿。呵呵，谁还敢想成另外三个字的？张敞画眉，红袖添香，吹花嚼蕊，赌书斗茶，意绵绵，情切切，这些连做梦都不敢想。闺房里了无情趣。可是，金庸却安排他们快乐地生儿育女，真是岂有此理。那可是蓉儿，咱别当成了傻姑行不？什么样的小两口不用谈情也能把日子过得红红火火，无须说爱也能生下一群健壮的儿女？是有，但绝非蓉儿。凡事还要蓉儿主动，这算哪门子事嘛，上天让女孩成为女孩之时，便赋予了她一种权利，一种被追求的权利，一种不必主动示爱的权利，这便是上天对女孩格外的眷顾。

算了算了，别再提啥闺房了，还是下厨房得了。

做点好东西给他吃吧，也纯粹是瞎耽误工夫。玉笛谁家听落梅、二十四桥明月夜，还有那好逑汤，他能品出啥滋味呢？除了闷声连说“好吃好吃”以外，再无下文。所谓对牛弹琴，不过如此吧。绝没有轻慢郭靖的意思，我也挺喜欢他的，但是适合做父兄的那种。做夫君也可以，但绝不能给蓉儿。

金庸先生此举真是大错特错了。

忽然，萌发了一个不甚光明的念想，但愿金庸先生不会怪罪。该不是，先生年轻时曾遇见过一个如蓉儿般美丽、活泼、聪颖的女孩，由于种种原因，终未修成正果。于是乎，先生一气之下，安排她嫁了这么个傻傻的靖儿，长出心中一口恶气。既然佳人与我无缘，你也且守着那傻小子吧。呵呵，以小人之心度先生之腹了，罪过罪过。

不能怪我胡言乱语，实在是为蓉儿鸣不平。人是需要被欣赏的，感情是需要共鸣的，爱情是需要情投意合的。蓉儿需要一个知情识趣的男子，来释放她的才华与灵气，来承载她的聪慧与细腻，那个男子该是郭靖吗？他如何能担此重任？

凭什么蓉儿就不能拥有爱情的乐趣、婚姻的幸福呢？

金庸啊金庸，你真的为蓉儿着想过吗？

找呀找呀找朋友

（一）

什么样的人堪为朋友？

孔子早在几千年前就给出了答案。益者三友，友直、友谅、友多闻。

友直，正直，逆耳忠言莫不出于直友之口。若没有魏征这样置生死于度外的谏臣，如何能赢得贞观之治？以铜为镜，可以正衣冠；以人为镜，可以知得失。直友，人镜也。

友谅，诚实，一诺千金、一言九鼎、一言既出驷马难追。曾子杀猪、董狐写史，莫不如此。

友多闻，知识渊博，听君一席话，胜读十年书。昔时刘禹锡言，谈笑有鸿儒，往来无白丁。今朝伍思凯唱，好友如同一扇窗，能让视野不同；好友如同一扇门，让世界变开阔。

略略诧异，够得上以上三点，就可算作朋友了吗？大千世界恐怕朋满为

患吧？

我们身边正直的人多如牛毛，固执的人多半正直。小人才不会死守着个理不放呢，风吹两边倒的墙头草虽谈不上气节，却一辈子迎风招展，逍遥快活。正直的人口碑不错，甚至千古流芳，但往往是身后事了。好比凡·高，现在一幅画价值连城，可生前穷困潦倒，只廉价卖出一幅画，有几人愿意效仿他？成名要趁早。

21 世纪是知识爆炸的时代，知识渊博的数不胜数，硕士、博士、博士后……难道都是朋友的最佳人选吗？

孔子的解释似乎单薄了一些。泱泱中华民族，无疑更崇尚肝胆相照、两肋插刀、生死与共、可歌可泣的友情。

（二）

古往今来，多少友情成为千古绝唱。伯牙子期高山流水、廉颇相如刎颈之交、刘关张桃园三结义，着实令后人高山仰止。

歌颂友情的诗篇浩如烟海，“桃花潭水深千尺，不及汪伦送我情”“但愿人长久，千里共婵娟”“劝君更尽一杯酒，西出阳关无故人”“海内存知己，天涯若比邻”……无不传递了朋友之间的心心相映。

歌颂友情的歌曲家喻户晓，最喜欢伍思凯的《分享》，“与你分享的快乐，胜过独自拥有，至今我仍深深感动”。朋友就是这样吧，有好消息时总想第一个告诉他。快乐一经分享，即成双倍的快乐。

（三）

恋人提倡感情专一，朋友该是多多益善。

人类离不开朋友，没有朋友的人是孤独的。豪爽之人，朋友成群，痛快淋漓；寡淡之人，惺惺相惜，三五知己足矣。就连孤家寡人的皇帝也需要朋友，康熙和伍次友，亦师亦友；乾隆与和珅，名为君臣，但超越君臣；更别提那些昏君的弄臣，狐朋狗友也是一种朋友。

不同的人选择不同的朋友，孔子所言乃君子的择友标准。小人的恰恰相反，友便辟，友善柔，友便佞，即谄媚拍马、两面派及夸夸其谈。

物以类聚，人以群分。若想交到好友，自己先要修身养性。没有梧桐树，怎引来金凤凰？秦桧能结交上岳飞这样的朋友吗？道不同不相为谋。

选择一个朋友就是选择一种生活方式。益友在事业上助你一臂之力，损

友让你在错误的泥坑里越陷越深。成也朋友，败也朋友。

（四）

赖斯有次在大学演讲，台下学生问：“假如遇到一个更优秀的人拼命地爱你，你会怎么办？”赖斯很明确地回答：“量力而行。”

承受不起的爱情令人心力交瘁，超负荷的友情又何尝不是呢？交朋友也该门当户对，嫦娥虽美，高处不胜寒。

没有永远的朋友，正如没有永远的敌人。

朋友更新的速度和个人的发展成正比，如果周边的朋友像走马灯一样川流不息，那么恭喜你始终在进步；如果数年如一日地无所建树，四顾就还是些老面孔。不要以为你和某人的友情一直持续，是因为友谊牢不可破，多半只是你们的地位仍旧对等，同升同降，或不升不降。

交友要与时俱进，方能和睦相处。患难之交随着身份和地位的改变，也会变质，弄不好还会招来杀身之祸。赵匡胤杯酒释兵权，在道义上为人不齿，兔死狗烹，鸟尽弓藏。实则救了老友一命，怕自己有朝一日龙颜大怒会格杀勿论。伴君如伴虎，不如令他们早早归隐山林，远离是非之地。历史上这样的悲剧还少吗？刘邦杀韩信、朱元璋诛徐达，无不令人痛心疾首。陈胜立誓苟富贵无相忘之时，不是离富贵还差着十万八千里吗？一个老板动辄和员工论及兄弟情谊，肯定是尚未发达，企图用友情替代薪水。

将心比心，不是不可以理解。倘若有一天你位高权重，威风凛凛，可不知趣的老友还当众连唤你的乳名狗蛋，你乐意呀？皇帝需要皇帝的尊严，当着那些知根知底的患难兄弟，如何能使出君威？没有人愿意别人看过自己发迹前的狼狈嘴脸。马克思说过，在资本的积累过程中，每一个毛孔都流着肮脏的血。

朋友的“朋”，是两轮并行的月，任何一方变了，皆再难成朋。一方从柔和的月成了如日中天的日，则朋成了“明”，明明白白的明，心知肚明的明。或者，一方从月亮上掉下来成了一抔泥土，则朋成了“肚”，不同层次的人意欲建交，肚量决定友情。宽容、包容、有容乃大，怎么容都不过分，否则朋友便做到了尽头。

不明此理的人，往往自寻烦恼，要么怪罪朋友嫌贫爱富、唯利是图，要么抱怨自己眼力太差、交友不慎。

（五）

交友不分先后，只分深浅。

有的人相识一辈子，不过是个熟人，偶尔驻足谈谈天气议议物价，话不投机半句多。有的人，素昧平生，一见之下，却相见恨晚，结成莫逆。

有些人，对朋友的要求颇低，见过两次面，吃过一次饭的均呼作朋友，宛如踏进了朋友的大卖场。

有些人，门槛甚高，精挑细选，择优录取，俨然登上招考公务员的独木桥。

前者的朋友随处可见，后者的朋友寥若晨星。你愿意拥有一堆廉价的玻璃珠还是一颗昂贵的钻石？

有个广交天下豪杰的武林高手临终前对儿子说："别看我结交的人如过江之鲫，其实我这一生只交了一个半好朋友。"儿子纳闷不已，遂按照其父交代的去见那一个半朋友。

儿子先去了"一个朋友"那里，说："我是某某的儿子，现正被朝廷追杀，请您搭救！"这人忙叫来自己的儿子，喝令他速速将"朝廷要犯"的衣服换上。

原来，在生死攸关的时候，那个不惜割舍亲生骨肉来搭救你的人，可称作一个朋友。

儿子又去了"半个朋友"那里，把同样的话诉说了一遍。半个朋友说："孩子，我给你足够的盘缠，你快快逃命，我保证不告发你。"

原来，在你患难之时，能够伸出援手而非落井下石的人，可称作半个朋友。

不禁苦笑：我们能有多少这样的好朋友？我们又配当谁的好朋友？

（六）

喝酒的时候，六分醉的微醺最惬意。似醉未醉，飘飘欲仙；似梦非梦，渐入佳境。若酩酊大醉，除头疼欲裂外，毫无乐趣可言。

吃饭七分饱，则留有对食物的兴趣和好感。若太饱，不仅肠胃不适，更易影响食欲。

几分的友情最适中呢？我以为，五分足矣，一半爱朋友，一半爱自己。既不会造成沉重的负担，又彼此牵挂，相互惦念。

我不喜欢浓烈的感情，我的朋友鲜有肝胆相照者，更无刎颈之交。不习惯朋友和我推心置腹，"怕自己不能负担对你的深情，所以不敢靠你太近"；也不习惯和朋友无话不谈，没有秘密的人该是多么苍白贫乏？

君子之交，其淡如水。我更愿意将“淡”理解为平淡，平淡的友情未必最珍贵，更逞论流芳百世，但通常最持久，也最安全。

（七）

什么人最可能出卖你？朋友的概率无疑最大。

什么样的朋友最可能出卖你？自然是密友。

从某种意义上说，密友比亲人还要亲，相互间会倾诉所有的隐私，有的连亲人都一无所知，这就给了朋友出卖你的资本。

“朋友就是用来出卖的”，看似玩笑的一句话时常一语成谶。密友如同身体上的一处器官，一旦发作起来会要了性命。苗人凤与田归农、李寻欢与龙啸云、林冲与陆谦，古往今来，多少英雄豪杰由于交友不慎导致家破人亡。只是这些“朋友”的脸上又没有刻着“犹大”二字，忠奸难辨，唯有谨慎、谨慎、再谨慎。

（八）

两个朋友一起旅行，甲打了乙一个耳光，乙用树枝在沙滩上写道：今天甲打了我一巴掌。

后两人途中遇险。甲救了乙，乙掏出小刀在石头上刻下：今天甲救了我一命。

有人问乙为什么前一件事写在沙滩上，后一件却刻在石头上。乙说：“把别人的不好写在沙滩上，天长日久就淡忘了。但别人对自己的恩情要刻在石头上，无论春夏秋冬都铭记在心。”

这个故事是用来教育孩子的。现实恰恰背道而驰，不要奢望朋友会这么待你。

倘若你想帮助朋友，就只当行善积德吧，千万别幻想朋友知恩图报，不恩将仇报已然万幸。不妨扪心自问，对帮助过自己的朋友都报以琼瑶了吗？人最害怕面对的不是敌人，而是恩人。无端地矮了三分，自卑感油然而生，那段受人恩惠的日子不堪回首，不论天生贫寒还是中途落魄。感恩的心，只对命运，只对苍天，不对恩人，不对朋友。

最好，远离那些你倾心帮助过的朋友，对曾经的付出，要力求比受惠者更加健忘，这样你才能体会到一种真正的快乐，一种纯粹的快乐。

“轻轻的我走了，正如我轻轻的来”，挥挥手，不带走一声感激。这也许

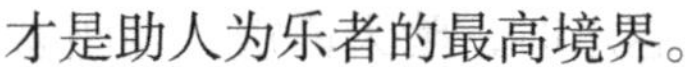

才是助人为乐者的最高境界。

（九）

找呀找呀找朋友，
找到一个好朋友，
敬个礼呀握握手，
你是我的好朋友。

儿时我们一边唱歌一边忙着找朋友。朋友如春天的小草，漫山遍野，没有比儿童更容易交到朋友的了。

渐渐地，我们长大了，内心越来越隐秘。能做朋友的人如沙漠里的绿洲，可遇不可求。

盘点今生，这辈子究竟找到了几个好朋友。如果按那个武林前辈的标准，肯定一个也没有。己所不欲，勿施于人，既然我不能为了朋友肝脑涂地，又为何苛求朋友死不足惜呢？

看来，孔子不愧为圣贤，友直、友谅、友多闻，足矣。

如此说来，也可算是高朋满座吧。

小麻将 大职场

春节回家，狂玩了几天麻将。所谓的狂玩，就是每天三件事——吃饭、睡觉、搓麻。吃饭的时间很短，睡觉的时间绝对没有搓麻长，午饭及晚饭以后的光阴，我通常都鏖战在麻将桌上。

几天下来，不仅赢了些小钱，还悟出了些大道理——职场如麻坛啊。

首先，你不能决定和谁一起玩——尤其是人手不够的时候，更不能决定谁是上家、下家和对家，这得靠掷骰子。正如普通职员既不能决定谁是老板谁是同事，往往连谁是下属也不能决定，这是人事部门的职责与权力。有时候，你正赢得顺风顺水，上家突然接到一个紧急电话，慌忙抽身而退。虽换了个人上场，游戏依旧，可你却怎么也找不回刚才的感觉，牌势一落千丈。

就像好不容易遇到个赏识你的好领导，正踌躇满志之时，晴天霹雳，宝座易人。一朝天子一朝臣，还没明白过来，已被打入冷宫，不仅升职加薪顿成泡影，而且处处被刁难，扣牌不说，还动不动就放牌让别家去碰以此搅局。除非你另外找到更好的牌场，可以气势磅礴地一掀牌桌："大爷我不伺候了！"否则只能少安毋躁，甚至忍气吞声，苦苦等待下一轮机遇的重现。"君子报仇十年不晚"和"小不忍则乱大谋"这两句话就交替成为那段灰色时光的 QQ 签名。

其次，你不能决定如何玩。如果那三位仁兄只会玩没啥技术含量的推倒和，即便你最擅长做清一色对对和，也只得入乡随俗，随波逐流，否则就会成为彻彻底底的冤大头。别人和得稀里哗啦的，而你连听都没听过，此时阳春白雪、曲高和寡绝对不是褒义词。正如职场人士要关注企业文化和职场氛围，假如公司里小人泛滥，领导只赏识善于钻营之鼠辈，你的专业技能再强，也不过落得个资深技术人士罢了，加官晋爵是万万不可能梦想成真的。既然改变不了上司的作风，就只好改变自己委曲求全了。也可以美其名曰：挑战自我，打破舒适圈，提高适应性。

再者，你不能决定玩多久。也许，正玩在兴头上，手机一响，老婆大人有令：速到丈母娘家报到。或者对家上司有旨：火速将我儿子从补习班接回来。这都将导致 game over，无论你是否情愿，都要忍痛割爱。职场中何尝不如此呢？原本负责一个项目，进展得好好的，忽然天降不测，派你去另外一个不相关的部门，又甜又美的桃子就由上司的新宠独摘了。"我是一块砖，上司随意搬，搬去盖猪圈，心甘又情愿"，事已至此，也只好无数遍地自我安慰了。职场人士，能真正决定自己命运的又有几人呢？

还有，也是最重要的，你永远不知道对手的牌。有时起手牌相当不错，正满心欢喜地准备上听，没想到人家已经啪嚓一声自摸了。除了付钱以外，别无选择。职场中的竞聘往往如此，不论能力还是学历，不论智商还是情商，你都名列前茅，似乎已经稳操胜券。不料竞聘时杀出一匹黑马，所向披靡。没办法，尽管人家牌技不如你好，但幸运地抓了四个配子，轻轻松松就自摸了，此乃江湖中传闻的"上头有人"。你只好仰天长叹："天，不助我也！"诚然，从古至今，谋事而未成事之人不胜枚举，你只不过是沧海一粟，而已。

这虽然可气，但远远比不上被人截和。混了 10 年的副职，好不容易熬到正职告老还乡，眼看继位有望，不料又杀出个 85 后美女，截和了。不管是她有个亲爹还是干爹，总之，煮熟的鸭子又飞了。

至于平日里相交甚欢的同事，一旦成为竞争对手，无不尽释前好，将麻将桌上“盯上家卡下家防对家”的游戏规则演绎得淋漓尽致。素来各自为政，但只要一家上听，另外三家便结成同盟，同仇敌忾，将准赢家掐死在萌芽状态，即便黄牌，即便玉石俱焚。这真是举世闻名的中国式竞争呐。奇怪，有人写过《中国式结婚》与《中国式离婚》，为什么没人写写《中国式竞争》呢？

终于明白：牌技固然重要，但肯定不是最重要的；能力固然宝贵，但绝对不是最宝贵的。

最重要的最宝贵的，究竟是什么呢？有时候，是实力，当大家都是平头百姓时；有时候，是机遇，当大家都能力非凡时；有时候，是天意，没错，国人不总将至高无上的人称为“天子”吗？如此说来，将权力称为天意也不为过吧。按说，如果一方有了压倒一切的绝对权力，就不应该和其他选手同场竞技了，否则就没有公平可言了。只是，谁又来关注这一切呢？组织者正想利用竞聘这一无比光明之平台完成阴暗的幕后交易，正如商人和官员喜欢在麻将桌上借娱乐完成行贿和受贿，后者洗钱，前者洗官。

是故，以后只要不是因为牌技差输钱，不是因为能力低混得不尽如人意，大可以用“天意”二字宽慰受伤的心。人定胜天？嗨，咱小小凡人一个，何必硬与天公试比高呢？人生苦短，千万别和自己过不去，就像打麻将时，千万别和牌较劲，那玩意儿，脾气犟着呢！麻将者，麻犟也;职场者，智场也。顺势而为胜过逆流而上。

一沙一世界，一花一天堂，一树一菩提，一叶一如来。

小麻将，大职场。

自得其乐

花儿为什么这样红?

一直以来，没来由地喜欢花花草草。每到一处，必定给陋室配上些草本植物，以绿色为主，但总爱搭上一两盆五彩缤纷、花枝招展的。

喜欢栀子花的洁白与芬芳，但总养不活，买了一盆又一盆。第一个卖花的告诉我不要晒太阳，于是小心翼翼地瓦屋藏娇，一个月后就郁郁寡欢地仙逝了。第二个告诉我要常给花儿晒太阳，就每天捧进捧出的，还小声哼哼万物生长靠太阳，30 天后也赴天堂之约了。天堂莫非离太阳更近？第三个竟说晒不晒太阳不要紧，原因是没施花肥。天！这小丫头太有才了，不费吹灰之力就卖给我一大袋花肥。我总算体会到那些男人在心爱女人身上一掷千金的感觉了，可惜千金散尽后花儿还是无情地撇下了我，心里酸酸的却发作不出，与那些冤大头有些同病相怜。

再去花市时，对栀子花已经心灰意冷，一朝被遗弃，十年怕言情。这世上有些东西虽然美好，但与己终归形同陌路，顶多只能擦肩而过。万花丛中过，片叶不沾手。命里有时终须有，命里无时莫强求。

想起一个学者功成名就荣归母校时的一篇报告，谈及成功的秘诀，第一是坚持，第二是坚持，第三还是坚持。台下有学生提问：“如果还有第四，是否仍是坚持？”学者摇头：“第四就应该是放弃了。”到底是著名学者，没有误人子弟。诚然，方向对，才不怕路远，如果坚持了这么久，距离成功还差十万八千里，恐怕的确不适合在这方面发展了。坚持是一种毅力，放弃未必不是一种智慧。

所谓的勤能补拙只能用在大方向正确的情形之下。曾国藩年少时资质平平，虽不似郭靖那般愚钝，也实在算不上聪颖过人。有一天晚上曾家来了小偷，藏在书房里，想等夜深人静时再出手。偏巧赶上曾国藩那晚在背诵一篇文章，翻来覆去读了无数遍仍然背诵不出。小偷气急败坏，冲上前去，大声背诵了一遍之后摔门而去，临走丢下一句话："这般愚笨还读什么书！"不知曾国藩日后终成大器是否与这偷儿的激将有关。曾国藩的勤看来是用对了地方，只可惜那小偷的发展方向明显谬以千里了。如果他当初选择了做学问，没准可以与曾国藩同在朝中坐而论道，而非躲在角落里苦苦等待，枉负了那份过人的记忆力。

前不久看有关李煜的传记，感触更深。李煜留下太多美轮美奂的诗词，但终落得，无限江山，别时容易见时难。做个词人真绝代，可怜薄命做君主。

人生重要的是选择，养花重要的也是选花。栀子花咱高攀不起了，瞧瞧有啥好伺候的吧。快到元旦了，水仙看着挺不错，郁郁葱葱，枝繁叶茂。水仙之淡雅是我所喜欢的，以前在南方也养过，感觉还不是个难伺候的刁蛮公主。深情款款地迎娶回家，勤晒太阳勤换水，每天期待着花开时节，一生只为这一刻。

正在满怀憧憬之际，突然领导一声令下，要我出差一周。军令如山，只是有些放心不下我的花花草草。

原本想寄养在同事那里，但上次的仙人掌事件令我心有余悸。那次出差半个月，我就把花花草草带到办公室，委托同事照看。真是个勤快无比的好孩子，连我平常随便扔在办公桌上的仙人掌都每天浇水。那盆仙人掌自买来后从未浇过水，放在电脑旁吸收辐射，仙人掌在电脑日复一日的摧残下苟且偷生，顽强得有点没心没肺。我挺心疼它的，心想我出差这半月，它可以扬眉吐气地过上两周好时光了。不承想电脑辐射换成了水漫金山，勤快的同事将它关照得奄奄一息。我回来后，绕着它转了三圈，始终不敢相信仙人掌也会死亡，恨不能请个法医来鉴定一下。同事一脸无辜，他想着仙人掌平时生活在大沙漠中，并非不喜欢喝水，只是喝不上而已，这回移民到咱北京来了，好歹得让它喝饱不是？估计我再晚几天回来，它该喝上肉汤了。真真是个丫鬟的命，对从天而降的恩泽无所适从，更无福消受，幸福得一命呜呼了，以死报答君之厚爱。不亦哀哉！

打那以后，再逢出差，我一般就不再给同事提供学雷锋的机会了。我把那些花盆浸泡在装满水的大塑料盆里，确保根部能喝到水。这样一来，出差十天半个月一点问题都没有，屡试不爽，颇为自得。

这一回如法炮制，把其他的花盆安置好，特意把水仙放在离暖气最近的窗台上，怕它冻坏了。这才像鲁迅告别百草园的蟋蟀那样依依惜别了花花草草。Ade，我的水仙！Ade，我的花花草草！

一周后，我一进门就心急如焚地奔向那些大小美人。看到水仙时，差点没晕过去。天！一周不见，水仙茁壮成长，成了山东大葱，臃肿粗俗得不忍目睹。有个声音在心里呼唤：归来吧，归来哟，婀娜多姿的水仙呐。就像有钱人恋上了一个如花似玉的窈窕淑女，每天山珍海味地供奉着，没想到竟喂出个膀大腰圆的相扑选手，心碎成片，一片两片三四片，飞入花丛都不见。

一气之下，我就学有钱人那样始乱终弃了。搬起花盆扔到阳台上，从此再不换水，打入冷宫，令其好好反省。那水仙在雪辱霜欺之下倒也不屈不挠，似乎还苗条了一些。最要命的是，居然还有了花苞。怎么办？打入冷宫的妃子也有母以子贵的吧？水仙回归后，故态复萌，自甘堕落之势不减当年。无可奈何，只能硬着心肠，将它二次打入冷宫。哀其不幸，怒其不争。

终于它在阳台上开花了，为了盼望已久的花香，还是再次接回家了。可惜没两天，又茁壮得不行了。可能屋里太暖和了，它放松了警惕，以为从此可以高枕无忧、为所欲为。

看着这几进几出的水仙，乱想联翩。

唯女子与小人为难养也，孔子的话不能说全无道理。我的水仙花，无疑堪称绝好的案例。

在声讨爱人的喜新厌旧时，不妨好好看看自己现在的模样；在责怪亲人的嫌贫爱富时，可以仔细想想自己眼下的地位；在痛骂朋友的忘恩负义时，应该慎重估量自己当前的价值。

不是所有的人都值得刘备三顾茅庐，不是所有的人都敢学姜太公弄直了钓钩。没有诸葛亮和姜太公的才华，怎能要求君王慧眼识英雄？为何奢望别人青眼相加？

富在深山有人问津，穷在闹市无人理睬，人性和环境使然吧。

可以责备世风日下，可以痛骂人心不古，但不得不承认，这就是现实。改变不了别人，唯有改变自己；改变不了天气，可以改变心情。

花儿为什么这样红？

只因为它自己想变红。

花儿为什么这样红？

只因为它自己努力地变红了。

花儿因为红了才备受人们爱慕，并非因为人们青睐之后才兴奋地红起来的。

每个人都是一朵可以变红的花儿。

民以食为天

（一）

不知源于何时，中国人见面时总忘不了一句国问：你吃了吗？可见吃对于国民来说当属头等大事。

管子曾有言在先："仓廪实而知礼节，衣食足而知荣辱。"可见饮食对于国富民安的重要意义。

吃喝玩乐，瞧瞧，吃也是当仁不让，稳坐头把交椅。可不是，唯有吃好了才有心情和体力去从事其他娱乐项目。

民以食为天，好家伙，都一步登天了！万万不可小觑。

识时务者为俊杰，既然老祖宗对饮食问题如此关注，草民如我何不从善如流？如果有机会发扬光大，也乃分内之事。

人生苦短，挑自己喜欢的，吃自己想吃的，这才符合人文主义精神吧？

（二）

有朋友诬陷我有些挑剔，无非就是稍稍讲究了一些形式而已。

吃饭，重要的是什么？

朋友说，这还用问？自然是饭菜质量了。

非也非也，还有环境。

朋友不以为然，觉得我有点矫情。

我先循循善诱：你喜欢什么主食？米饭还是面条？北方人自然喜欢面条。

再请君入瓮：服务员端上一份米饭，放在水晶白玉盘中，又端上一份面条，放在一个干净的痰盂中。你吃哪个？

朋友白眼，送我两个字：诡辩。

否！环境不仅于吃饭非常重要，于其他种种又何尝不是呢？大名鼎鼎的美国小提琴家乔舒亚·贝尔在华盛顿朗方广场地铁里演奏，很少有人驻足聆听。而在波士顿交响音乐厅举行演奏会时，票价100美元的音乐厅中座无虚席。这不奇怪，一大早于地铁中匆匆走过的都是上班族，谁有时间有心情去感受音乐的美好？音乐厅就完全两样了，金碧辉煌的舞台、舒适的座椅、衣着光鲜的男女，心境比起地铁里来全然不同，音乐细胞瞬间苏醒。谁说环境不重要？时势造英雄，而非英雄造时势。

当然，环境重要，吃什么更重要，任何时候都不能舍本求末。坐在五星级大饭店，听着梦幻般的音乐，吃一份水煮胡萝卜也是万万使不得的。

（三）

我交朋友，比较在意对方的饮食爱好。道不同不相为谋。两人交朋友，尤其是酒肉朋友，吃饭无疑是一项重要活动内容。如果南辕北辙，都要为对方牺牲自己的利益，这样义薄云天的朋友，我嫌太高尚；这样委曲求全的自己，我嫌太累。

大千世界，总能找到两片相似的叶子，干吗偏要找块木头，再没日没夜地磨杵成针呢？我欣赏轻松自然的友情，不看好削足适履的付出。婚姻更是如此。我推崇门当户对，不仅是家庭出身，兴趣爱好、价值观念、饮食习惯，都要匹配才好。两个志同道合的人在一起有种默契，无须作秀，只要做好本我即可。梁朝伟获得了那么多影帝称号，有人说他纯粹只是个本色演员，他饰演的角色气质和本人极为接近，小资、忧郁、敏感，根本没道理演砸。你让他演一出《武林外传》试试？

（四）

讲究饮食的人热爱生活，生活的态度就是对待饮食的态度。饮食马虎的人若非家境贫寒，又非事业狂人，一定是个粗陋之人。对生活不用心，得过且过，缺乏情趣。我有点同情他们，民以食为天，他们以何为天？也许燕雀安知鸿鹄之志，抑或杞人忧天。

独在异乡为异客，每逢佳节倍思亲。思的啥？饮食而已，最起码主要是饮食。为何每逢佳节更思念呢？逢年过节时的吃食格外丰盛。中国的传统佳节从来离不开美食，元宵节吃汤圆，端午节少不了粽子和绿豆糕，中秋节有月饼和螃蟹，春节更是美食荟萃。怎不叫人倍加思念？

不喜欢看韩剧，超长超慢。听人说《大长今》好看得不行，断断续续看了几集，感动我的竟然是大长今对食物的那份用心。

说来有趣，我欣赏很多人就是源于他们对饮食的用心。

名列前茅的数林语堂。早年读《生活的艺术》，就不禁大声赞叹竟有人如此淋漓尽致地说出我的心里话。你听，一生中究竟有几件东西使人得到真正的享受？食品应排在第一。还有，倘要试验一个人是否聪明，只要去看他家的饮食是否精美即可。瞧瞧，饮食都成了聪明与否的试金石了。还是老先生有才，润物细无声地就上升到理论高度了。

还有金圣叹，临刑前给儿子留下的遗嘱竟是："把豆腐干和花生米一起吃，可以吃出火腿的味道。"生死攸关仍谈笑风生，这份幽默与豪情令人好生敬佩。有些食物，一定要搭配着才更好吃。比如笋烧肉，肉借笋之鲜，笋因肉而肥，相得益彰。鱼烧豆腐也好，豆腐本没什么味道，借了鱼的鲜味，人们往往弃鱼而食豆腐。想起蓉儿做的火腿冬瓜，二十四桥明月夜，啧啧，蓉儿的冬瓜该是何等回味无穷啊！可惜白白便宜了郭靖这个傻小子，幸而有洪七公这个不落俗套的食客，才不至辜负了蓉儿的精湛手艺和良苦用心。

食物如此，人又何尝不是呢？我有阵子很迷男女声二重唱，大概就是这个意思。从最早的王洁实、谢莉斯到后来的林子祥、叶倩文，还有李宗盛、林忆莲。有些人可以天马行空独来独往，有些人必须珠联璧合才能名扬四海，比如小虎队，三个人分开之后，再难企及原先的热度。

（五）

常有人请客时谦虚地说，吃不好，但要吃饱。怪哉，吃不好又怎能吃饱？东西不好吃我宁可饿着，也不会饥不择食。虽说男大当婚女大当嫁，那也不能捡到篮子里的都是菜吧。

孔子说，食不厌精，脍不厌细，且不得其酱不食，割不正不食，色恶不食，臭恶不食，还有沽酒市脯不食。孔妻因为不合要求，被休回娘家。

如果有条件，我很赞同孔子的观点。人的生命有限，胃的空间更是有限，切勿因为充饥胡乱搪塞，白白浪费了饥饿的感觉。于现代人，饥饿无疑是种奢侈的感觉，现代人幸福感越来越低，很大程度是缺乏饥饿感。不像以前，饥肠辘辘时吃上一大海碗肉丝面，再卧上两个荷包蛋，浑身上下舒坦极了。可现在呢，动辄消化不良、食欲不振，再加上三高，恨不得空腹数日。如林语堂说，所有享受中食品当排第一，如今都茶不思饭不想了，还谈何享受？

近年来，国人以骨感美人为标杆，减肥之风日益猖獗，更不可乱吃了。一个同事患糖尿病，须严格控制饮食，他就把每天的血糖供应留给最爱的曲奇饼干。如果每个人对生活中的种种都懂得严格筛选，相信人生一定会精彩许多。

（六）

一老先生嗜酒如命，逢饮必醉，只稀稀拉拉地收了几个学生。朋友好言相劝，如果你戒掉酒，以你的学问肯定能收很多学生。老先生嗤之以鼻，如果不为饮酒，我收学生干吗？

在饮食方面有嗜好的人是快乐的，当口腹之欲满足之时，会感到天蓝蓝，水碧碧，生活甜蜜蜜。

我相信，人与食物之间是有缘分的。有些属于酒逢知己千杯少，有些则是话不投机半句多。有些食物如青梅竹马，终身不离不弃，就像主席和他的红烧肉；有些食物一见倾心，从此朝思暮想，正如我初到北京时结识的涮羊肉；有些食物相识甚早，却始终找不到感觉，比如胡萝卜、苦瓜，还有香菜，我这辈子都没拿正眼瞧过它们。

大饭店的佳肴固然美味，小饭店的特色菜也格外可口。前者如大家闺秀，宝钗那样的，惹人喜爱，但不至于魂牵梦绕，欲仙欲死；后者恰似茶花女、卡门那样的民女，个性张扬，令人为之沉醉甚至沉沦，欲罢不能。

（七）

林林总总，老祖宗一言以蔽之，民以食为天。

天地良心，我乃大大的良民。以食为天，以食为乐。

让我们看云去

小时候喜欢躺在草地上仰望天空的云，童年时的云是温顺的羊群，是甜蜜的棉花糖，是调皮的胖娃娃。少年时的云是奔腾的骏马，是跳跃的浪花，是轻歌曼舞的少女。

长大以后，看云的次数越来越少了。偶尔于闲暇之际抬头眺望，满眼灰蒙蒙的天空，顿觉惆怅不已。

今天是个好天气，秋高气爽，俗话说“二八月看巧云”，出差坐飞机时特意挑了个靠窗的座位，好静静地看看满天云朵。

（一）

飞机刚起飞时，我们还在云的下方，须抬头仰望。顷刻间飞机飞上高空，我们即刻置身于云端之上。云彩便齐齐地被抛在飞机下方了，低头俯视即可，一种优越感油然而生。

想起曾经很受触动的一句话：在人之上，视人为人；在人之下，视己为人。

人生变幻莫测，生活就像一片片云彩，不知道哪块会落下雨来，这就是所谓的前途未卜吧。谁知道什么时候会得道升天？谁知道什么时候又会虎落平阳？角色的转换常常令我们无所适从，或许始终保持一颗平常心，便没有那么多的得失悲喜。在人之上，得志不得意，即便小小地得意一下，也不至于忘形；在人之下，则不卑不亢，失意不失志，东山再起乃指日可待。

（二）

有的云紧紧环绕，如众星捧月；有的云连绵起伏，看不清明显的分界线；有的云结伴而行，若即若离；有的云自成一体，与其他的云截然分开，逍遥如世外的五柳先生。

有的云似庞然大物，排山倒海，波澜壮阔；有的云细若游丝，若隐若现，飘飘荡荡。

有的云厚厚的，是凝固的群山；有的云薄薄的，活泼地流动着，像烟又像雾。

不管怎样，它们都有一个共同的名字——云。如同一个人，无论富贵贫贱，无论职位高低，无论才学深浅，无论俊美丑陋，无论强壮柔弱，都不过是个人，而已。

谁能说巍峨如山的云一定比渺若晨烟的云更伟大更可敬呢？谁能说众星捧月的那朵一定比逍遥世外的更幸福更快乐呢？

（三）

前方出现了一大片云海，连绵不绝，蔚为大观，不禁感叹大自然的巧夺天工，也或多或少地体会到人类的渺小。

忽然飘过来一朵薄薄的云，不多不少，把云海遮得严严实实，仿佛那片云海从没存在过。有时候庞然大物也敌不过薄如蝉翼的东西啊！

所以，不可以藐视身边的每一个人，哪怕弱不禁风，哪怕手无寸铁，哪怕穷困潦倒。谁知道谁会成为下一朵薄如晨雾的云呢？

三十年河东，三十年河西。得饶人处且饶人，与人方便与己方便，风物长宜放眼量。人生的哲理莫不如此。

（四）

有风吹过，云层走得很快。一朵朵从眼前倏然飘过，如同人生之路的旅伴。到站后各奔东西，彼此不知姓名，也无心打听，我们很快就会忘了生命中有这么一段时光曾经共同走过。

有些人如同一片云，曾短暂地栖息在我们的天空，甚至一度占据了我们整个心灵，令我们看不清周围的世界，错过许多美丽的风景。但终究不过是一片云，不经意间就飘出了我们的视野，年轻时心痛的记忆随着岁月的流逝早已变得风轻云淡，不能触及的伤口早已愈合如初。

路过的人早已忘记，经历的事随风而去，驿动的心渐渐平息。

仿佛那片云，从不曾来过。

（五）

有些云扑朔迷离，美轮美奂，我目不转睛地欣赏着。忽然想，人类的感情真是有趣。

我们可以无条件地喜欢一朵云，从不要求它也喜欢我们；我们可以无条件地喜欢一枝花，并不管它是否对我们微笑；我们可以无条件地喜欢蔚蓝的大海，并不在意它是否深情地凝望我们；我们可以无条件地喜欢巧克力，并不留心它是否愿意接受我们的品尝。甚至，我们可以无条件地喜欢一只猫，并不问它是否留恋我们的爱抚。

但，独独对人就不可以。

我们喜欢一个人，一定渴望 Ta 以同样的热情回报我们，少一点点都会斤斤计较，闷闷不乐。我们希望 Ta 对我们甜蜜地微笑，用温柔的眼神凝视我们，诉说着令人陶醉的情话。

什么时候我们才能像喜欢一朵云一样纯粹地去喜欢一个人呢？不求回应，更无须回报。

也许这永远是种奢望。人是懂感情的，既然自己懂，当然也要求别人懂，懂少了都不行。

（六）

云是否有家呢？瞧它们匆匆地奔跑。

慢慢踱步的云可能并不想回家，外面的世界很精彩。

急急奔驰的云想必思家心切，金窝银窝不如自己温暖的小窝。

屹立不动的云肯定已经在家中了，家人在，不远游，有方也不游。

漂泊的云会羡慕那些尽享天伦之乐的云吗？

凝固的云是否也会梦想自己四海为家呢？

（七）

天色渐晚，远方的云霞染上了一道道金边，云蒸霞蔚，绚丽辉煌。云层开始缓缓地流动，不像下午的云走得那么急了。

人到黄昏，也该是这般悠然自得吧。虽没有年轻时的激情，却自有一番从容与淡定。

李商隐感慨，夕阳无限好，只是近黄昏。

叶帅八十抒怀，老夫喜作黄昏颂，满目青山夕照明。

无论春夏秋冬，乐观是人生永恒的主旋律。

（八）

飞机开始下降了，我们在云朵间穿行，透过云层可以清晰地看到地面的房屋、树木、河流、田野，还有汽车。天上人间，就这样通过云朵连接在一起了。

云越来越远了，尽管还没看够，还恋恋不舍。想起很久以前流行的一首歌《让我们看云去》，大意是说，当你感到失意忧郁的时候，不妨去看看云。是呵，云淡风轻，过眼云烟，云消雾散……数不清的往事其实就像一朵朵云，来来往往，走走散散，没有哪一朵会永远停留在我们的生命中。

只是，为什么一定要等到不快乐的时候才想起看云呢？

平常的时候，带着一颗平常心，间或抬头遥望远空潇潇洒洒、变幻莫测的云，是否会令我们的生活更轻松更愉快一些呢？

三千烦恼丝

人的烦恼是从哪里开始的？

当然是从头开始的。脑袋都没了，自然一了百了。

从头上的哪部分呢？

无疑是头发。头发处于最上端，高处不胜寒。白发三千丈，缘愁似个长。

婴儿在襁褓之时，全身包裹得严严实实，只露出个小脑袋。那么个小不点，难分俊丑。林青霞、张曼玉刚出生时，接生护士也不至于惊为天人吧？判断婴儿美丑的标准只有一样，头发当之无愧地承担起这一历史使命。

头发浓密的小孩会令其家人格外骄傲，一有客人探望，便迫不及待地取下帽子，供人参观、夸奖。“哎呀呀，好一头乌亮的头发，宝宝长得真好！”

哪里好？眼睛并未睁开，大小尚不得而知，更别说眼皮是单是双；鼻子小小的，分不出是挺是塌；手脚更是藏在襁褓中。嗨，都不重要，反正头发好，一好百好，一俊遮百丑。

头发稀落的孩子就尴尬了，冬天出生的还算幸运，可以理所当然地不摘帽子。夏天就有些无奈。洞明世事的成年客人还好，会把夸赞转移到眼睛、鼻子、嘴巴、耳朵上，不懂事的孩子就直言不讳了：“哟，小妹妹是个光头耶！哈哈哈哈！”

同来的大人赶紧圆场：“婴儿都这样，你刚生下来也没头发，后来慢慢就长出来了。”

“你骗人！奶奶说我生下来头发可好了！隔壁的小弟弟生下来也有好多

头发！”

客人讪讪的，主人也没面子。罢了罢了，童言无忌嘛，只是这头发也确实太不够意思了。瞧，这不，烦恼开始了！

我从小头发就多，又黑，一直扎着个马尾巴。小学时班上有个女生，头发自然卷，刘海曲曲弯弯，多好看啊，哪像我的头发挺拔得像根根铁丝。小小少年，大大烦恼。

那时还不兴烫发，就背着父母，偷偷摸摸地找根火钳烧红，把刘海弄卷。常干的事还有一件，就是用指甲花染红指甲，这便是童年时期的美容美发了。可惜不是不小心烫了手，就是把头发烧焦，再慌慌张张地把焦头发剪掉。每次均以失败告终。反抗，失败，再反抗，再失败，直至灭亡。好在头发多，取之不尽用之不竭，牺牲数十根也没啥大碍。

或许是儿时的阴影作祟吧，高中时我一度特别想烫头发，可惜在家长和老师的双重监护下，终成泡影。化悲痛为力量，我顺利地考上了大学，烫发的愿望也终于实现了。虽说身体发肤受之父母，但如今操之在我。镜子前，我欣赏着瀑布似的卷发飞流直下，无限感慨：“长大真好！”

第一年寒假，我顶着一头卷发荣归故里，惊异地发现全班女生的头发皆为爆炸式，不觉哑然失笑，乡音未改鬓毛卷。

好景不长。不久就发现卷发实在太难打理了。尤其是冬天，狂风一吹，披头散发，疑似梅超风重现江湖。当时，琼瑶小说正在校园中盛行，书中女孩个个秀美纯情，直发飘飘。于是弃暗投明，从头再来，清汤挂面，日复一日地扮着清纯。

工作后，为了尽显干练利落，忍痛割爱。缕缕青丝从理发师的剪刀下飘飘洒洒，发落人断肠，独留我孤单，在镜前神伤。

痛，并快乐着。洗头至少节省了一半时间，且不一会儿就晾干了，最重要的是，赢得了客户的信赖与老板的赏识。虽与温柔失之交臂，但数钱数到手抽筋，不亦乐乎！短发就这样垄断了我的青春岁月。

头发一短，不禁又蠢蠢欲动。这回怎么烫也不会变成梅姐姐了吧？又斗胆走进了美发店。

我要烫发！掷地有声，刻不容缓。忆往昔，直发岁月悔。

短发不比长发，烫一次可以保留好几个月，何况我的头发比大棚蔬菜还要长势喜人。每个月都得剪，卷的部分三剪两不剪就沦为昨日黄花了，又得重新烫。我越来越担心头发会变枯变黄，尤其担心那些乱七八糟的药水会导致皮肤癌，只得善罢甘休。

后来流行染发，满大街赤橙黄绿青蓝紫，五彩缤纷，眼花缭乱。每次剪发，美发师都会百般游说，我始终表现得像个刘胡兰。可我到底不是胡兰子，在敌人无数次的逼供之后，我近乎悲壮地叛变了：“染就染吧。”就在刽子手即将得逞之际，止不住又大喝一声：“慢！刀下留人！我还得考虑考虑。”敌人岂能甘心，煮熟的鸭子还想飞？新一轮的劝降又开始了。我身心疲惫，彻底投降，生生蜕变成个金发女郎。

回到家，刚上小学的女儿从房间里奔出来，绕着我转了至少三圈。

干吗干吗干吗？！跟个人造卫星似的。

她还歪着个脑袋细细端详。

我有点飘飘然，扭头冲先生美滋滋地乐：“她爹，瞧，这么小的孩子都知道惊艳了！嘿嘿。”

先生正在喝水，一口水差点喷我脸上。喂喂喂，以为自己是喷泉呀？

女儿终于摇着头开口了：“老妈，我真搞不懂，你们女人家家的怎么就喜欢花钱把自己弄得越来越难看？”

先生如愿以偿当了回喷泉。水珠天女散花般地洒在我脸上，还有我新染的金发上。

我咬紧牙关，在心里谆谆告诫自己：我不生气，我不生气，冲动是魔鬼。

再没去过那家美发店。

那阵子我特别关注别人的头发。有次遇到一客户，那头发染得，绝对自然。连忙打听是哪家美发店的杰作，她得意非凡：“天生的！小时候大家都叫我黄毛丫头。”感情！谁说只有童话中丑小鸭才能变成白天鹅的？

万万没想到，多年后我邂逅那个头发自然卷的小学女生，现在竟直发垂垂，还不断抱怨：头发卷了这么些年，烦死人了！现在总算可以拉直了！

天可怜见，我居然羡慕了她差不多十年！难怪温莎公爵不爱江山爱美人，天天枕着江山的人是不会多么痴迷的，远不如抱得美人归有吸引力。那些觉得不可理喻的都是从没坐拥过江山的，比如，在下。

总算明白，为何称青丝为“烦恼丝”，着实惹人烦恼，长长短短，曲曲直直，怎么样都烦恼。是故，不管男女，出家后第一件事就是剃度，把尘世间的烦恼统统抛至脑后，从此逍遥快活。

眼下的我就正烦恼着，想把短发留长，无比追忆当年长发飘飘的如花容颜。人类的本性就是喜新厌旧，我并非王侯将相，无法驾驭合久必分，分久必合，但在自己头发的长短上做做文章还是可以的吧？只是半长不短的日子最为难熬，扎起来又太短，无异于小兔子尾巴，披下来又没发型，乱蓬蓬的，张牙舞爪。

就这样夜以继日地烦恼着，直到有一天开会，蓦然发现台上台下有很多三毛小朋友的近亲，寥寥无几的头发透着几许荒凉与若干无奈。想起个笑话：三毛去理发店，理发师问左分还是右分？三毛正在犹豫，理发师不小心弄断了一根。这回好办了，中分就 OK 了。祸不单行，该死的理发师又弄断一根，三毛只好扎根独辫子了。可是可是，天有绝人之路，理发师又弄断一根，可怜的三毛最终光着头伤心地回家了。

我就像一个为没有鞋穿而发愁的人突然遇见一个没有脚的人，刹那间云开日出，豁然开朗。钱不是问题，问题是没有钱。头发不是问题，问题是没有头发。阿弥陀佛，幸好我只为发型烦恼，不必为发源烦恼。头发多的人有 N 种烦恼，头发少的人有 N+1 种烦恼，烦恼越多的人头发掉得越快。

中学同学聚会，大家变化都很大，岁月的风霜，最先还是在头发上烙下印记。有人已经两鬓斑白，根根银发暗示着生活之艰辛与岁月之无情。头发稀落的，也大有人在，根根落发都象征着一首首悲壮的奋斗史诗。白头搔更短，浑欲不胜簪。有男生言，每天早晨，看着一缕缕头发黯然下岗，比夫妻离异还要痛心疾首。手握落发泪不干，一片伤心画不成。

我发现，男人的头发掉得比女人快，谢顶的男人远多于女人，莫非男人真比女人聪明？不能吧。繁华的马路不长草，聪明的脑袋不长毛，这句话只不过是男人用来自我疗伤的罢了。如何当真？那就只剩下一种解释，男人比女人更劳累、更操心、更费神。

闲聊时有朋友曾问我，来世愿做男人还是女人？我思忖再三，如果做不了才华横溢的男人，还是老老实实做个女人算了。

男人活得太累，追求得太多，烦恼远胜于女人。男人追求社会地位，追求功成名就，追求荣华富贵，追求美满婚姻，追求红颜知己，追求千秋大业，追求万众景仰，追求流芳百世……岂能不累？岂能不烦？头发焉能安然无恙？

女人应该感谢男人，毕竟很多体力活和脑力活是他们完成的，无论是盖房子还是登月球。广寒宫里不是还有个吴刚天天又砍树又酿酒吗？否则嫦娥就算不冻死也得寂寞死。男人来自火星，女人来自金星，只有火星人浴血奋战，

金星人才能安逸舒适。

如此说来，女人应该多多关心男人。那就轻声问候一句吧：

嗨，火星人，你的头发，现在还好吗？

写作的乐趣

记不清从什么时候开始喜欢写作的，好像很久很久以前了。

小学快毕业那会儿，老师布置篇作文——《21 世纪的我》。当时特崇拜居里夫人，于是奋笔疾书，洋洋洒洒，字里行间洋溢着少年人的豪情壮志，为中华之崛起而读书，少年强，则中国强。老师满意之情溢于言表，溢美之词不绝于耳，作为范文在全年级推广。初次尝到了写作的乐趣，于飘飘然中自认为是有文学天赋的，就差没认为自己是文曲星下凡，缪斯再现了。

中学六年一直备受语文老师的宠爱，小作也每每出现在学校作文选的首篇。但没读文科让语文老师大跌眼镜，痛心疾首。我自己倒无所谓，那时崇尚“学好数理化，走遍天下都不怕”。所幸，语文老师于失望之余并未放弃对我的关注和培养，语文在高考中帮我挣了高分，120 分的考卷得了 100 分，气煞了文科考生，为此得意了好一阵。我对照正确答案估算了一下，作文至少得了 90 分。写作不仅有趣，而且有用极了。

进了大学，时间一下多出很多，压力几乎没有，简直是一步登天。上有天堂，下有大学堂。

写作，在大学时代发挥到了极致，所有的文学社团都周游了一遍，重在掺和。众多校园文坛名流也一一会晤，舞文弄墨，以文会友，相谈甚欢，相见恨晚。一时间，在文学圈子里如鱼得水，快乐地游来游去。感觉上大学真是上对了，能认识如此之多附庸风雅之人，为此开始感激老爹老妈当年的絮絮叨叨，还有老师们苦口婆心的谆谆教诲——吃得苦中苦，方为人上人。

后来做了《同济大学生报》的编辑，主要负责一版的新闻报道和三版的校园论坛。当时已形成一定的风格，以散文、评论见长，基调是快人快语，言辞犀利。一针见血，入木三分，是文友们的高抬，但谁都认为我写不了那种琼瑶版的缠绵悱恻。我点头称是，内心却不以为然，不为也，非不能也。

那些酸风花雪月、小儿女情长，不屑而已。

有一次文友们又在拿此说事，不觉有点技痒。正巧文学社有征文活动，皱着眉头写了篇柔情似水、伤感哀怨的东西，凄凄惨惨戚戚，不信赚不了女评委的眼泪。匿名寄了出去，居然被评为二等奖。颁奖之日，作为报社编辑应邀出席，大家纷纷纳闷二等奖得主为何不来领奖，心中暗自好笑，再次尝到写作的乐趣。只可惜了那份奖品，一套徐志摩诗集。

那时真是把写作当成一件事用心在做，中学时语文老师每每教导“处处留心皆学问”，直到此刻方谨遵师嘱。就连睡觉时也会在枕边放上一支笔、一张纸，随手记录思想的碎片、灵感的火花。

那是一生中最为潇洒和逍遥的快活时光。

俱往矣！别了，我的大学！别了，我的写作乐趣！

大学刚毕业那阵，还时常写写日记练练笔，怕荒废了功力。曾经报考了几家报社，做了特约记者，尤为得到其中两家报社总编的赏识，甚至都向我们单位发了调函，不幸被领导一口拒绝，没有丝毫商量的余地。闻此“噩耗”，肝肠寸断，义愤填膺。偶尔忆起这段往事，不觉淡淡一笑，如果当初如愿以偿，没准今天狗仔队中又多了一个帮凶，肯定与普利策奖无关。

后来换了岗位，改做销售，一时间峰回路转，天高海阔，哪里是什么天生我材必有用，简直是万般皆下品，唯有销售高。一时间，风生水起，财源广进，从此乐不思蜀，再也没正儿八经写过东西。当然，偶尔也重操旧业，写写领导讲话、年终总结之类的东西，不堪入目，不忍卒读。并非没有时间，而是没有心境。销售是属于那种职业——把梦想干掉、把现实留下，而写作恰恰需要梦想。

就这样，十年的光阴，弹指韶光过，这是与写作无关的十年，或许可以说，是我的“文革”十年吧。只是偶尔在领导赞许的笑容中，依稀记得自己是有文字功底的。在同事们为年终总结之类愁眉不展、绞尽脑汁时，庆幸自己可以手到擒来、轻松自如。仅此而已。

一个偶然的机会，又有点心动，想再写点什么了。

动笔之后，感觉甚好，居然找回了久违的写作乐趣。可以一气呵成，也可以字斟句酌；可以洋洋洒洒，也可以惜墨如金；可以直抒胸臆，也可以曲径通幽；可以慷慨陈词，也可以谈笑风生……快乐在心田一点点滋长。

只不知这样的心境还能维持多久？这样的乐趣还能品尝几次？也许换份

工作，换个环境，又会重回以往那种没有写作相伴的日子。

就像朋友，别过之后，何时才能重逢？重逢时是否还能找回昔日的友情？泰国前总理他信流亡伦敦时感叹，我来的时候还是总理，回去的路上已经失业。

我们来的时候是谁，回去的时候又是什么样呢？

无人知晓。人生无常，风云变幻，谁能预料未来？

那就尽情地享受这一刻的喜悦吧，这一刻，我和文字彼此相拥。

这一刻，我写作，我快乐。

要么瘦 要么死

减肥是女人永恒的话题，是女人毕生的事业，无论环肥或是燕瘦，统统要死要活地哭喊着减肥。

几乎所有的女人都嫌自己胖，120 斤的嫌自己胖，100 斤的也嫌自己胖，甚至 90 斤不到的还嫌自己胖。女人似乎永远处在衣柜里少一件衣服、身上多 5 斤肉的状态。减肥，已经从一种特定的需求变成了一种流行的时尚。

没错，胖子的确处处招人烦。坐车占地儿，没人愿意和胖子同座，挤得慌。如果你想舒服一些，就不能挨着那些身躯过于庞大的人。上次乘飞机去长沙，在网上挑了个靠窗的座位，准备好好欣赏一下蓝天白云。坐下后，发现一个胖子径直朝我走来，连连祈祷千万别是我的邻座。可是，唉，后来看到窗外肥嘟嘟的云朵都很烦，更别说那条肆无忌惮搭在公共扶手上的胖胳膊。

乘电梯更是如此，别人上来都太平无事，胖子一上，电梯扯着嗓子猛叫。众人怒目相向，胖子尴尬得恨不能钻地缝，只是，那得多粗的一道地缝哟。哈尔滨大桥塌了，周立波嘲笑超载说法之余警告胖子们别去哈尔滨旅游，搞不好还得赔人家大桥。无辜的胖子躺着也中枪，简直不给胖人一丝喘息的空间。

胖子在家里也招人嫌。坐塌沙发的罪魁祸首，没事少在电视机前晃悠挡人视线，别人打手机最好也离远一些，免得信号不好有嫌疑。唯一令人欣慰的是，夏天出门时，有小朋友愿意躲在后边走，可以借一片阴凉。

大学毕业 20 年后最后不要搞什么同学聚会，不论男女，几乎一半以上被岁月摧残成了不折不扣的胖子。曾经嬛嬛一袅楚宫腰的她，粗壮的腰肢早已扶不起昔日的婀娜；当年玉树临风的翩翩美少年，直接堕落成油光满面、大腹便便的二师兄。想当初，直教人生死相许；现如今，真令人惨不忍睹。唉唉，相见不如怀念；唉唉，相逢一胖泯恩爱；唉唉，比“理想很丰满，现实很骨感”更悲摧的是“理想很骨感，现实很丰满”。

男人胖还只是苦恼，换作女人，简直就是灾难了。世道不易，女人处处有天敌，但最永恒最致命的天敌，还是自身……的……胖。有胖女孩哀怨地叹息：这一身赘肉，就算遇到个白马王子，也会因超重而爬不上马！有胖女孩羞涩地声明：不用让座啦，姐还没结婚更不是孕妇啦！有胖女孩辛酸地抱怨：不止一次了，每次咧嘴一笑就会不小心碰到屏幕挂机！有胖女孩委屈地嘟囔：好不容易穿条白裙子，竟被人当成了超大蚕宝宝！呜呜，胖女孩的世界，心痛谁人知、谁人知……

胖乃万恶之源，一白遮百丑，而一胖遮百俊。女人一胖就显得臃肿显得邋遢，肥婆即年老色衰的代名词。丰乳肥臀的男人可以荣获诺贝尔奖，丰乳肥臀的女人几乎都被前夫扫地出门。

不知究竟有多少男人真的不在意女人容貌？有人戏言，男人分为两种，一种不正经，一种假正经。不正经的男人绝对会对那些说不在意的人嗤之以鼻，假正经的呢？估计他们十有八九会念叶芝的那段诗：“只有一个人爱你那朝圣者的灵魂，爱你衰老了的脸上痛苦的皱纹。”最近盛行一句话：敬佩两种人，年轻时陪男人过苦日子的女人，年长时陪原配过好日子的男人。为什么要敬佩呢？物以稀为贵。

前段时间看了《画皮 2》，显然天下男人的眼睛里都只有皮相，眼睛都被这张皮魅惑。不得已，霍心为避免看到靖公主丑陋的疤痕脸而忍痛刺瞎双眼。霍心比大多数男人诚实，承认自己抵御不了媚惑。

天下之大，又有几人能抵御美人的媚惑呢？女人不对自己狠心，男人就会对女人狠心。既如此，在男人对女人痛下杀手之前，倒不如自己狠狠心先减肥。

遗憾的是，知道自己胖是一回事，减肥则是另一回事，就好比看到月亮与登上月球一样。有人，肯定是男人，诬陷曰：女人的嘴巴有两种功用，招惹麻烦和增加体重，还诬陷，女人一生只专注于两件事——吃饭和减肥。的确，美食当前，很多女人都选择把减肥放在了这顿饭之后。这顿复这顿，这顿何其多。

一个人一顿节食不难，难的是一辈子顿顿节食，那该需要多大的恒心与毅力啊。两种人不能与之结婚，男的戒烟成功，女的减肥成功，对自己都下得去手，更何况他人。可不是吗，胖子都比较善良，有点闲工夫都用来琢磨吃的了，没空算计别人。

表妹刚读大一的时候，班里有 6 个女生。她人缘最好，总是买夜宵、买早饭、买零食给她们吃，还买了个小蛋糕炉做蛋糕给她们吃，但自己都不怎么吃。每次看别人吃，她就在那里傻笑。大家都说，这个心地善良的傻姑娘，以后谁娶了谁有福气。到了大二，她成了班里最瘦的女生。然后，找到了男朋友。

九把刀说，每个故事里都有一个胖子，而且，每部喜剧都离不开胖子，老奸巨猾的基本上都是像表妹那样有心计的瘦子，糊里糊涂的多半是傻吃傻喝的胖子。

既如此，就减吧。没吃饱只有一个烦恼，吃饱了就有无数个烦恼。对减肥的女人来说，最后悔的莫过于吃饱后的感受。据说 99% 的女明星入行后没吃过一顿饱饭，很多女演员每天只吃水煮菜，典型的油盐不进。有女记者采访蔡澜问：吃什么食物永远不会胖？蔡澜答：草。水煮菜就可算作人类的草。

减肥，贵在坚持但也难在坚持。夏天不吃饭可以，秋天、冬天就难说了。肥大的风衣、羽绒服一穿，胖子的苦楚基本消失，于是放心地往身上贴秋膘，贴完秋膘贴冬膘。待到来年春天脱去冬衣，后悔得连死的心都有了。坚持体育锻炼，更是难上加难，很多人冲动地买下跑步机，结果成了晾袜子的神器。好几千块的跑步机，换成袜子够穿一辈子了，还洗啥晾啥，直接扔了都有富余。

人到中年，为谨防发福，我一直是芸芸减肥大军中的一员，冬练三九夏练三伏，可似乎永远处在多 5 斤肉的状态，愁死我了。小 S 说“体重三位数的女人没有未来”，弱弱地问一句：公斤行吗？实在不想坚持的时候，就反复默诵小 S 的警世恒言——“要么瘦，要么死”。

要么瘦，要么死？要么瘦，要么死！有时候恨不得把小 S 拉出去斩了，哦，不，不能斩，关起来，每天好吃好喝伺候，一定要等她长到一百斤以后再斩。这样，也算不辜负她自己的誓言了。

嘿嘿，这么阴险的想法倒像个瘦子了。

爱一个人需要理由吗?

爱一个人需要理由吗?

不能否认,人世间有种爱,悦之无因。“莫名我就喜欢你,深深地爱上你”,这或许才是纯粹的爱吧,清澈透明,没有理由,不含杂质。

不爱一个人却可以罗列出成千上万条理由,大到国仇家恨,小到青菜萝卜。就像给一个人量刑,需要陈述数条罪状,方能令其口服心服,死而无怨。

爱一个人则无需太多的理由,爱情不是写论文,要旁征博引、要有理有据、要面面俱到地证明自己的观点多么正确,眼光多么独到,决策多么英明。毕竟爱情只是两个人的事,如果是暗恋,只能算作一个人的事儿,根本不必向世人证明你的对错。

大学时代曾有室友在两个小男生之间举棋不定,左右为难,鱼与熊掌不可兼得,六神无主之际想听听朋友们的意见。大家七嘴八舌,各抒己见,两个男生各自都有了几个粉丝。就在双方亲友团相持不下时,上铺的一个女孩幽幽地叹了声:“看来你还清醒着呢。”瞬间,大家都醒悟了。是啊,这怎么能算爱情呢?你还在拿他和别人比来比去,只能说明爱情还远远没有走进你的心,压根儿没体会到什么是一叶障目不见泰山。心里既有你也有他的感觉只能算是喜欢吧,只不过喜欢谁更多一点点而已,因为他离你的标准更近一点点。

当你真正爱上一个人时,原本的那些衡量标准都荡然无存了,甚至大相径庭。你原本喜欢个子高的,现在只觉得一米七的他看起来刚刚好;你一直偏爱长发飘飘的,现在却认为短发配她的气质简直天衣无缝。如果有人问,你爱他什么?你答,第一,爱他学习好;第二,爱他懂礼貌;第三,爱他乐于助人……呵呵，那就是期末评比三好学生了。

清醒的是喜欢，是欣赏，是崇拜，是感激，只是与爱无关。爱往往是朦胧的，甚至是糊涂的，总之，有那么点儿说不清道不明。

一个外国人来到中国的一个小家庭做客，老外礼节性地赞美女主人very beautiful。翻译完后，丈夫习惯性地客套，“哪里哪里”。结果被译成：“where?where?”老外诧异，还有这么刨根问底儿的？只得眉毛眼睛鼻子乱夸一气，丈夫又来一番中国式的谦虚“哪里哪里”。又被译成：“where?where？”。老外情急之下脱口而出“everywhere”。

真爱一个人，便是everywhere了，不是细枝末节的局部，而是包罗万象的全部。

大凡感人至深的爱往往是最没有理由的。唐明皇怎么能爱上杨玉环？乱了伦常，坏了朝纲，于国于家均是此恨绵绵无绝期。于他们两人却是人间仙境，汉皇重色思倾国，三千宠爱在一身。他们的爱不像皇家的爱，却像极了柴米夫妻，以至于唐明皇会吃醋，包括自己的儿子。而杨玉环竟敢一气之下跑回娘家，唐明皇熬不过相思，亲自登门接她回家。倘若发生在市井夫妻身上，是再寻常不过了。但发生在皇宫里就该另当别论了，两人将威严肃穆的皇宫当成了李家大院，上演了这段不可思议的世俗爱情，成就了无数文人墨客的千古绝唱。

宝玉本不该爱上黛玉，以他的身份和肩负的责任。宝钗无疑是宝二奶奶最合适的人选，大家闺秀，品貌端庄，温良恭俭让，尽善尽美，任何人都不敢挑她的短处。想那黛玉，且不说体质差、弱不禁风，难以承担偌大贾家的内政，单是那份小性子，就惹人心生厌烦，这样一个哀哀怨怨的小女儿状，如何能承欢于众老夫人膝下？又如何能入姐妹妯娌的法眼？小时候每每看到宝玉被骗婚这一节，总在心里怨恨贾母的冷酷无情，谴责王熙凤的阴险狡诈，现在想来，贾母也只是尽了一份慈祥祖母对心爱孙儿的责任罢了，凤丫头也只是按自己的眼光给宝玉挑了一个称心佳偶罢了。只是那呆宝玉偏偏就对那一个风吹就倒、动辄生气不理人的犟儿痴心不改，终于舍弃红尘追随而去。这份爱又有几分理由可言呢？

还有那罗密欧与朱丽叶，两个家族的深仇大恨也阻挡不了爱情的狂潮，当真是不可救药了。至今我们依稀还能听到他们音如裂帛的心碎声。

当我们不停地追问那样两个人怎么可能相爱时，往往那份爱已经刻骨铭心，已经注定无可挽回了。当事人并非完全不知晓那些常人认为不可以相爱的理由，但他们抵御着舆论的压力，忍受着亲人的责备，甚至良心的折磨，依然坚守着那份错爱，足以想见对于这份爱他们自己其实已经无能为力了。事已至此，覆水难收。

越没理由的爱越执着、越可怕。大学时一个女友不知怎么被一男生喜欢上了，从此永无宁日。那男生每晚守在女生宿舍门口，女孩只能让同宿舍的人帮她回去取书取暖瓶什么的，还得不停地换自习教室，像打游击战，终日惴惴不安。经历了无数个迟归冬夜里的瑟瑟发抖，女孩终于忍无可忍，崩溃般地质问："你到底喜欢我什么？我改行吗？"男生怅然答曰："我也无数次地问自己这个问题，但至今没有答案。"

没有理由的爱究竟能够持续多久呢？当初的没有理由也可能会变成日后的如数家珍，从性格不合到饮食习惯，从颜色偏好到音乐类别，爱情便在日趋清醒中渐行渐远。缘生不知自哪天开始，缘灭却是指日可待了。爱到梦醒是分手。

世间少有永恒的爱情，王子与灰姑娘的故事总是在婚礼上便戛然而止了，留给人们无尽的遐想。如果有人硬要画蛇添足，不妨看看戴安娜用生命谱写的续集。

既然鲜有爱情能天长地久，那究竟是糊涂的爱还是清醒的爱更能够经得住岁月的风霜呢？

也许，还是糊涂的爱吧。

清醒的爱，你当初爱他的勤劳勇敢，没准儿婚后发现那只是一件迷彩服；你当初爱她的贤淑善良，也可能只是一层美丽的光环。如果爱他的钱财，谁又敢保证永远大富大贵呢？连生在帝王家的公主都逃脱不了厄运，更别说一个小小的有钱人了。如果爱她的温柔，那更可怕，有了孩子以后，她声音的分贝会呈几何倍数递增，河东狮吼的大多是少妇，娇羞怯弱只属于少女。外形则更靠不住了，形容枯槁会取代当年的雄姿英发，早生华发会令你越发思念逝去的云鬓花颜。

糊涂的爱，反正你当初也不知爱的是什么，即便失去其中的部分，你也浑然不觉。只要那个人还在，你大可以将糊涂进行到底。

由此看来，还是糊涂的爱比较长久。只可惜，随着年龄的增长，你发现自己越来越清醒了，爱也越来越有方向，越来越具体明确。你越来越不理解怎么会有人为了爱情出家甚至殉情，就像你越来越不理解怎么会有人为了坚持自己所谓正确的观点而和老板据理力争。你自以为活得越来越明白了，不承想理智和情感向来就并非志同道合，也许还是水火不相容。

我们可以从不明白到明白，人注定要长大，老顽童只是个稀有动物。

我们却很难从明白再回归到不明白，无法再以一颗历尽沧桑的心去对待盲目冲动的爱情。我们开始嘲笑一见钟情，开始慢待突如其来的心动，甚至开始鄙视过去深信不疑的誓言。

怀念没有理由的爱情，就像怀念曾经的蓝天白云，就像怀念儿时伙伴的纷争打闹，就像怀念久违的脸红心跳。逝者如斯夫。

爱一个人需要理由吗？

16 岁的我们斩钉截铁地说不，26 岁的我们迟疑不决，36 岁的我们笑而不答，46 岁以后基本上已经不会被问及这样的问题了。

大男人的爱情误区

误区之一：唯女子与小人为难养也。

孔老夫子的这番谬论流传甚广，祸害了数不清的女人和男人。

近之则不逊，远之则怨？

男人怎不找找自身的不是？不远不近岂非妙哉？就像空调，30℃太热，20℃太凉，难道不会调成 26℃？自己掌控不好冷热疏密，却一味责怪女人难伺候，还像个顶天立地的大男人吗？

近之则不逊，远之则怨？

怎不想想这正是女人的可爱之处？只求男人疼她、别冷落她而已，可怜这点微不足道的要求还被男人咬牙切齿地骂了几千年，究竟是谁更为难养呢？

近之则不逊，远之则怨？

男人又何尝不是呢？冲他礼节性地微微一笑，便开始想入非非，情书、情话如蝗虫般蜂拥而至。待到被婉言拒绝，又愤愤不平地大骂女人水性杨花，却只字不提自己的无聊、无赖、无耻以及无理取闹。如果对他不理不睬，又抱怨女人冷若冰霜、不解风情。

相比之下，女人好养多了。

两句花言巧语就能哄其死心塌地，荆钗布裙安度一生。一句海誓山盟更令其头晕目眩、如痴如醉，即便落魄潦倒，君若不离不弃，我必生死相依。

30年前，大名鼎鼎的“白卷英雄”张铁生，被判入狱15年。其女朋友——一个大学讲师苦等了他整整15年。张铁生刑满释放后，女友即和他结为连理。张铁生那时一贫如洗，听到寻呼机响以为是虫子叫唤，把大哥大当作发报器。如今在妻子的帮助下，张铁生已是事业有成的千万富翁。

换了男人，能等吗？

汝今能持否？不能！男人会振振有词地辩解：酒肉穿肠过，佛祖心中留。女人何必拘泥于形式呢？虽然我已娶妻生子，但每年勿忘我盛开的季节，我都会忆起你如花的容颜……

好美！美得令人难以置信。

曹诚英是胡适一生的最爱，为此胡适要与妻子江冬秀离婚，无奈江冬秀以死相逼，胡适只得选择了妥协。曹诚英从此孑然一身，人比烟花寂寞。去世后让人把她埋在安徽绩溪通往胡适老家的公路边，以期胡适回家路过时能得以相见，却不知胡适早已于十年前在台湾溘然长逝。

嘘唏不已。想起了席慕蓉的《一棵开花的树》。

如何让你遇见我
在我最美丽的时刻
佛于是把我化作一棵树
长在你必经的路旁
……

古往今来，斗转星移，沧海桑田，多是痴心女子负心汉。

痴心的女人尤其好养，给点笑脸便心花怒放，给点温情便化为田螺姑娘，不辞辛劳，相夫教子，无怨无悔。

男人，如此绵薄的举手之劳，不必太过吝啬了吧？

误区之二：老婆总是别人的好。

无论娶的是沉鱼落雁还是才思敏捷，抑或是才貌双全，男人终是江头潮不平。宋徽宗坐拥三宫六院七十二妃，还不时惦记着溜出宫去赏赏李师师的花容月貌。还有那咸丰皇帝，更是置生死于度外，终究轻如鸿毛，死不足惜。

君王环肥燕瘦，尚且得陇望蜀，也难怪区区凡夫俗子易患审美疲劳。这便有了“妻不如妾”一说，就连卓文君的患难之夫也险些名节不保。即便文君“有美人兮，见之不忘”，司马相如终究还是耐不住寂寞。若非卓大才女那一首传唱至今的“愿得一人心，白首不相离”，尚不能令其迷途知返。“我的眼里只有你没有她”只属于爱情最初的神话吧。

老婆真是别人的好吗？

非也非也！

男人见到的其实永远不是别人的老婆，只是走出家门、走上社会舞台的一个女演员而已。有几个女演员素面朝天便贸然登台？多半是精雕细琢，千呼万唤始出来，犹抱琵琶半遮面。光鲜登场之际，老婆本色早已深藏不露。如同公园里孔雀开屏，游客看到的只是美丽的彩羽，其他习性则一概不知。

有些女人天生就是百变娇娃。人前弱不禁风，人后张牙舞爪；台上娇艳欲滴，台下蓬头垢面；家外温文尔雅，家里河东狮吼。男人，你还是乖乖地欣赏台上仪态万方的那个吧，领回家后就会惊觉，除开屏以外，孔雀尚存斑斑劣迹。男人每发现一处，便心如刀绞，捶胸顿足，几欲号啕大哭。男人哭吧哭吧不是罪。

不是罪，只是失误，而已。

谁让你只根据一个侧面、一个背影、一副面具，甚至一个幻觉就评判其美与丑、好与坏、贤惠与否的？真以为自己是福尔摩斯，凭着一点蛛丝马迹就能侦破惊天大案？如果没有窥一斑而知全貌的过人才华，便只能如同盲人摸象般滑稽可笑了。

当然，也有人前人后、台上台下言行一致的，即所谓的本色演员。比如赵本山，演刘老根是一绝，若演玉树临风的唐僧则危机四伏，怕观众会笑出人命。故而，本色演员的戏路很窄，别人的老婆真适合你吗？橘生淮南则为橘，橘生淮北则为枳。

与其临渊羡鱼，不如退而结网。男人，善待自己的老婆吧，她绝对会加倍地偿还你，不只是投之以桃报之以李，而且是滴水之恩报以涌泉。

不信，咱试试？

误区之三：鱼已上钩，何必再浪费诱饵？

有一则笑话，妻子问丈夫：结婚前你总是送花给我，现在怎么判若两人？丈夫懒洋洋地回答：你见过哪个渔夫给一条已上钩的鱼喂诱饵的？

女人读后感慨万分地心里一酸，男人通常没心没肺地付之一笑。

纳兰容若向来备受女人推崇，因为他是一个情深义重的丈夫，一个怜香惜玉的男子。对妻子的款款深情，使这个男人平添了无限的魅力。“人生若只如初见”“当时只道是寻常”早已家喻户晓，尤其令女人手不释卷。读到“谁念西风独自凉”，就会想起西风里一个多情忧郁的男子，在斜阳下黯然神伤，默默地思念着妻子。他的妻子婚后只活了三年，但那是繁花似锦的三年，胜过无数女子苍白孤寂的三十年。

鲁迅曾说：女人的天性中有母性，有女儿性，无妻性。

鱼儿尽管上钩，但能否具有理想的妻性，还另当别论。男人倘若此刻就以为大功告成，未免太过乐观。

上钩的鱼儿虽属囊中之物，跑是跑不了，但可以了无生趣，可以奄奄一息，甚至可以死亡腐烂，那岂非竹篮打水一场空？渔夫者，愚夫也！

男人，你是想要一条死气沉沉、呆头呆脑的木鱼，还是渴望一条摇曳生姿、顾盼生辉的美人鱼？

那就快拿些诱饵来吧。鲜花、小礼品、甜言蜜语、左手拉右手，女人会毫不挑剔地照单全收。缺乏柔情蜜意，哪来琴瑟和谐？没有朝朝暮暮，谈何天长地久？

不积跬步，无以至千里；不积小流，无以成江海；不积诱饵，无以酿深情。

愚夫，上诱饵！

误区之四：外面彩旗飘飘，家中红旗不倒。

有时候，你不得不由衷地佩服男人超凡的想象力。古人的最高境界是“疑是银河落九天”，好歹用的还是个“疑”字；现代男人百尺竿头更进一步，竟公然幻想“外面彩旗飘飘，家中红旗不倒”。诗仙若地下有知，定觉相形见绌，弄不好会再到江里捞次月亮。

外面彩旗飘飘，家中红旗不倒？

殊不知，人是感情的动物，一旦感情失控，便成了真正的动物。男人从郎变成狼，女人则是妒狮猛于虎。

疯狂的女人早已不知理智为何物了。明知对丈夫前程不利，依然去其单位大吵大闹，一直闹到地球人都知道；明知要受到法律的制裁，仍然视死如归，往狐狸精的脸上猛泼硫酸，情场如战场。女人为捍卫自己的家园，甘愿抛头颅洒热血。女人的爱，一旦由玫瑰红变成鹤顶红，杀伤力不亚于一颗原子弹，做出任何令人吃惊、震惊、震怒之事，均不足为奇。

恋爱中的女人智商为零，失恋的女人智商为负数。恋爱中的女人敏感而多情，失恋的女人绝望而疯狂。

男人决定要高悬彩旗的时候，当务之急就是评估爱人红旗同志的心理承受能力。如果红旗不具备贾赦之妻邢夫人海纳百川的美德，而偏偏是心狠手辣的醋坛子凤丫头，可千万要小心噢。弄不好彩旗被毁，红旗飘零，自己形单影只地独守空房，凄凄惨惨戚戚，怎一个悔字了得！天下没有免费的午餐，逞一时之快的代价往往是家破人亡。

侥幸，红旗同志知书达理、温良恭俭让，男人也不必高兴得太早，更不要妄想破镜重圆。爱人的心，是玻璃做的，可惜不是镜子。

为了孩子，为了颜面，红旗依然屹立在风雨飘摇的围城之中，但早已心如死灰、形如槁木，沦为了惨淡的白旗，在风中碎成一丝丝、一缕缕，将你的心缠绕得透不过气来。昔日的玫瑰红枯萎成了一摊带泪的斑驳血迹，每天漠视你的眼光中饱含无声的谴责。男人，你的心果真硬如钢铁、坚如磐石了？

男人，假如你不是联合国，为了你的安全和健康起见，最好只扬起一面旗帜。

“少年智则国智……少年强则国强……少年进步则国进步。”

男人体贴，则女人温柔；男人理智，则家庭安宁；男人好德，则社会和谐。

男人不是谆谆教诲女人要嫁鸡随鸡、嫁狗随狗吗？就请为女人做个表率吧，好令她们顶礼膜拜、终身追随。

学习惠兄好榜样，忠于红旗忠于家。荣华富贵不忘本，坐怀不乱意志强。

男人，预备，唱！

大女人的爱情误区

大千世界，有一类令人瞩目的大女人，自强不息，事业有成，堪为众女子之楷模。大女人虽出类拔萃，却也白璧微瑕，尤其在爱情、婚姻方面，存在一些有待商榷之处，姑且冒昧地称之为误区。

误区之一：坚决不花男人的钱。

在与男人交往的过程中，AA 制向来是她们的首选，无论婚前还是婚后。这辈子，她们通常只坦然地花过一个男人的钱，她们管他叫父亲。

男同事的钱她们碰都不会碰，出门打车、吃饭总喜欢抢着付账，让男士们颜面扫地。倒并非成心使人难堪，她们只是不想引起误会。因为有这样一个约定俗成的规则：一男一女吃饭，两人争着付账，往往只是一般朋友；男士主动付账，女士心安理得，多半是恋人；女人主动付账，男人袖手旁观，必是夫妻无疑了。朋友就是朋友，男性朋友不代表男朋友，君子之交淡如水。

只是，大女人与普通女人的不同之处在于，即便成了恋人，她们也不会屡屡在付账之时无动于衷，更不会明示或暗示男友为她买这买那。她们不习惯花男友的钱，哪怕这个人日后注定升职为老公。纵然是老公，大女人在钱财方面也往往无功不受禄，令为夫的喜忧参半。喜的是可以堂而皇之地设立小金库，压根儿没人查账，比邯郸银行的金库还要放任自流；忧的是，为夫的价值体现在何处？

一同事正是这样独立自主的大女人，一直以为没什么不妥，直到有一天发现老公有了外遇。她亲眼看到老公大包小包地为情人疯狂购物，一脸幸福与陶醉，才骤然发现似乎有什么地方大大不妥了。

中国进入父系社会的时间，大约在四千年前。说没有留下封建烙印是不客观的，再碌碌无为、再穷困潦倒的男人也希望能成为女人的天，哪怕仅仅是一线天。他们喜欢女人花自己的钱，倒不一定是慷慨大方，而是能力的炫耀、虚荣心的满足。否则大款养那么多外室干吗？有的几个月都不光顾一次，你能说只为情和欲？就像暴发户建一金碧辉煌的书房，再堆满一屋子从未翻阅的精装书，你能说他求知若渴？显摆而已。

对于男人的虚荣心，如果不给他开启一扇门，他势必要情急跳窗。就算性命无忧，怎么着也会跌个狗啃泥。天可怜见，好歹也是糟糠之夫呵，一日夫妻百日恩，何不成全成全为夫那点虚荣心呢？

再说了，不花他的钱，他怎会珍惜你？

大女人显然对这类疑似荒谬的论调不以为然，那就姑且举例说明一下吧。

你去商场买衣服，看中了一件连衣裙，标价两千八，你想两千成交。有两种做法。

一是你直截了当地还价至两千，售货员不同意，你立马掉头走人，希望对方回心转意，喊你回去，不料对方根本没这打算，终究错失良衣。

二是你先还到两千，对方不同意，你请她多少让点，她说两千五，你不吱声，但开始一件件地试穿。各种颜色的通通试一遍，明明只穿 M 号，却把 L 和 S 号的也翻出来试个够。假如货架上没有，就让售货员一趟趟去仓库取。中间，来了好几拨客人，因为售货员无暇顾及均纷纷撤退，她专门对付你一个人尚嫌分身乏术。待她精疲力竭之时，你再咬定两千。只要不亏本，对方索性就卖给你了。

Why？道理很简单，没有人愿意白白付出。既然付出了，就盼望收获一份结果，只要不太糟糕。

恋人分手，投入多的一方往往更不愿意轻易放手。不是因为更爱，而是更心痛那些损失。就像买了只股票，赚钱的时候更容易抛出还是割肉之时更无怨无悔？

越淘气的孩子越招父母疼爱，实在是付出的精力太多，日夜为之牵肠挂肚、提心吊胆，没理由不好好珍惜。从某种程度上说，父母参与了孩子的成长，与孩子早已融为一体。

妻子穿了一袭靓丽的时装，是丈夫的友情馈赠；妻子风姿绰约，美容卡、健身卡均是丈夫爱的奉献。他参与了你的美丽、你的健康，军功章有他的一半。“与你分享的快乐，胜过独自拥有。”这时候的夫妻已不再是同林鸟，而是连理枝了，你中有我，我中有你，你浓我浓。

男人比女人更需要成就感，需要被人依附的感觉。高高的木棉通常更喜欢身边攀着根娇小玲珑的常春藤，谁真的希望旁边也矗立棵木棉？抢尽了阳光雨露不说，一不留神蹿得比他还高，太伤自尊了。

故，大女人，给点 face，花花他的钱，让他体会到被依附的快乐。助人为乐可不失为一种高尚的情操啊。

误区之二：不屑于讨好丈夫。

大女人最不屑于做的事就是讨好老公，最蔑视的就是如何取悦夫君的八卦论调。在她们看来，那是与女人的自重自爱、自强自立背道而驰的。

有时候，大女人把自尊心看得太重了，凡事过犹不及。

你不可能说在这个世界上你不需要讨好任何人。即便你是白雪公主，还须讨好小矮人，为了生存；即便你是海的女儿，还须讨好小王子，为了爱情。何况大多数女人的家世远没有那么显赫。

从小到大，我们讨好过无数人。讨好哥哥姐姐，央求他们领着玩耍；讨好老师，渴望青眼相加；讨好同学，企盼考试时伸出友谊之手。工作之后，更是不胜枚举。讨好老板，加薪升职全指望他了，对一个掌握自己生杀大权的人，就算巴结也不为过吧？讨好同事，理所当然，谁没有迟到早退的困扰，谁没有工作失误的尴尬？得饶人处且饶人，饶与不饶就全凭素日的交情了。讨好客户，用词不当，应该叫客户关系管理，客户至上，客户永远是对的。

看过一个嫁入豪门的香港女星访谈。主持人尖刻地提问，为何昔日一个风光无限的大明星现在沦为一个唯唯诺诺的小妇人？

小妇人面色平和，处之泰然，仿佛主持人问的是她手上的大钻戒价值几许。“讨好谁不是讨好呢？况且现在我只须讨好夫君一个人，不像以前，既要讨好导演，又要讨好观众，还要讨好拍档、化妆师、摄影师、媒体……时时如履薄冰，处处赔尽笑脸。我累了。”

是呵，既然都能讨好，为何偏偏不愿讨好那个朝夕相处之人呢？大女人在职场中将自尊心埋得深深的，对上司低眉顺眼，对同事彬彬有礼，对下属和蔼可亲。一进家门，则原形毕露，迫不及待地将自尊心释放出来。潘多拉的盒子，不开也罢。

有人说，家是个自由的地方，想怎么样就怎么样。如果回到家还要藏着掖着，累不累呵？可是，家人就活该当你的垃圾桶？活该在你的脸色下苟且偷生？

有句话说得好，婚姻也需要经营。大女人何不拿自己当女老板？注册的公司就叫作家，老公就是员工。谁说员工就不需要讨好了？瞧瞧人家周扒皮，堂堂董事长兼 CEO，公司资产、人力规模远胜于你。为激发员工的潜能，周董不惜放下身段，于三更半夜潜入鸡笼引吭高歌，那可是冒着生命危险的。而大女人只需要嘘寒问暖、甜言蜜语、笑靥生花而已，间或轻描淡写地歌功颂德一番。不至于像白娘子喝下雄黄酒那般性命攸关吧？更不必和屈尊混为一谈。夫妻之间，又不是六方会谈，何必于细枝末节上锱铢必较、寸土必争？

大女人，对待夫君要像春天般温暖。倘若一味地冷若冰霜，饥寒交迫的孔雀没准儿就揭竿而起飞向温暖的东南方了。

误区之三：不愿意向丈夫示弱。

提到“弱”这个词，不由自主地想起包惜弱，金大侠笔下的一个小女子。常常困惑，金国王子完颜烈究竟爱她什么，一个有丈夫、有儿子的女人。仅仅是美貌？也许是美貌导致了最初的一见钟情，但金王子似乎不该是那种没见过美女的男人，只一眼便念念不忘。难道是感恩？男人可不像女人，傻乎乎地视以身相许为感恩的最高境界。更不可思议的是金王从此不离不弃，不但封包惜弱为王妃，而且善待其子如同己出，疼爱之心不亚于任何一位亲生父亲。虽说娇宠害了杨康，但那是后话。

包惜弱是个有争议的人物，很多读者认为她早就应该自杀以明心迹；也有人认为金大侠应该安排完颜烈始乱终弃，以警后世不能从一而终之女子。但金大侠偏偏没有，反而写完颜烈如何一往情深，对她处处迁就，呵护备至。也许包氏才是男人心目中的完美女人吧，男人于内心深处，深深疼爱的还是柔情似水的温婉女子。

包惜弱，包惜弱，不管是国王抑或农夫，只要是男人，包你会怜惜柔弱女子。金大侠的书之所以令人百读不厌，就因为那不仅仅是武侠小说，简直堪称百科全书，从历史、宗教、饮食到情感，包罗万象。他于爱情方面的洞察与领悟，丝毫不比琼瑶阿姨逊色，反而多了几分理性与睿智。

男人钟爱弱女子最是那一低头的温柔，大女人恰恰在这方面缺根弦。缺乏柔情，不会撒娇，活得很累，什么事都要一本正经地通过正常渠道按部就班地解决，从没享受过抄近路的愉悦。好比一个老实巴交的学生不会运用计算的技巧，从 1 加到 100 就一个数一个数地去加，还没加完下课铃就响了，捧着个沉甸甸的鸭蛋回家，还一路埋怨老师出的题太复杂。有些事，本来就不是让你那么做的。好比想喝新鲜的椰子汁，只须在椰子顶端凿个小孔，插根吸管即可；如果偏要费尽九牛二虎之力将椰子大卸八块，最终汁流满地。

岂非吃力不讨好？

男人通过征服世界来征服女人，女人通过征服男人来征服世界。四两拨千斤，谁让本该坐镇指挥的大将军自己披坚执锐战死沙场了？杀鸡焉用宰牛刀？“男”不就是地里的劳动力吗？这年头抢别人饭碗可有点不太厚道噢。人家花木兰上战场那是替父从军，百善孝为先，和自讨苦吃、打肿脸充胖子岂能相提并论？何况木兰最喜欢的还是当窗理云鬓，对镜贴花黄。

可大女人凡事宁愿自己亲力亲为。她们平生最轻视小鸟依人的女人，看到一只毛毛虫便一惊一乍，凄厉的叫声似午夜惊魂。惺惺作态，对此她们嗤之以鼻。

大女人举手投足镇定自若，顾盼之间目光如炬，说起话来铿锵有力。满脸写着精明能干，就是浑然不解似蹙非蹙罥烟眉、似喜非喜含情目为何会如此动人心弦。

男人迷恋娇滴滴的小女人就像幼童迷恋芭比娃娃，男人又不是莫斯科，怎会不相信眼泪？子非鱼，安知鱼之乐？大女人非男人，安知男人之软肋？当然，动辄泪流成河早晚导致另一种结局，正如小桥流水人家使人流连忘返，黄河决堤招来的只能是仓皇逃窜。

小女人宛如一幅江南水墨画，姣花照水，弱柳扶风；大女人恰似一幅北国春光图，豪放有余，婉约不足。殊不知，男人于内心深处留恋的还是烟雨蒙蒙的江南。江南好，能不忆江南？否则乾隆干吗三番五次下江南呢？当真那么关心民间疾苦？偌大的北方，足够他施展爱心了。再说，不是还有东南和西南吗？

女人是水做的，可别硬邦邦的，成了冰疙瘩。别指望男人都有《夜宴》中厉帝那样的耐心将你揣在胸口焐化，多半是心灰意冷之后一脚踢出去老远。

缺乏似水柔情的女人，不能称之为真正的女人，恰如缺乏阳刚之气的男人，怎么着都令人不敢恭维。

误区之四：我也有自己的工作，凭啥伺候你？！

大女人不屑于下厨房，有那闲工夫，挣的钱足够去饭店享用四菜一汤了。柴米油盐酱醋茶，锅碗瓢盆交响乐，她们对此深恶痛绝。

大女人喜欢动不动就强调自己的工作有多重要。人有事业心固然是好事，但绝不能让工作成为你的红舞鞋，最初光彩照人，最终累及生命。女人在年

轻的时候由于有了工作而忙忙碌碌，不至于空虚，不至于贫穷，是件好事。但工作只是谋生的手段，并非生活本身。若将工作演变成生活的全部，则难免本末倒置。特别是有些女人为了工作不要孩子、慢待丈夫，更不足取。

有一天，你会发现除去工作，自己一无所有。没有知心爱人，没有儿女绕膝，没有业余爱好，除了上班，什么都不会。不会做饭，不会养花，不会钓鱼，甚至不会打牌。生为职场人，死为职场鬼，这就是职业女性的悲哀了。除非你确定自己能成为吴仪，能成为雷洁琼，否则还是多培养些业余爱好，丰富自己的人生；多抽些时间，善待丈夫和孩子吧。世界上没有无缘无故的爱，感情就像银行存折，平时不存钱，需要时却梦想取之不竭，以为捡到了传说中的聚宝盆呵？

我也有自己的工作，凭啥伺候你？！大女人不知道这句话多伤人心。

爱，有时很坚强，轰轰烈烈，可以为爱举行刑场上的婚姻，惊天地泣鬼神；有时却脆弱无比，一席无情的话都会将它吹得无影无踪。美满婚姻谁裁出，精心呵护似剪刀。

世事难料，你我皆凡人，谁都不敢保证会一直健康得如同无锡大阿福。或许大女人今后也会下岗、会失业，甚至卧病在床，到那时，指望谁陪伴左右呢？

当失去工作能力的时候，马上就会发现工作弃你如敝屣，领导翻脸如翻书，同事人走茶就凉，唯一关心你、照顾你、与你生死与共、携手走完漫漫人生路的可能就是这个你一向不屑于讨好、不肯为之买菜做饭的人了。

死生契阔，与子成说；执子之手，与子偕老。

爱情是人类最美好的情感，夫妻更是终身的伴侣。祖先早在几千年之前，就已经明明白白地昭示我们了。

小女人的爱情误区

误区之一：爱情是生活的全部。

于男人而言，爱情不是事业，只是生活的调味品。有了固然多姿多彩，没有也不至于天昏地暗。爱情只是一道风景，也许是清晨的露珠，也许是雨后的彩虹，但不可能是整个世界，不会傻到一叶障目。

女人最大的犯傻就是一厢情愿地把调味品当成了主食，把爱情当成了生活的全部，把男人当成毕生的事业。眼下很多《女子兵法》之类的小书会大谈特谈女人应该如何经营婚姻、经营男人。这是女人的悲哀，也是男人的不幸。

一个人，不管男人还是女人，最好不要把希望百分之百寄托在别人身上。就像父母，把所有的宝押在孩子身上，假如他不是丁俊晖不是郎朗，情何以堪？女人把所有的宝押在男人身上，只怕比儿子成不了丁俊晖成不了郎朗更令人伤心失望。

女人如果有时间、有精力的话，请用心经营自己。任何时候，只有一种投资永不亏本，那就是投资自己。

爱情不是生活的全部，自己精彩，生活才精彩，爱情才精彩。万万不可乱了顺序。

误区之二：男人如果爱我，他就会说爱我。

女人常想，男人说一句“我爱你”就那么难吗？

男人不解，女人听不到“我爱你”会死吗？

常有女人缠着男人说“我爱你”，大多乘兴而来，败兴而归。殊不知这三个字，男人平时羞于出口，除非在某些特定场合用来调节气氛。

好比数学老师上课，为了活跃课堂气氛，唤醒昏昏欲睡的学生，开恩似的讲了个笑话。那傻乎乎的学生从此天天盯着老师，奢望他每节课都讲笑话。更有甚者，痴心妄想整节课除了笑话以外，不讲别的。

守株待兔中的那个人一准儿是个女人，换了男人早就拔腿跑了。天涯何处无兔子，干吗一棵树下死等？只有女人才这么没出息，只见兔子，不见飞禽，不见走兽。林妹妹怎么死的？摔死的，天上掉下来，不摔死才怪。恋爱中的傻女人怎么死的？等死的，千年等一回，等你一千年，不成望夫石才怪。

女人之所以喜欢逼着男人说那三个字，往往出于自欺欺人，以为男人说了，便相当于一份厚重的承诺，从此山无陵，天地合，才敢与君绝。

我爱你，但不一定要说出来。我们感恩阳光雨露，但有谁天天没事对着天空鞠躬的？

我说了我爱你，并不代表我就真的爱你。我们天天叫嚷尊老爱幼，公共汽车上给老人孩子让座的又有几人？

女人，求你别这么天真，有一种天真叫作无知。

误区之三：我们俩的爱情是独一无二的。

天下之大，爱情皆大同小异。刚开始爱得死去活来，山盟海誓，郎情妾意。嫁娶完毕，日趋平淡，左手摸右手，淡了爱情，浓了亲情。

不管什么样的爱情，保鲜期只有七个月。有人点头称是，有人不以为然，有人断然否决。仁者见仁智者见智，因为每个人支付的方式不同。

有性急者，三步并作两步，朝朝暮暮，卿卿我我，一路小跑便将七个月的保鲜期浓缩成了三个月，之后每况愈下，腐烂气息日见端倪。有的按部就班，不疾不徐，和大多数人的节奏相吻合，不足为奇。也有的生性恬淡，或是公务繁忙，或是深谙此道，七个月的爱情路走了整整七年，在别人痒得不行的时候还尚存几分青涩之心，不亦快哉？

当婚姻亮起红灯，无须紧张，少要害怕。只要对爱人有点耐心、对婚姻有点信心、对子女有点爱心，只要你不硬闯红灯，酿成大祸，婚姻的绿灯很快就会重新亮起，有惊无险。只是，谁也不敢保证前面再也不会亮起红灯。绿灯行，红灯停，停下来调整片刻，再重新启程。

"我们的爱情是独一无二的"，恋爱的时候这么想想也无可厚非。但如果此时已经步入婚姻期，正在经历着众所周知的平淡和屡见不鲜的争吵，就请打消这幼稚的想法。假如你实在做不到，就问自己两个问题好了：

我有翅膀吗？

我会飞吗？

倘若答案不幸是否定的，就别把自己当超人了行不？

误区之四：只要有爱就足够了。

没有爱情的婚姻不会幸福，仅有爱情的婚姻也未必美满。

婚姻讲究的是门当户对，不只是财富地位，不只是学识修养，不只是性格习惯，而是方方面面的总和。

灰姑娘嫁给了白马王子，多半没什么好结局，努力半生也融不进夫君的生活圈，内心的孤寂无以言表。

穷小子娶了富家千金后，在颐指气使中开始了屈辱的一生，谁痛谁知道。

付出的远远大于得到，只因年少无知，轻重不分。进入不惑之年，骤然醒悟，出轨出墙是情理之中的了。

灰姑娘会投身于平民的怀抱,温暖而踏实,一扫高处不胜寒的忧郁和胆怯。

事业有成的穷小子通常会寻觅一个清纯的女孩,成为她的偶像、她的天空、她的生命。他醉心于这种前所未有的情怀,人在地狱里待得太久,不出来透透气会闷死的。

可惜一旦被富家千金发现,少有穷小子会傲骨铮铮地放弃名利、净身出户。他很清楚,唯有这些沉甸甸的身外之物才是他的翅膀,才能助他到达人间天堂。翅膀一断,一只小小的残鸟而已,只配找个简陋的小窝舔舐伤口,身边哪还有什么清纯的女孩?男人一般不至于天真到不可救药,这正是他们的可敬之处。试想想,若是男人和女人一般糊涂,世界就乱套了,除了爱情什么也没了。吃什么?明月。喝什么?清风。

没有爱情是万万不能的,但爱情也不是万能的。

误区之五:他有了别的女人,一定是不爱我了。

男人多情而长情,红旗不倒,彩旗飘飘,代表人物便是段正淳,著名的分阶段爱情。他爱每一个令他动心的女人,只要她们不来为难他,他会永远爱她们,直到地老天荒,直到海枯石烂。无奈那些女人缺乏这样清醒的认知,个个眼里揉不下沙子,整天争风吃醋,最终由爱生恨。从恨到爱是天堂,爱变成恨则是地狱,从此段郎再无宁日。

女人专情而绝情,宁为玉碎,不为瓦全,代表人物便是杜十娘。十娘怒沉百宝箱,很多男人欣赏她的气节,纷纷为她著书立传。只恐怕没有人希望自己在一不小心犯了天下男人都会犯的错时,会遭遇到杜十娘这类的女人。

有一只猫,没事喜欢去外边溜达,玩累了便一心想回家。主人不去理它,自然什么也没发生过。主人太当回事了,无异于自寻烦恼。就算偶尔夜不归宿,只要主人不往外轰,它还是自家的猫。轰与不轰之间,便是主人的智慧与气度所在了。

当然,如果那只猫又老又丑、又懒又馋,罪恶滔天、罄竹难书,还不知安分守己、好自为之,主人早就萌发了遗弃的念头,那就借机清理门户、扫地出门吧,咎由自取、死不足惜。

生活本有很多的误区,大男人多一些担当,小女人多一些包容,误区便会渐渐远离。

男人来自火星，女人来自金星。两个星球的人，因爱撞出火花，走到一起，就请彼此多一分宽容、多一些理解。毕竟我们只是人，而非神。

当男人变心以后

这是一个多事之秋。

前段时间姜女士因为丈夫外遇跳楼自杀，国庆之后相继又爆出两位职业女性因为男人外遇而自杀。

三位都是知识女性，按说面对婚姻危机应该更加冷静、理性，可惜她们不约而同地选择了结束自己的生命，让人们在扼腕叹息之余，也备感不值。

遭丈夫遗弃，的确不幸，但是否可以换个角度思考，从而善待自己？

（一）男人出轨并不意味着女人一定有错

凡看过《画皮》的，都为王生之妻佩蓉鸣不平，因为她从头到尾都是无辜的，并无任何过失。佩蓉善良贤惠、美丽端庄，为了丈夫的安危置自身容颜与性命不顾，可以说，符合历朝历代之贤妻的所有指标。可这一切依然阻挡不了王生出轨之脚步。

谁说男人出轨的前提一定是女人出错呢？只不过男人为了掩饰良心的不安，硬要给女人安上莫须有的罪名——泼辣、邋遢、小心眼……

总之，军功章有我的一半，也有你的一半，甭管女人是否想要，是否该得。男人要出轨，一定要师出有名，这样才能坦然享受齐人之福。让那个做老婆的倒霉鬼自我反省去吧。

君宠益娇态，君怜无是非，若他的心里有你，骄纵蛮横也成了天真烂漫，矫情懒惰也成了高贵公主的身份象征。若他的心里没你，素面朝天则成了邋里邋遢，善解人意则成了老谋深算。面对一个变心的男人，无须过多自责，男人的口味变了，他这张旧船票如今想改航线了，你怎么可能在瞬间将江南水乡改造成塞北风光？

因此，完全没必要自怨自艾，女人无须为男人的过错买单。

（二）女人的生命并不完全属于自己

无论何时何事，请记住，你的生命并不完全属于自己，除非你在这个世上没有亲人，没有父母，没有儿女，没有兄弟姐妹。

亲情、爱情、友情，这三者构成了人们情感需求的全部，缺了任何一部分，其人生都是不完整的。三者之中，有时亲情占了上风，有时爱情高于一切，有时友情弥足珍贵，但倘若为其中一方而舍弃另外两方，均不足取。

小时候，我们需要亲情，也期盼友情，父母和小伙伴同等重要。一个无家可归的孩子很可怜，谁又能说一个没有玩伴的孩子不孤单呢？

年轻时，我们需要友情，更渴望爱情。为了爱情，我们不惜和任何人反目成仇，我们可以和十几年的好友断交，也不惜舍弃含辛茹苦的父母，和心上人浪迹天涯。那时候，我们的眼里心里只有一个 Ta。此情无计可消除，才下眉头，却上心头。

年老后，昔日的老友有的已经撒手人寰，有的已经卧床不起，有的已经杳无音信，残留的几个也都老态龙钟、举步维艰，这时候只剩下亲情了。老伴是拐杖，儿女是顶梁柱。失去了拐杖，生活将黯然失色；若是顶梁柱坍塌，则只有死路一条了。

假如父母尚在人世，希望做儿女的能为他们想想。说起来是一个人自杀，放弃的只是自己的生命，其实对父母而言无异于凶手。即便父母苟且活着，但心已随儿女去了，留下的只是两具悲伤的躯壳。

怎么忍心令年迈的父母承受白发人送黑发人的伤痛呢？

（三）你的死惩罚不了他

不要以为你的死会带给负心人怎样的震撼，他绝不会因为你的自杀而悔恨终生。他都不在乎你了，你的死活他还会放在心上吗？于他而言，你早已是个陌路人。

翁美玲，那么一个美丽精灵的女子，因一段恋情执迷不悟。那个男人又如何？虽然演艺事业一度受阻，但情感生活依然丰富多彩，不照样成了双胞胎的父亲？还博得了人们广泛的同情，翁美玲倒俨然成了一个不识大体的女子。

他，只会怪你承受能力太差，自己丢了性命，还害他们丢了面子。你的死，除了成为他炫耀魅力的有力证据，没有丝毫价值。你的死，在父母心里，重于泰山；在负心人眼里，轻如鸿毛。

他，像践踏一枚鸿毛一样，践踏过你用死亡筑成的屏障，一往无前地奔向幸福生活的崭新篇章。

（四）切勿因为一棵病树而放弃整个森林

无论对于那三个女人，还是其他身处情感困惑中的女人，人生之路还很长很长，无限风光在前方。

切勿因噎废食，切勿以偏概全，切勿遇到了一个渣男，便将天下的男人都涂上黑色打入冷宫。

纵观当代成功的女性，有几个是自己的初恋、初婚？不都照样活得有滋有味、万众瞩目？留得青山在，不怕没柴烧。

时代对男人越来越宽容的同时，对女人也越来越大度了。秦香莲那个时代，女人除了告状、哭诉以外全无出路。如今女人要幸运许多，如果那个男人是个绩优股，你可以给他时间，当他想浪子回头时，依然有个温暖的港湾。如果他对你已毫无价值，完全可以诉诸法律，让他净身出户，毕竟所有的自由都是要付出代价的。对你来说，你只是失去了一个不爱你的人和一个穷光蛋，而他，则失去了一个爱他的人和半辈子的心血。身为输家的他都不去自杀，凭什么轮到赢家去死呢？

万一痛苦实在太深，可以尝试着换个环境，让感情顺利地软着陆。旅游不失为一个好办法，只是万万不可走近曾经出双入对的伤心地，以免触景生情。当来到一片陌生的土地，仰望高山，俯视海洋，瞭望无边的沙漠或森林，你会发现爱情仅是生活中的一部分，感情的创伤渐渐地淹没在浩瀚的大自然中。还记得《茜茜公主》里的那句台词吗？“当你感到烦恼和忧愁的时候，就到这里来，遥望大自然，你会从每一棵树、每一朵花、每一个有生命的东西里，看到上帝无所不在，从而获得安慰和力量。”

希望曾经沧海之后，受伤的女人依然自信满满地活着，为了挚爱的亲人，为了未来的爱情。

沉舟侧畔千帆过，病树前头万木春。

斗地主与幸福婚姻

最近迷上了网络游戏斗地主，玩法五花八门，有两人、三人及四人的，有一副牌和两副牌的，我比较喜欢四个人、两副牌的玩法。

网上按积分将玩家分为三六九等，依次为短工、长工、佃户、贫农、下农、中农、富农、小地主、大地主、超级地主、小资本家、大资本家、金融家。

虽说玩物丧志，但凡事有利有弊，玩久了多少也悟出一些人情世故，觉得斗地主的游戏规则和婚姻模式有几分关联。

1. 门当户对

我的级别是富农，比上不足比下有余的那种。我一般不与富农以下的为伍，游戏水平不匹配，简直是活受罪。虽说也有分低水平高和分高水平差的人，但概率较小。为稳妥起见，还是不要轻易冒险。

如同婚姻，不匹配的婚姻是地狱，比坟墓还要深渊。虽说门当户对的婚姻也不见得就能白头偕老，但门不当户不对的婚姻成功的概率就像中六合彩，不是人人都能演绎诺丁山式的幸运。

灰姑娘终于嫁给了王子，但现实不是童话。童话可以不负责任地轻描淡写“从此他们过上了幸福的生活”，事实上，他们有共同语言吗？诗词歌赋还是萝卜青菜？有共同的兴趣爱好吗？琴棋书画还是柴米油盐？生活习惯也迥然不同，王子习惯了夜夜笙歌，灰姑娘乃标准宅女。过这样的日子，一天两天是新鲜刺激，一年两年则度日如年，一辈子纯属痴心妄想。幸福的婚姻必须靠相同的信念和价值观相支撑，好莱坞制片人罗燕有句名言：如果你不是个百万富翁，就不要嫁给一个千万富翁。

2. 各司其职

斗地主游戏中的四个人分别担任不同的角色，承担不同的职责。身为地主，千方百计想打赢，其他三家则要联手相抗。

地主上家，俗称门板，责任重大。所做的一切都是为了阻拦地主出牌，要竭尽全力将手中的大牌打出去，同时要寻找地主的软肋与空门。比如地主擅长单牌而缺乏对子，上家就要最大限度地用大的单牌拦住地主，同时发对子让同伴接手。

地主上家切不可好大喜功，不要有个人英雄主义，不要光想着自己走牌，而给地主大开方便之门。

除地主以外，那三家输赢的分数一模一样，可谓一荣俱荣，一损俱损。好比夫妻俩，虽各司其职，分工不同，看上去似乎贡献有大有小，但享受的成果应该别无二致。有的家庭，男主外女主内，男人在外打拼，女人相夫教子，好比地主的上家与下家，职责不同而已，并无贵贱之分。倘若男人硬要说自己赚钱多，贡献大，理应成为一家之主，凡事要以他的意志为转移，那就换他做家庭主妇试试，没准连饭都煮不熟。就像那三家中的任何一方撂挑子，就等着全盘皆输吧。夫妻之间，团结就是力量，绝对的。

据说男主外女主内的婚姻模式幸福感最强。有人做过研究，男人的收入是女人的三倍以上时，家庭最稳定、最和谐。一旦反过来，女方赚钱多，就有点像实力雄厚的门板，不靠别人就赢了地主。虽然最终赢了，但出牌的方式不免让另两家提心吊胆——他会出两张小牌让地主钻钻空子，即便最终赢了，幸福感也不够强。

3. 宽容体恤

斗地主与打麻将不同，打麻将是各自为政，谁点炮谁付账，基本不存在配合的问题，也就不会相互抱怨。

斗地主是三家打一家，只要地主赢了，三家都得付账，所以相互指责甚至相互谩骂乃司空见惯。“打牌不怕输，就怕对面坐头猪”，这还算幽默的，最常见的是赤裸裸的国骂。

是故，斗地主散局的频率极高，常常一盘下来就有人气得退出，重新寻找玩伴，并且将其他几人拉黑为“不受欢迎”，永世不再谋面。但也奇怪，只要玩过前 5 盘——有点类似婚姻的七年之痒，通常就能坚持下来。我最长的一局玩了 20 多盘，午夜时分方恋恋不舍地相互道别，彼此加为“好友”——青山不改，绿水长流，后会有期！我仔细回顾了一下，其中也出过几次错，比如门板抵挡不力，或猜错了地主的牌，或猜错了同伴的牌，导致失利。好在不是低级错误，好在犯错方能及时认错。有一次，门板认为自己牌够强，想自己先过，于是出了两张小牌，让地主转败为胜。事后，门板在屏幕上打出“我错了，555”，大家均一笑了之，无人责骂，更无人退出。

婚姻何尝不是如此呢？人无完人，孰能无过？谁都有犯错的时候，只不过不要犯低级错误，例如辱骂对方家人，嘲笑对方生理缺陷，还有家庭暴力，等等。再者，犯错的一方要勇于承认，知错必改，不能固执己见，死不改悔。占理的一方，则要宽容体恤，见好就收，不必得理不饶人。家庭是最不需要讲理的地方，凡事都要辩个水落石出，婚姻往往也随风而逝了。

有些事，只要不是原则问题，大可一笑而过。婚姻失败的人，大都喜欢较真。这份认真劲儿，用在工作上，绝对是个劳模，用在家庭中，只会两败俱伤。

前段时间热播电视剧《金婚》，很多年轻人看后不以为然，觉得这样磕磕碰碰的婚姻不要也罢，那是因为他们还年轻，还沉浸在爱情的甜蜜期。等到经历风风雨雨之后，方明白婚姻要想长久，重要的不是相爱，而是相处。相爱简单，相处太难，查尔斯爱上戴安娜容易，过上幸福的生活很难很难。

只有相互宽容体恤，婚姻这场游戏，才可以玩得久一点，直至山无陵，天地合，才敢与君绝。

4. 忍受平淡

还有最要紧的一条，就是要忍受平淡。不要奢望每次都能拿到四个鬼六副炸这样令人心跳的大牌，水来土掩，兵来将挡，轻轻松松赢得胜利。通常情况下，只是平平常常的牌，几个小单张，几副不起眼的对子，一两副小炸，看了就提不起情绪，只得慢慢悠悠地等待和寻觅机会。

居家过日子，总是以平淡的日子为主。恋爱中的卿卿我我、甜言蜜语早已演变成了鸡毛蒜皮与刻板对话，那些曾经心动的时刻成了千年等一回。怎么办？有人觉得无聊，匆忙撤出，重新加入另一桌的游戏，可惜过不了多久，又会发现波澜不惊。每一桌有每一桌的平淡，每一个家庭有每一个家庭的坚守。

有人说，尘世间的爱情不外乎两种：一种是相濡以沫却厌倦到老；一种是相忘于江湖却怀念至哭。倘若要的是前者，那就多些忍耐与坚守吧，守得云开见月明。幸福婚姻如同冬日暖阳，照得人心亮堂堂、暖烘烘，虽没有暴风骤雨般的惊心动魄，却不失温馨与安稳。

假如只是斗斗地主，做不到以上几点也没关系，大不了换几个人从头再来。若是婚姻，就得伤筋动骨了。围城中的男男女女，慎之慎之。

分手在缘尽的时候

费翔的歌，听上千遍也不厌倦，尤其是那首《分手在缘尽的时候》。听着听着，会产生时空倒错的幻觉，似乎再现了许多曾经的悲欢离合。

——白云飘过我寂寞的心空，覆盖着你无意间刻下的伤口。

从黛玉进入贾府，第一眼见到宝玉起，就注定了今生的伤痛。一个是阆苑仙葩，一个是美玉无瑕；一个是水中月，一个是镜中花。绛珠小草来到人间，就是为报答神瑛侍者的甘露，为偿还前世的情债，此生必定要为他流尽眼泪。想眼中能有多少泪珠儿，怎经得秋流到冬，春流到夏。

宝玉已经格外小心格外谨慎了，仍避免不了彼此间的磕磕碰碰。有人只顾责怪黛玉心胸狭窄，锱铢必较，却不曾留意她的前世。一棵绛珠小草，柔弱寂寞，每天仰望天空，期待有白云缓缓飘过，抚慰自己寂寞的心灵。

黛玉无疑是寂寞的，寄人篱下，孤苦伶仃，虽说贾母宠爱怜惜她，毕竟是隔了两辈的长者。黛玉天性清高寡淡，偌大贾府，难得有几个知心姐妹，每日里除了读书作诗，便是发发闲愁。换了朝五晚九、辛苦打拼的职场白领，也许只会惦记着如何应付老板、打发客户、智斗同僚，没时间也没精力与宝玉斤斤计较。

无奈，她只是黛玉，寂寞的小草，于是，宝玉那些小小的过失，便难免被放大，成为一道道深深的伤口。

不知道世上究竟是喜欢黛玉的人多，还是喜欢宝钗的人多，但我想，凡是喜欢黛玉之人，必是了解她、明白她的。

——秋雨淋湿我痴情的心地，洗去了你曾经付出的温柔。

宝钗为了宝玉，可谓用尽心机，既注意讨好贾母等长辈，也不忘笼络袭人等下人，对宝玉就更不用说了，最终如愿以偿地当上了宝二奶奶。可惜好景不长，宝玉发现真相后，一时间不知所措，变得疯疯傻傻。很多人，尤其是现代人，不喜欢宝玉，觉得他很不 man。其实，宝玉只是比大多数男人痴情罢了，在今天这个见异思迁的年代，尤为格格不入。

他原先对宝钗不是没有好感，姐姐和妹妹都令他心驰神往，他欣赏姐姐的善解人意，更爱慕妹妹的绝世风华。他和黛玉两情相悦，情投意合，最终这一切被宝钗破坏殆尽，他那颗痴情的心彻底破碎了，留下的只有心痛与怨恨。

宝玉郁郁寡欢，终不忘，世外仙姝寂寞林。最后离家出走，丢下新婚的宝钗，以及她曾经付出的温柔。纵然是齐眉举案，到底意难平。

——青山载不动千古的离愁，无言的我空把忧伤的泪流。流水带走了从前的光阴，我们彼此握不住情缘的手。

在中国几千年的历史长河中，顺治皇帝无疑是个异端。他和董鄂妃的爱情传说，几百年来经久不衰。

顺治对董鄂妃的宠爱达到了极致，董鄂妃被册立为皇贵妃时，顺治举行了隆重庆典，并颁布诏书大赦天下，这在清代史上绝无仅有。

从前的光阴是美好的，董鄂妃擅长烹调，顺治下朝时她总是亲自安排饮食，晚上还常伴顺治批阅奏章。贤惠仁爱的她，时常劝说顺治处理政务要服人心，审判案件要慎重。于平常夫妻，也许不算什么，可在皇宫中却弥足珍贵。

可惜恩爱夫妻偏偏握不住情缘的手，董鄂妃一直体弱多病，病逝时年仅22岁。顺治痛不欲生，不仅自己哭得死去活来，还令全国服丧，撰写了饱含深情、长达4000字的《端敬皇后行状》来悼念爱妻。

青山载不动千古的离愁，无言的我空把忧伤的泪流。悲痛欲绝的顺治开始消极厌世，一心想遁入空门，终于积郁成疾，在董鄂妃去世仅三个多月后，就溘然离世，追随着爱人去了另一个国度。也许那里没有离愁，没有泪流。

——我和你分手在缘尽的时候，同干一杯最后的伤心酒。别再说些关于抱歉的话，我真的不想听你编织的理由。

唐玄宗和杨贵妃的爱情，可谓惊世骇俗。单是唐玄宗违背伦常，将儿媳纳为贵妃，就已经大大挑战了世人的道德底线。

数年前曾去西安游览华清池。站在近乎干涸的池子前，回想起唐玄宗和杨贵妃的前尘往事，心有戚戚。三千宠爱在一身，六宫粉黛无颜色，他们的感情算得上爱情吗？

从表面上看，他们的确是对恩爱夫妻，也曾数次在宫中大秀恩爱，什么“君王从此不早朝”，什么“一骑红尘妃子笑”，看上去很美。唐玄宗对杨贵妃的宠爱也有目共睹，不仅将她的亲戚都册封重用，对杨贵妃的恃宠而骄也数度忍让。当杨贵妃像个民间小媳妇那样赌气回娘家时，唐玄宗也放下君王的架子，像个民间小丈夫那样赶到杨家赔礼认错，赢回美人归。这些不可思议的背后，是否真的隐藏着一个大大的“爱”字呢？

如果说这就是爱，那么唐玄宗在安史之乱时，又何以为了保住皇位而坐视爱妃香消玉殒呢？虽说杨玉环死后，他也日夜思念，天长地久有时尽，此恨绵绵无绝期。但终究人死不能复活，马嵬坡的上空依稀传来杨玉环的悠悠长叹：别再说些关于抱歉的话，我真的不想听你编织的理由。

比起顺治，唐玄宗的爱情似乎被稀释了许多。

——我和你分手在缘尽的时候，谁对谁错何苦再去追究。多年以后，如果有缘再相遇，请你记住别为我频频回首。

陆游年轻时娶表妹唐婉为妻，感情深厚。一直有人说深爱不寿，陆游和唐婉的美满婚姻也只落得个执手相看泪眼的境地。陆母不喜唐婉，棒打鸳鸯，威逼陆游离婚另娶。十年之后，陆游春游时与唐婉不期而遇，于是《钗头凤》一词怅然而生。

红酥手，黄縢酒，满城春色宫墙柳。东风恶，欢情薄，一怀愁绪，几年离索。错，错，错！

既已分手，自是缘尽，谁对谁错何苦再去追究？

唐婉见后，心碎欲裂，提笔和词一首。不久，唐婉因愁怨而死。

人成各，今非昨，病魂常似秋千索。角声寒，夜阑珊，怕人寻问，咽泪装欢。瞒，瞒，瞒！

原来的爱人已成陌路，从前的夫唱妇随已成擦肩而过。陆游不肯就此别过，偏要深情回首，又是何苦？山盟虽在，锦书难托。莫，莫，莫！

“多年以后，如果有缘再相遇，请你记住别为我频频回首。”这句歌词我最为喜欢，道是无情却有情。人生若只如初见，停留在记忆中的，以为没变的却早已物是人非。君非君，我非我，欲续前缘，却是难，难，难！既然已经错过了旧爱，便无须频频回首，为往事停留，还是多多怜取眼前人吧，不要再重复昔日的悲剧。

每次听到这首歌，思绪总会在歌声中徜徉，穿越古今，感慨万千。

问世间，情为何物，直教生死相许？

好女人是一所学校?

好女人是一所学校，一听到这句话就想笑。呵呵。

此话一定是男人发明的吧。太有才了，非大智慧者不能为之。有多高的期许就有多高的要求，眼前有多少的赞美日后就会有多少的退路。如此高瞻远瞩着实令小女人望尘莫及，高山仰止。就这样被你俘虏，乖乖地做了阶下囚，还要无怨无悔，做陶醉状，向世人昭示自己的伟大与幸福。

好女人是一所学校，呵呵。

那会是一所怎样的学校呢？小学、中学还是大学？北大、牛津还是哈佛？不管是什么学校，男人总有毕业的那天，多年的媳妇熬成婆，有多少男人毕业后还愿继续留校学习？万一他还想上另一所学校继续深造呢？没准儿还想着出国留学。或许他早已厌倦了学校生活，要去江湖上闯荡一番，学校该做何决定？给他自由还是毁他前程？

前者苦的是自己，宁为玉碎不为瓦全，存了面子丢了学生。壮士断腕，谁痛谁知道。虽说可以流芳百世、名垂千古，成为日后男人教妻建立和谐家庭的楷模，但此等至高无上的荣誉有几个女人真心想要呢？就像烈士家属。

后者则会经历一场旷日持久的两人战争，恶语相向，甚至拳脚相加，最终筋疲力尽，双双战死沙场，家成为战后废墟。这场战争没有赢家，最终失去了那个学生，还背上悍妇、怨妇、弃妇诸多恶名，赔了学生又折名，损失之大欲与孙权试比高。

当男人高唱毕业歌的时候，醉翁之意是在广而告之：轻轻地我将离开你，外面的世界很精彩。你问我何时归故里？不是在此时，不知在何时，请将眼角的泪拭去。好女人是一所学校嘛，今天我毕业了，理所当然该和你道别，最多我也不过是犯了一个天下男人都会犯的错，而已。

伟大的学校啊，你此刻还能说出个不字吗？两个人的痛苦，不如成就一个人的快乐。好女人如梦方醒。其实，那个男人在称你为学校时早已预演了这场别离，噢，还是说毕业要冠冕堂皇得多。

于是乎，男人羽翼丰满之时，便是劳燕分飞之际。男人会把毕业当作最后的礼物馈赠给女人，当初的结婚证书当然也该换成毕业证书。神离了，自不必貌合。看来女人永远不该让男人毕业，但果真如此，恐怕也不能称为好学校了。

学校这两个字，真好。只两个字便让女人付出了一生的代价，谁让这两个字如此神圣高尚呢？让女人在瞬间便将自私狭隘换成了宽容大度，将娇气胆怯换成了勤劳勇敢，将辛苦委屈换成了忍辱负重。咱，都成学校了不是？怎好意思学那小女子般胡搅蛮缠、不可理喻？怎能如此自甘堕落、为人不齿？唯有自强不息，咬紧牙关将高尚进行到底了。高尚是高尚者的墓志铭。

学校这两个字，真好。纵使男人不再循循善诱，女人也会三省吾身，离男人的高标准严要求越来越近，甚至超越了男人最初的梦想。男人喜出望外，扬扬自得，女人靠哄啊，哄死人也不必赔命。女人智商低总不能算我的错吧，一脸无辜。伯仁死了，我可没杀他，千真万确，天地良心。诚然，灭六国者，六国也，非秦也；族秦者，秦也，非天下也。一般的咎由自取、自作自受，怨不得别人。那“伯仁”咋死的？笨死的呗。君不闻，女人啊，你的名字是弱智。人在两种情况下智商会急剧下降，一是女人恋爱，一是遭人吹捧。那么一个遭人吹捧的恋爱中的女人呢？笨女人被吹捧，后果很严重。情花之毒，爱之深，毒之剧，无药可解。

女人，当男人称你为学校时，千万要提高警惕，别被甜言蜜语冲昏了头脑。待到沦为母校时，谁在丛中笑？那时再问男人：“情为何物？”自是答曰：“废物。”

要不学制就改为终身制？从男人一入学起便签下生死合约，今生永不能离校。不好不好，有点忒狠了，咱女人得洁身自好，断不能学那些男人。况且对女人也不公平，万一那个男生实在太差劲，朽木不可雕，孺子不可教，还不许开除学籍了？

细思量，一辈子只培养一个学生的地方也能称为学校吗？称其为家教恐怕更合适吧。

此称谓颇为妥当，家教，当面教子背后教夫。只是，等男人出息了，不再需要家教了，别忘了迅速转型。谁说这年头男人忙着转型女人忙着整形的？女人不但要整形，让自己更加楚楚动人，将所谓的审美疲劳掐死在萌芽状态，还必须学会转型，一旦不兴家教了，咱还可以当当管家、厨娘什么的。好女人就得是个多面手，入则为相，出则为将，仅仅上得厅堂下得厨房算个啥？当然厨房之类的，也不可忽略，那是女人的安身立命之本，万不可阴沟里翻船。

早有男人苦口婆心、面授权宜——要通向男人的心，必先通过他的胃。此寻宝图的珍贵绝不亚于《四十二章经》。男人用心良苦，误点江山，毁人不倦。

好女人是个家教，但须身兼数职，且又红又专，德才兼备。革命尚未成功，诸女子尚须努力。

路漫漫其修远兮，我在笑容里为你祝福。好女人你小心地往前走，别回头，回头没岸。

真的，不骗你，谁骗你谁是男人。

嫁给谁？

大学时代，寝室熄灯之时，便是夜谈开始之际。与室友谈天说地间也曾讨论过：将来要嫁一个怎样的白马王子？最爱你的那个还是你最爱的那个？

能遇到一个最爱你的同时又是你最爱的人，无疑是人生一大幸事，绝不亚于什么“久旱逢甘霖，他乡遇故知”。最大的遗憾和最深的痛楚就是，可能永远无法合二为一，将何去何从？

这确实是个棘手的问题。好在当初我们都还年少，少年不识愁滋味，简单和快乐是生活的主旋律，这样深刻的思考稍纵即逝。

渐渐地，当我们遭遇到一些感情，无法排解时，这个问题再次浮出水面，重新困扰我们。能得到的往往不是最想要的，恰如鸡肋，食之无味弃之却可惜；想拥有的每每又是水中月、镜中花，永远在水一方。

一次，几个朋友来访，不知不觉又谈及这个话题。其中一个女友不假思索，立即答曰：“当然要嫁最爱我的那个了，被人宠爱的感觉该有多好，为何要自讨苦吃？”眼角微微有些湿润。她刚刚经历了一场心伤，八千里路云和月，终究竹篮打水一场空。言语之间，难免轻藏怨恨，不能作数。

另一个女友，欲言又止，被穷追不舍，方犹抱琵琶半遮面：“都不太妥吧，还是应该再等等，总该遇见一个合二为一的人。”言为心声，她自己正困惑徘徊，哪还能指点迷津、堪为人师？

一位熟识的男生忍不住插话：“这还用问？当然是嫁给最爱你的人，我们男人也一样。娶妻娶妻，做饭洗衣，爱你的人会为你做这些。最爱的人呢？

你为她做还差不多，没准还不给什么好脸。这不明摆着犯傻吗？你们这些女人哪……”女人一思考，男人就嘲笑。

“有道理啊，俗，并实惠着。”第一个女友付之一笑，感到些许解脱，高山流水，知音难觅。

第二个女友白了他一眼：“问题可能有点傻，但傻问题也是个问题，就像你的错误答案也是个答案一样。”显然未被说服，彷徨依旧。

这真是个简单得无以复加的问题吗？果真是庸人自扰？

存在的就是合理的，既然这个问题一直以来是个问题，本身就说明问题了吧。到底何种选择才是最优选择？

嫁给最爱自己的人？对倦鸟思归者，不失为一个不错的选择。从此有一个温暖的港湾，寒窑虽破，却能遮风挡雨；从此有一副可以依靠的肩膀，分享你的欢颜和忧伤。感情也是可以培养的，即便无疾而终，也不会心如刀绞，毕竟只是放弃一个你不爱的人。

有时又想，如果二者真的不能合而为一，命该如此，还是宁愿选择那个最爱的人。

未必一定是自讨苦吃，也许喜忧参半，也许乐在其中。

人究竟是从谁那里懂得爱情的呢？最爱你的那个还是你最爱的那个？

毫无疑问是后者。那样的心跳是你不曾经历的，那样的思念是你无法控制的，那样的付出是你心甘情愿的，那样的燃烧是你始料未及的，甚至那样的偶然相遇是你时刻祈求的，那样的心慌意乱是你难以置信的，那样的失魂落魄是你曾经嘲笑的，那样的难以自拔是你不能容忍的。就在那一刻，你体会到了什么是意乱情迷，什么是欲罢不能。剪不断理还乱。

刹那间，你恍然大悟，这才是爱情。此前的种种，只能算作喜欢，充其量只是深深地喜欢而已，绝对与爱情无关。

应该感谢那个最爱的人，让我们明白了真爱是什么。我们因此而成长，从一个无忧无虑的小女孩长成了一个心有千千结的少女。女孩会忘记最爱自己的人，却永远无法忘怀自己的最爱。

真嫁了会幸福吗？比起嫁给最爱你的人呢？

答案应该是肯定的。人们无疑会更在意那个最爱的，会为了他把自己变得更好更完美。女为悦己者容，就连节食都平添了几分诗情画意——为伊消得人憔悴。在年复一年中体会成长的喜悦，即便得不到他的爱，却成就了全新的自我。有心栽花花不开，无意插柳柳成荫，杨柳依依，美不胜收，不亦乐乎？

这两个答案我一直都不敢确认谁对谁错，直到有一天我遇到了他们。

那天去饭店吃饭，坐在我旁边的是一对小夫妻，在吃火锅。女孩气质出众，男孩相貌平平，丢在人堆中找不着的那种。女孩并不颐指气使，男孩却是鞍前马后，不停地给女孩的火锅中加肉加菜。女孩并不领情，重重地放下筷子，训斥道："吃你自己的，别来烦我！你又不知道我想吃什么！说过多少遍了！"男孩愣了一愣，瞬间赔上笑脸，想来也不是第一次了。后来，以及后来的后来，女孩依旧冷若冰霜，男孩仍然满脸堆笑；女孩始终一言不发，男孩一直小心翼翼；女孩没有一丝喜悦，男孩笑得非常牵强。

我不知道在这场婚姻中，谁会感到甜蜜，感到快乐，感到幸福。忽然间感到一阵心痛，为女孩，也为男孩。

如果我是那女孩的哥哥，断不能让妹妹嫁给这样一个她不爱的人。即便一辈子锦衣玉食、荣华富贵，也体会不到琴瑟和谐、心心相印，这难道不是一个女人最大的悲哀吗？载不动，许多愁。

如果我是那男孩的姐姐，也决不同意弟弟迎娶这样一个不爱他的人，纵使那女孩沉鱼落雁、闭月羞花。婚姻是两个人的一生，不是仅供外人欣赏的。何苦呢？一辈子当牛做马，都未必能换来一个怜惜的眼神和一句温柔的感激，褒姒不是人人伺候起的，还是留给皇帝去费心讨好吧。

家家争唱饮水词，纳兰心事几曾知？如人饮水，冷暖自知。感情便是如此了。

现在想来，第二个女友是对的，人应该善待自己，不必委屈自己去厮守一个不爱的人，没有这份义务；也不必勉强自己去迁就不爱自己的人，不必如此屈辱。平等和尊严都没有了，还谈何爱情？想起了简·爱，一个渴望平等、自尊自爱的女子。

我祝福她能够等到那个合二为一的人，有些人值得我们去等候，哪怕终此一生。

结婚后，请远离树林

一天，柏拉图问老师什么是爱情。老师叫他到麦田里，摘一棵全麦田最大最金黄的麦穗，只能摘一次，只能向前走，不能回头。

柏拉图照着老师的话做，结果两手空空地走出麦田。

只能摘一次，不能回头，即使见到一棵又大又金黄的，担心前面有更好的，所以没摘；走到前面，又发觉总不及之前见到的好。于是什么也没摘到。

老师说："这就是爱情。"

又一天，柏拉图问老师什么是婚姻。老师叫他到树林里，砍下一棵最大最茂盛的树。同样只能砍一次，只能向前走，不能回头。

柏拉图带回来一棵普普通通、不很茂盛也不算太差的树。

有了上一次的经验，走到大半路程还两手空空时，看到这棵树也不太差，便砍下来，免得错过了，最后什么也带不回来。

老师说："这就是婚姻。"

不想讨论什么是爱情，什么是婚姻，只想说，无论在树林里砍倒的是哪一棵树，结婚后都要远离树林。

看尽了现代人的朝秦暮楚，人们常常怀念古人对爱情的坚贞。古代也有陈世美、潘金莲这样见异思迁的男男女女，只是与现代人相比，要少许多而已。

人们感叹今不如昔，斥责现代人缺乏道德情操，却没想过原因在哪里。

古代人，尤其是古代女子，大门不出，二门不迈，一辈子见过的男人屈指可数，除了父兄，就数丈夫及夫家近亲了。要不潘金莲第一个感兴趣的男人怎会是武松这个小叔子呢？别的男人没机会接触罢了。还有小姐爱上家奴，末代皇后婉容钟情于侍卫官，皆因如此。既然良家妇女没机会接触男人，男人自然也没机会接近她们，于是只能在烟花柳巷中流连忘返，寻找感情慰藉，所以李师师、杜十娘、柳如是名噪一时。

现代人要开放许多，男女不再分校读书，毕业后更在一个职场打拼，出入于各个社交场合，想认识什么样的人皆有机会。麦田里的麦穗很多，又大又金黄的数不胜数。君不见当今剩女一个比一个富有，一个比一个聪慧，她们并非没能力摘到麦穗，只是担心前面有更好的，一直虚位以待。好比林青霞，秦祥林又大又金黄，秦汉更大更金黄，但她都没有摘，之所以嫁给邢李原，也许因为那不是麦穗，而是一棵圣诞树——金灿灿的圣诞树。每当我看到不相配的婚姻，就知道他们不是在麦田里，而是已经走进了树林。年岁不饶人，外界压力太大，不能再像个孩子一样钻在麦田里尽情玩耍，必须走进树林里认认真真地砍树。

既然进了树林，也砍倒了一棵树，就该遵守游戏规则，好好地爱护它。倘若有幸砍了一棵枝繁叶茂的，就偷着乐吧。即便不那么茂盛，也要用心浇灌，但求茁壮成长。

有人把婚姻分为四种状态：可意、可过、可忍、不可忍，只要不是不可忍的，都应好好维护才是。结婚前，选择最重要；婚姻中，维护最重要。结婚前必须亮出孙悟空一般的火眼金睛，结婚后则要学猫头鹰，睁只眼闭只眼算了。

婚姻以外的诱惑很多，众人每每斥责文艺圈的乌烟瘴气，喜欢用“戏子无义”一言以蔽之。究其原因，乃诱惑太多。红男绿女，开朗开放，男子风流倜傥，女子妩媚多情，又时时处在以假乱真的剧情中，难免日久生情，假戏真做。毕竟都是常人，尚未达到柳下惠同学坐怀不乱的境界。

人，乃环境的产物。时势造英雄，乱世里枭雄辈出，盛世里商人走红。人，既然走进了婚姻这片树林，就该学会克制、学会收敛。毕竟不是古代，可以名正言顺地三妻四妾，看到一棵树婀娜多姿，只管尽情挥刀，全然不必顾忌院子里已堆着三五棵，大不了做几个大红灯笼高高挂起便是。

现代人则没有如此的自由，也许正因如此，现代人迟迟不愿步入围城，并非缺乏春兰秋菊，而是不知该和谁厮守终生。找个相爱的不难，难的是以后再遇到更爱的该如何是好。

正如柏拉图的老师所言，婚姻就像去树林砍树。如果找到了当时自认为最美的树，并且砍下来带回家了，就不要再去树林了。那里永远都会有更高大更茂盛的树出现，诱惑你。不是树的错，也不是你的错，是时间与空间的错。

为了婚姻更加稳定，为了避免庸人自扰，结婚后，请远离树林。

离婚要趁早

（一）

张爱玲说，出名要趁早。其实迟点也可以大器晚成，麦当劳创始人雷·克拉克，年过半百方一举成名。

叶倾城说，不要脸要趁早。一个真正不要脸的人还分什么早晚，那是他们终生的事业。

但是，离婚一定要趁早，否则再没有任何新机遇了，所谓的时不我待、只争朝夕是也。

（二）

他，一个单位的老总，和妻子是大学同学，虽称不上青梅竹马，怎么着也算郎情妾意吧。校园里的牵手依偎，羡煞了班里的男女同窗。

十几年后，女儿上了高中，他和妻子已人到中年。蓦然，他遭遇了爱情——用他的话来说是爱情。一个美貌如花的妙龄女郎，仅比女儿大五岁。他毫不犹豫地提出离婚，理由是这么多年从不知何为爱情。

妻子懵了。本是大学同学，又一起走过了十几年的漫漫长路，丈夫从一穷二白到事业有成，她从鲜艳芬芳到花期永逝，现在丈夫却坦承从没爱过她。天下没有比爱过的人更容易让人感到陌生的。

他还不如李敖，连曾经的爱都试图抹去。李敖遇到胡茵梦，惊艳之后立刻告诉他的女友：“我爱你还是百分之一百，但现在来了一个千分之一千的，所以你得暂时避一下。”毕竟旧爱还是百分之一百。

（三）

她，年轻时很洒脱，认为有爱就在一起，没爱了就分手快乐，挥挥手不带走一片云彩。那是她 24 岁本命年时的想法，洒脱得云淡风轻。

今年是她 48 岁的本命年，丈夫有了外遇，女孩已经公然叫阵。她心如止水，只要不离婚，丈夫怎么样都可以，洒脱得苦涩不堪。

流水它带走光阴的故事，改变了一个人。

（四）

有一次吃饭时遇到一个男人，妻子去世一年了，托我们帮忙介绍对象。男人已是不惑之年，却要求女孩不超过 25 岁。我以为他开玩笑，不料他满脸真诚。

男人此言一出，在座的女性皆怒目相向、嗤之以鼻，在座的男性均沾沾自喜、扬眉吐气，原来 40 岁的男人是完全有条件春意盎然的，别说梅开二度、枯木逢春，简直就是豆蔻年华、含苞待放嘛。看来升官发财死老婆还真是中年男人的三大喜事。

正郁闷之时，接到大学同学的电话，我们在一个宿舍住了 5 年，关系甚密。她气急败坏地告诉我：她有个中学老师，年近古稀，妻子去世了，女儿远在国外，学生们都劝他再找个老伴，一方面排遣寂寞，一方面彼此照应。不料老师语出惊人：再婚可以，但女方不能超过 40 岁，否则没几年就到更年期了，整天冲着他发脾气，他可吃不消。学生们面面相觑，那何不找个 50 多岁已过更年期的呢？老师见多识广，答曰女人一过 50 岁，就没有女人味了，他要找的是女人，而不是个没性别之分的老人。

大学同学气愤的声音通过话筒直达耳畔，她说几个女同学听完后尤其生气。

男女真是有别啊，40 岁的男人丧偶后还可以娶 25 岁女孩，40 岁的女人连嫁给一个 70 岁糟老头子的希望都成了泡影。

最后我们相互谆谆告诫，切不可离婚噢。

（五）

离婚对于 40 岁的女人公平吗？

20 岁的女孩什么都有，如花似玉、活力四射，20 岁的男孩什么都没有，地位低微、入不敷出；40 岁的男人什么都有，位高权重、成熟稳重，40 岁的女人什么都没有，青春不再，朱颜已改，除了丈夫和孩子一无所有。男人应该永远感谢在他 20 多岁时陪在他身边的女人，那时他处在一生中的最低点，没钱、没事业，而 20 多岁却是女人最灿烂的花季。

40 以后的女人想要寻找第二春，谈何容易。谁都知道不必为一双不合适的鞋子糟蹋一辈子脚，可如果脱去之后成了光脚呢？好死不如赖活着，再不

合脚好歹也是一双鞋啊。

有人说，假如丈夫有钱，女人离婚可以获得一笔财产，殊不知女人最大的财产就是青春和家庭。分再多钱，也只是解决了生存问题，孤苦伶仃地守着一堆钱有幸福可言吗？中年男人离婚后有可能过得更好，中年女人离婚后往往过得更差。所以，一个男人因为年轻女人放弃自己的妻子，尤其是结婚多年以后，是一件极其残忍的事情。

于女人而言，离婚要趁早，40岁以后不离婚。绝不。

你是谁的赵四小姐？

前些天的一次会议，见到了一个久违的女孩子，不觉大吃一惊。五年前我们就认识了，她大学刚毕业，风华正茂，青春逼人。可现在，怎么说呢？五官依然清秀，只是眉宇间不再有活力，取而代之的是一种浓浓的忧郁，烟锁重楼有情难诉。

后来才知道，这几年她过得很不轻松。上班没多久，就认识了单位的一个副总，并不可救药地爱上了他。副总人到中年，五子登科，家庭还算幸福美满，反正没有离婚的迹象。不知副总是如何许诺她的，或者压根儿就是女孩自己心甘情愿，总之就这样一年又一年地走过来了。女孩拒绝了所有的男人，鲜花只为一人盛开。

单位不少同事都知道，据说副总妻子也有所耳闻，但她从没为这件事和副总红过脸，更没有在任何场合找过女孩的麻烦。

好一个聪明的女人。

不是不生气，大凡一个正常的女人都会勃然大怒，是可忍孰不可忍？可她偏偏就忍了，忍得那么彻底，根本不给丈夫一个翻脸的理由。炸弹爆炸需要导火索，妻子攥得紧紧的，就此攥住了一个稳定的家庭，攥住了儿子完整的双亲，只是，还攥住了女孩的青春和幸福。

谁又能指责她自私呢？理性的女人都会做此决策，即使不是上上策，至少不是下下策。即便没有赢回丈夫的心，至少没有输掉他的人，没有丧失婚姻的护佑——名誉，还有利益。

那女孩呢？这场爱情中，她得到了什么？一段只开花不结果的爱情，一段永不复返的青春韶光。

不是谁都有资格成为赵四小姐的。

赵一荻之所以成为爱情佳话的女主角，只因为那个杰出的男人是张学良，那个伟大的妻子是于凤至。

一般的男人，能有少帅的气魄？爱上了就是爱上了，从此赵一荻你就在我的身边，无论贫穷还是富有，无论疾病还是健康，都不离不弃。

一般的妻子，能有于凤至的胸襟？潇洒地放手，只为成全丈夫的爱情和赵四的名分。

赵四小姐是幸运的，生在那样一个大红灯笼高高挂的年代，遇到了一个至情至性的大男人和一个心胸豁达的大女人。

相比之下，我认识的那个女孩远没有如此幸运。

副总为了避嫌，为了不影响仕途，力图掩饰和女孩的关系，尽管已是公开的秘密。他习惯把最苦最累的活儿派给女孩，女孩尽心尽力，圆满完成之后总是筋疲力尽，不知私下会不会觉得委屈，反正在单位从没让副总为难过。

每逢公司有大型活动，须带家眷参加，副总都偕夫人同行，完全不顾女孩的感受。他的夫人盛装打扮，小鸟依人般地偎在副总身边，齐心协力地扮演着恩爱夫妻，赢取众人的艳羡和赞叹。每次每次，女孩强颜欢笑，却不敢躲避，怕留下不必要的猜忌。女孩的闺密忍不住为她不平，她却为负心的男人辩白开解——他也有难处的。

上天真是不可思议，造出无情的男人来折磨女人——人们称之魔鬼，偏又造出痴情的女人来守护他们，只是，人们从不叫她们天使，只叫傻瓜，抑或，狐狸精。

谁之过？

可以肯定的是，那个男人没有错。他能有什么错呢？自私？人不为己，天诛地灭。绝情？姜太公钓鱼，愿者上钩。无耻？那是你的理解。在妻子眼里，他是个宁愿牺牲爱情也要承担责任的好丈夫；在同事眼里，他是个以事业为重的领导，从不因儿女情长授人话柄，浑身上下散发着理性的光芒；在女孩眼里，他无疑极富魅力，否则怎能令她一见钟情以至于放弃了整个森林？女孩认识他时，他已然为人夫、为人父，并没有欺骗她，她接受了他，便是接受了他所有的过去以及可想而知的未来。

错的是女孩吗？当然。除了她还能是谁。

她是有选择的，可以选择爱或是放弃。既然一意孤行，定要爱上一个不该属于她的男人，只能冷暖自知了。

想起一个故事。有个女人，在她还是个女孩的时候爱上了一个有家室的富有男人。男人临终前，将女人拉到怀里，交给她一样东西，一朵枯萎的玫瑰花，这是男人当年求爱的信物。男人满怀深情地告诉她，这么多年来，他一直深爱着她。可是，最终男人将全部财产留给了他的妻和子。

没有气愤，只有凄凉，为一个女人的半生缘；没有失落，只有彻悟，因这段无疾而终的恋情。

男人有错吗？没有。那些财产是妻子和他共同打拼的成果，凭什么妻子不该享受，却要让半路杀出的女人坐享其成？至于女人，本就应该只得到玫瑰花，当初要的不就是爱情吗？

女孩的花样年华给了男人，从含苞待放变成落英缤纷，若想从头再来，谈何容易？人生重在选择，选择对了，也许你会成为赵四小姐，在有情有义的男人怀抱里，尽情地盛开、绚烂，灼灼芳华，终其一生；选择错了，就只能在泪水中委曲求全，在屈辱中痛不欲生，在无望中度日如年，最终离开时，除了一颗破碎的心、一副枯萎的容颜、一段灰暗的往事，别无所有。

女孩，在可以选择的时候，一定要多问问自己：是否非做赵四小姐不可？如果非做不可，就务必看清楚了，那个男人，还有他的妻。

你是谁的赵四小姐？这点尤为关键。稍有不慎，就跌进了第三者的队伍，成了众人眼里最不堪的那道风景。

娶妻当娶女博士

钱钟书先生在《围城》里有一段精妙道白："中国的女人念了几句书最难驾驭，男人非比她高一层，绝不能和她平等匹配，所以大学毕业生只能娶中学女生，留学生才能娶大学女生，女人留洋当了博士，只有洋人才敢娶她，否则男人至少是双料博士。总之，嫁女必须胜吾家，娶妇必须不若吾家。"

这种迂腐的乡绅观念至今仍在作祟。时有一些关于女博士的报道和评论，说什么女博士白天想论文，晚上想嫁人。对于一个想嫁人的女人来说，博士头衔实在算不得什么优势，诸如此类。

一女生考取博士，欢天喜地地去拜见导师。导师开口不谈学业，却问及婚姻状况。得知女博士仍是孤家寡人，导师令其火速前去寻觅男友，找到后再来求学。

女博士嫁人难道比求学还要困难许多？女博士头衔当真毫无优势？

非也，非也！我以为，娶妻就当娶女博士，益处不胜枚举。

首先，女博士知书达理。

当今时代，物欲横流，面对浮躁喧嚣的花花世界，女人的知性和理性对于社会和家庭的安定团结何其重要。

女博士有自己的事业，自强自立，不会将宝押在丈夫身上，也不会将光宗耀祖的千斤重担强压向子女稚嫩的肩膀。做女博士的丈夫应该比较轻松，诸如隔壁的王二发了大财、单位的张三升了局长、李四的太太戴了颗好大的钻戒之类的聒噪，断不会出自女博士之口。

女博士有涵养，工作又忙，可以大大减少夫妻间无聊的争吵。我有个同学，娶了个女博士，两口子都在大学当老师，几乎没时间吵架。大学老师讲一节课挣多少钱，清清楚楚，如果花一节课的时间吵架，想想终究无人支付薪水，无异于白白浪费体力，所以能免则免。多年来相敬如宾、举案齐眉，孩子温文尔雅、身心健康。

集知性与理性于一身的女博士不会动辄就以离婚作为恐吓和要挟，更不屑于一哭二闹三上吊。即便真的提出离婚，也是经过深思熟虑，经过最优化选择后的英明决策，让你输得明明白白、口服心服。

其次，女博士美丽优雅。

有人说，女人最大的财富是美貌，男人最大的资本是智慧，男人的才华能消减相貌的丑陋，女人的美貌能掩盖智力的平庸。

这话只说对了一半，关于男人那一半。这句话百分之百是男人的观点，他们只了解自己，并不了解另一半。为什么这话不可能出自女人？只有智慧的女人才能说出这样既深刻又饱含哲理的话，而智慧的女人通常不屑于仅凭美貌赢得世人的尊重，她们绝不会断言“女人最大的财富是美貌”，更不会无知地认为“美貌能掩盖智力的平庸”。

如果说，女人的财富就是美貌，女人一旦青春不再、容颜褪尽，岂非顷刻间一贫如洗？昔日红颜即将民不聊生。

美貌又如何能掩盖智力的平庸呢？除非是个哑巴美人，永远将自己的浅薄与无知深藏不露，否则便会令人扼腕痛惜，埋怨造物主的吝啬与残忍。就像一只花瓶，静默时流光溢彩，一旦开口，必碎无疑，一地狼藉，碎片扎得人心痛不已。

没有永恒的美貌，再漂亮的容颜也会产生审美疲劳，而智慧则可以永恒。漂亮是静态的，只会递减；智慧是动态的，对不同的事物显现出不同的智慧，日新月异，日积月累，始终呈递增趋势。

我考北大 MBA 时，参加过一个高数辅导班。上课的是位 70 岁的老太太，她欣赏着自己写在黑板上那些整齐的行列式，神闲气定地说，看看，多么美，数学简直就是一门美学啊！

我欣赏着优雅的老太太，看看，多么美，知识女性就是这么令人心旷神怡！腹有诗书气自华，知识女性的美，由内而外，经久不衰，历久弥新。20 多岁时，与同龄女孩比，可能没有太大的优势；30 多岁，渐渐与众不同；40 多岁，已然天壤之别。寻常的庸脂俗粉人到四十芳菲尽，而女博士山寺桃花始盛开。现在很多中年人热衷大学同学聚会，目睹当年一个个不起眼的小女生如今摇身一变成了专家、学者，谈吐优雅，仪态万方，既欣喜万分又后悔不迭。

女人的才华不是万能的，但没有才华却是万万不能的。漂亮不会产生才华，才华却可以留住美丽。

再次，女博士经济独立。

知识就是力量，知识创造财富。女博士收入都不差，自给自足绝对没问题，不至于成为别人的拖累。她们结婚只为拥有自己的幸福生活，一般女孩首先考虑的往往是长期饭票，女博士嫁人的目的更为单纯可爱。

女博士未必大富大贵，但丰衣足食唾手可得。她们与吃青春饭的女孩不同，吃青春饭的，工作没什么技术含量，工资不会很高，35 岁就面临下岗的危机，45 岁退休已成定局。女博士则不同，35 岁事业蒸蒸日上，45 岁如日中天，55 岁功成名就，最美不过夕阳红，温馨又从容。

还有，还有……

女博士坚强。一个人能专心致志、心无旁骛地读 20 年书，没有坚强的毅力和非凡的定力绝对做不到。男人选女朋友时，常常渴望她们弱不禁风，好彰显男子汉气概；结婚之后，则天天期盼老婆出门能扛煤气罐，进门会修电视机，昔日那个看到蟑螂就尖叫的女孩已然令他们厌烦。所以，坚强的女性堪称成熟男人的最爱。

女博士聪颖。智商的遗传因素不容忽视，赢在起跑线的优势可遇也可求。必须承认世上确实存在天才，不是所有的人斗酒之后都能成诗百篇，不是所有被苹果砸中的人都会成为牛顿。给你一个支点，你能撬起地球？给你一个机会，你会还世界什么奇迹？

有人嘀咕，女博士也有种种不是，不会做家务、自视清高、不够温柔、不解风情。

不会做家务，实在算不得事儿。请个保姆即万事大吉，出得厅堂——自己，下得厨房——请人，杀鸡焉用牛刀？

自视清高，也不为过错。女人一旦丧失矜持，便如同黄山丧失云雾、凤凰丧失羽翼一般索然无味。一个人见人爱的女孩子娶来为妻未必是什么幸事吧？除非你天生喜欢竞争、喜欢挑战、喜欢分享。自视清高，就不会沉湎于家长里短，除非你天生热衷那些八卦。

至于不够温柔、不解风情，就要看对象了。冷若冰霜可变成柔情似水，百炼钢可化为绕指柔，无限风光在险峰。

为了和谐社会，为了国泰民安，为了子孙后代，娶妻当娶女博士。

娶自己的妻，让别人去羡慕吧。

相爱和相处谁更难?

常有人问，相爱和相处谁更容易谁更难？

有人说，相爱容易相处太难。相爱只是刹那间的心意相通，穿越时空，风驰电掣。相处却要从云端跌落尘世，稍不小心便摔得遍体鳞伤，甚至粉身碎骨。两个人中间，隔着太多的时空、现在的朋友、曾经的恋人，还有性格习惯、教育背景、家庭环境，每一样都足以成为难以飞越的鸿沟。选择了一个人，便是选择了一种生活方式，如果反差太大，该如何适应。几十年的习惯，岂能说改就改。

也有人说，相处容易相爱太难。多年的男女同学，好得不分彼此，甚至称兄道弟，勾肩搭背。四目相对，心都只在胸腔里稳稳地跳动，不疾不徐，从未有过含羞草般的羞涩，不知一低头的温柔为何物。一句话，总也找不着感觉。找不着感觉，剩下的往往只是需要——婚姻的需要、生存的需要、事业的需要，乃至家族的需要，可惜，这些均与爱情无关。

此事因人而异吧。

对有些人而言，相爱很难。有些化学元素放在一起，终生不起反应，相安无事，落花无意流水无情；有些元素需要条件，高温甚至催化剂，都是月亮惹的祸；有些则什么都不需要，一见钟情，一触即发，金风玉露一相逢，便胜却人间无数。有些迟钝未必就是冷血，也许该换种元素试试。郭靖对蒙古公主从未有过感觉，遇到蓉儿，心里便欢喜得紧。傻小子都知道动情，还有谁不能试试呢？

对有些人而言，相处很难。需要足够的耐心与宽容，有些反应长达数日，没有耐心便失去了温情的守候，没有宽容则会在瞬间分崩瓦解。眼里揉不下沙子的爱是自私的，爱有时就是退一步之后的海阔天空。有些分手未必是没有缘分，应该换个方式相处。没有人会说方言和杜梅不相爱，只是不知如何相处，终不能畅游爱河彻底过把瘾。

想起了多年前的一个女孩。

楼上的哥哥对她百般呵护，疼爱有加，双方父母又是世交，均为书香门第。两人婚期在即，但她始终波澜不惊，相处容易相爱太难。和他在一起时平淡如水，偶尔小别也没有太多的牵挂，每次都是他主动打来电话。一度，她以为自己就这性格，不温不火，若即若离，对谁都没有太多的热情，要不同学戏称冷美人呢。

直到有一天，她遭遇了另一个男孩，像钠投进了水里，瞬间沸腾，冰块化作似水柔情。

男孩就是个普通工人，与她的家庭格格不入，在她父母眼里除了长相还可以，再无可取之处。于她却是翩然而至的白马王子，她从未见过这么生动有趣的人，她周围的人都像楼上哥哥一样彬彬有礼，温文尔雅，味同嚼蜡。一时间，她被点燃，沉醉在陌生而妙不可言的感觉中，正因为不熟悉，才更有吸引力吧。她把这种距离叫作爱情。

断绝了与父母的关系后，她义无反顾地嫁了。楼上哥哥祝她幸福，言不由衷。她只顾着自己幸福了，哪还能看到哥哥眼中的泪、心里的痛。

一年后，她回来了，彻底地回来了，成了燃烧之后奄奄一息的灰烬。短暂的婚姻终于令她明白相爱容易相处太难。素质决定命运，门当户对于婚姻而言无疑是层保护，就像北京的风沙天我们围上的那条纱巾。

回来时恰逢哥哥下楼，怜惜她眼中的无助、内心的酸楚。

如果你愿意，我们可以重新开始，他依然温情脉脉地看定她。

面对父母重燃希望的眼神，她轻轻地摇头。即便在最孤独脆弱的日子，她也只是偶尔忆起他的温柔，念及他千般的好。不是没有悔过，但那种悔意淡如初秋清晨的薄雾，绝非暮霭沉沉楚天阔。

已然错了一次，不想再错第二次。委屈了自己，也辜负了他，对谁都不公平。

她的父母再次绝望，他也重拾失落。但我以为，这次的她，并没有错，虽然对她之前的那次选择颇感意外和荒谬。

相爱靠的是动情，相处凭的是用心。

有的人善于动情，却不愿用心。他是个好情人，拥有很多情人。每一段爱都很投入，到头来却留不住一个知心爱人，最终落得个孤家寡人，恰似风流成性、以拈花惹草为己任的段正淳段王爷。这位王爷堪称王水，他想要的女人都逃不过他的侵蚀或融化，看似柔情似水，实则杀伤力极强。所到之处，充满了爱情，充满了伤害，充满了复仇。伤了无数女人的心，也毁了自己的生活。

有的人愿意用心，却不容易动情。像个兄长，拥有很多红颜知己，却从不越雷池半步。相处时轻松惬意，却从不知道什么是难舍难分，更无从体会那份狂热的痴迷。古代的许多书生便如此吧，非狐狸精不足以移其秉性、乱其心智，寻常良家妇女只好望郎兴叹。忽然明白了为什么忠厚木讷的男人喜欢狐狸精，实在是常温下无从体验燃烧的快感。

能够动情又愿意用心的呢?

像杨过这样情深义重的男子，便需要用心去寻找了，还要带上足够的耐心，16 年的光阴绝非常人能守。

茫茫人海，芸芸众生，能够相爱又可以相处的那个，便是此生的幸福所在。

一生中的三个她

也许，每个人的一生中都会遇到这样三个人——最爱你的人、你最爱的人、陪伴你走完一生的人。往往这三个人，永远无法合而为一。

最先遇见谁呢？世事难料。也许是最爱你的人，也许是你最爱的人，也许是陪伴你走完一生的人，也许会同时遇见其中的两个或三个吧。

也不是没有这样的场景。

那时的你是个翩翩美少年，周末去参加一个聚会，周遭莺歌燕舞。忽然，一个白衣飘飘的女孩闯入眼帘，蓦然回首，伊人就在灯火阑珊处。是她，就是她，于是一往无前，踏破铁鞋，耗尽了青春的热情，归来却空空的行囊。环顾四周，感慨自己已是英雄末路，一无所有。一时间，视崔健为知音，视吉他为好友，宣泄着那份失落和绝望。

其实不然。同样是那次聚会，在你遇到白衣飘飘，那个你最爱的人的同时，你也成了别人眼中最绚烂的风景。但那是怎样一个羞涩的女孩啊，不善言辞，自惭形秽，愧对你的英俊潇洒，不能阻止的是那份痴爱你的情怀。只能把自己藏在你必经的每一个街口的角落，默默地等候着。听过你快乐的口哨声，也曾目睹你黯然的背影。你始终浑然不觉，只沉浸在白衣飘飘的一颦一笑之中。直到有一天，你的心碎了，醉卧在无数次经过的那个街口，迷迷糊糊间脸上感到一丝清凉，谁的眼泪在飞？父母闻讯赶来将你带回家，电话里那个略带哭音的女孩却成了永远的谜。你也曾动过找寻她的念头，记忆中曾有过一双善解人意的眼睛，但那时的你已是伤痕累累，万念俱灰，再难相信世间还有什么一见钟情，甚至爱情。

就这样，你失去了你最爱的人，惊天动地，电闪雷鸣，初恋永难忘；就这样，你错过了最爱你的人，悄无声息，斗转星移，暗恋了无痕。

好在故事还在延续，你的生命中还有第三个人。

什么是治疗心灵创伤最好的良药呢？时间，当然是时间。

曾经的海誓山盟不复存在，多少人痛不欲生，以为今生将孑然一身，曾经沧海难为水。假以时日，则会往事如烟，大多会在新人的怀抱中枯木逢春、梅开二度。也没什么不好，只要真的快乐就对了。人来到世上，并非只为受苦受难，毕竟我们不是耶稣。

你也不例外。一年后，伤口渐渐平复，感情渐渐淡定，与男女朋友们恢复了往来，才发现世间除了爱情以外，还有友情、亲情，这些更为长久。也许正因为长久，才会被忽略吧。人总是喜欢昙花一现的东西，恋恋不舍，以稀为贵。

一个阳光灿烂的日子，朋友介绍你认识了一个女孩，如沐春风的那种。没有白衣飘飘的俏美，也不似无名女孩的婉约，但笑容如春光般明媚，令你心旷神怡，油然而生一缕家的温馨。刹那间，你心领神会，知道那个陪伴你一生的人已经来了。“在你迷茫迟疑的时候，请跟我来”，你不再犹豫，伸出了手，盈盈一握间，并无触电的感觉，却有种莫名的熟悉，与君初相识，犹如故人归。

原来那次聚会她也在，见过面的，彼此都心存好感，只是那时的你已是一叶障目，除却巫山不是云。她也听说过你的那段往事——那一场风花雪月的事，惊天地泣鬼神，但从未当面提及，甚至都刻意地不着白衣，怕你触景伤情。为此你心存感激，伤口刚刚愈合，还经不起任何言语的触及，一袭白色也会狠狠地刺痛。所幸，她是一个聪明的女子，从不曾为难你，用宽容筑起了一个疗伤的空间。直到有一天，你听到白衣飘飘就要成为别人的新娘，心也只是微弱地动了一动，并不似预期的肝肠寸断。你知道，那段感情已经随风飘逝了，你又恢复了爱的能力。

就这样，你和如沐春风结为连理，生儿育女，成就了一段平常却美丽的人间佳话。

数年以后的一个冬夜，午夜梦回，借着一缕淡淡的月色，你凝视着身边熟睡的她，在心里问自己：我最爱的是她吗？你的心给了你答案，很遗憾。但你知道，心从不会骗你，的确，只有它最清楚是谁曾带给它那样的心跳和心痛。

你再问自己：最爱我的那个人是她吗？也微微地摇摇头。那个无名女孩的不图回报早已让你明白什么是纯粹的爱，在妻子身上无论如何也看不出当年的你追随白衣飘飘时的狂热和忘我。

好在你十分清楚，虽然妻子不是你最爱的那个，但你也爱她，平静却缠绵；

虽然妻子不是最爱你的那个，但她也爱你，温情且隽永。最适合你的人是她，能陪伴一生的人是她，这就足够了。得此佳偶，夫复何求？满目山河空念远，不如怜取眼前人。

轻轻地，你摸了摸她的头发，又亲了亲她的脸颊，翻了个身，带着丝满足的笑意，安心地睡了。

优秀女人为什么难以谋到爱情？

（一）

纵观周围的大男大女，通常是A女D男。如果按世俗的眼光将人分为A、B、C、D四个等级，剩男肯定极少是钻石王老五，姑娘们的眼睛是雪亮的，别说钻石了，就连18K金的都绝无漏网之可能。剩女往往是优秀的女人，比很多已婚女人都要出类拔萃。

清朝的吴趼人写过一本《二十年目睹之怪现状》，吴老先生若有幸活到今天，免不了又会发出新的慨叹。

优秀的女人谋生活易如反掌，谋爱情却难于上青天。

（二）

问题就出在这个“谋”上。绝大多数爱情不是天上掉下来的，而是一心一意谋来的，信不信由你。

青梅竹马的爱情是谋来的，前前后后少说已经谋了十几年。从两小无猜的懵懂顽童一直走到情窦初开的缤纷花季，他有过许许多多同桌的她，也有若干玉树临风的他们环绕着她，凭什么他和她最终穿越人海、牵手相约？水到渠成，是谁在水的左右悉心呵护？瓜熟蒂落，是谁静静守候在瓜的身旁？否则早就旁落他人之手了。

媒人介绍的爱情更不必说了。见面之前，双方的亲友团已将对方的各种硬件、软件打探得清清楚楚。她，医科大毕业，性情温柔，喜食德芙牛奶丝滑巧克力，大学时交过一个男友，毕业后散了；他，身高1.76米，IT工程师，月薪8800元，奖金另计，父母均为公务员，已在高档小区全款置妥128平方米的新房……这样的爱情还不算谋来的吗？不仅自己谋，且亲朋好友群策群力，众人拾柴火焰高。

有人反驳：那传说中的一见钟情呢？

王子与灰姑娘算是一见钟情了吧？想想舞会之前灰姑娘谋了多久？从南瓜马车到水晶鞋。王子呢？舞会之后开始谋了，拿着孤零零的水晶鞋，挨家挨户地对号入座。

再看看咱本土的爱情典范——牛郎和织女。趁织女游泳时私藏人家衣服还不算谋吗？简直就是个老谋子嘛。后世那些藏人家香帕、绣花鞋冒充一见钟情的伎俩估计都是由此激发的灵感。

因此，漂亮的女孩，当你从图书馆出来，发现天空飘下了雨丝，旁边一男生恰到好处地将伞递给你，你该想想这个动作他可能练了多久。

家财万贯的款哥，如果在转弯处不小心撞到一个年轻貌美的姑娘，她先是红了红脸，继而冲你甜甜一笑。先别忙着晕，猜猜她大约站在这里等了多久？猎物终于上钩，焉有不笑之理？

邂逅，对某些人来说，叫作总有一天等到你。

爱情不但要谋，还要用心去谋，但优秀的女人往往难以谋到爱情。何故？

（三）

但凡一个人做不成一件事，原因有二：一是不去做，二是不会做。

优秀女人最致命的弱点就是自视清高，不屑于谋。她们大多自恋，总情不自禁地把自己当成一朵光彩夺目的大红花，还是花开时节动京城的那种。从小到大，身边挤满了各种各样的绿叶，红花只知道对绿叶们呼来喝去，却不知怎么与另一朵大红花相互欣赏、相互包容。她们比一般女人更有机会结识出色的男人，只可惜总期待他们主动前来，把自己当作掌心的宝。

殊不知另一朵大红花从小到大也是被宠坏的，并不习惯甘当绿叶，在他们的爱情词典中只有获取，鲜有付出。所以他们往往被灰姑娘们捕获了，因为她们从不介意充当绿叶，只要有充足的阳光雨露就行。无产者失去的只是锁链，得到的却是整个世界。面子价值几许？能买来高档时装还是可以支付房贷？在灰姑娘的创业宝典里，放下尊严意味着识时务者为俊杰。

道不同不相为谋，骄傲的优秀女人不屑与灰姑娘为伍。是故，成功男人的身后挤满了灰姑娘。他们一边为俯首帖耳的灰姑娘提供夏威夷的阳光、香奈儿的限量版，一边远远地欣赏着自强自立的优秀女人。也许可以成就一段大红花之间的友情，却与爱情无关。

有些优秀女人并非不想谋，而是不善于谋。她们在工作上心较比干多一窍，在爱情方面常常技不如人。也是，上帝是公平的，自己聪颖能干，每天赚进大把真金白银，再轻轻松松钓个金龟婿，还让不让别人活了？婚姻是人类实施资产重组的一个好方法，如果仅限于强强联合未免有失公允，对出身寒门的人来说，何时才有机会鲤鱼跃龙门？

（四）

朋友张蔓是个优秀女人，至今未嫁。她公司有一名海归靓仔，两人一度情投意合，没想到最终却被一个不起眼的前台秘书横刀夺爱。缘于张蔓和海归的一次小小争执，谁都不肯先低头，冷战了两个月。小秘书看在眼里喜在心里，不失时机地张开温暖的怀抱，张蔓只好黯然出局。就像一个人捧着一个鲜美的肉包子，刚咬了一口，不小心掉到地上，正犹豫着要不要捡起来。不料旁边蹿出一条觊觎已久的狗，叼了就跑。你能去撵那条狗夺回肉包子吗？那就不是优秀的女人了，充其量只能算一条优秀的狗。张蔓的老邻居振振有词地为她抱不平。

马上有人质疑：她为什么总想着那只是个不起眼的肉包子呢？就不能是倾国倾城的海伦？值得为此发动一场战争。

邻居愣了一下，她可能想着以后还有的是机会吧，没必要为一片树叶放弃整个森林。

正是！优秀的女人因其优秀，总觉得机会多多，殊不知青春苦短，最好的时光就那么几年，稍不留神就成了如烟往事，再回首已是百年身。男人则不同，只要有钱有地位，年龄永远都不成为问题。50岁的男人老吗，如果他是比尔·盖茨？60岁的男人老吗，如果他名叫索罗斯？80岁的男人老吗？你瞧瞧人家齐白石。

女人则不然，流水落花，红颜易逝。女人需要谋生，也需要谋爱，即便是优秀的女人。

（五）

优秀的女人无论是不屑于谋，或是不善于谋，都不免造成终身的遗憾。

张爱玲无疑是个优秀的女人。她愿意谋爱情，一度低到了尘埃里，可惜不善于谋，竟败给了稀松平常的家庭主妇。她把爱情看得太神圣了，美化了胡兰成，甚至赞他因为懂得所以慈悲。胡兰成懂得多少？慈悲在哪里？盛名之下其实难副。

张爱玲说，女人要崇拜才快乐，谢道韫看不上她老公，自然不快乐。这个观点我不敢苟同，她倒是崇拜胡兰成，快乐了吗？男人可不想要你的崇拜，或许初始存在这种虚荣心，但你天天拿他当神供着试试？没多久他就下凡找别的女人寻欢作乐去了，还口口声声地怨你不解风情。知道唐明皇为什么三千宠爱在杨玉环一身吗？因为她从不崇拜他，只把他当成民间夫婿那样顶嘴怄气，唐明皇也只好像个寻常农夫那样巴巴地去讨好媳妇了。己所不欲，勿施于人。又有几个女人喜欢丈夫成天崇拜自己呢？即便是伊丽莎白女王也不会心存如此愚蠢的念头吧。举案齐眉和张敞画眉到底谁更快活？地球人都知道。

好日子就是小日子，洪晃的这句话倒是可圈可点。

一言以蔽之，以优秀女人的聪明才智，只要稍稍放下架子，稍稍用点心思，还怕谋不到爱情谋不到如意郎君？

优秀的女人，我看好你们哟！加油！

往事如烟

爱，飘落在千里之外

又是一年春来到。

晓月并不喜欢春天，因为春天时常刮风，到处灰蒙蒙的，睁不开眼，精心化好的妆也被风吹得乱乱的。

晓月在一家公司做文秘，公司不大，事情却很多。老板是个中年人，精力极其旺盛，思维异常活跃，晓月常常被他那些突如其来的创意折腾得加班加点。晓月从没想过放弃，她是个随遇而安的女孩，况且收入还算可以，一家私企能有这样的待遇，她已经很满足了。

晓月一直都不是个要强的女孩，小时候成绩平平，长相也平平。高中毕业考上了一所普通大学，成绩还是平平。虽说女大十八变，但晓月似乎没有太大变化，长相依旧平平，看上去却挺舒服，柔眉顺眼。再加上性情温和，善解人意，所以身边总有那么几个男孩子，虽然不多，却从未断过。

韩力便是其中的一个。

他们是大学同学，韩力高她两级，应该算她的师兄。他们的相识没有任何悬念，迎新会上韩力便注意到了这个温婉文静的女孩，正是他喜欢的类型。

于是便有了日后的多次约会，说是约会，其实就是散散步、聊聊天。散步也仅限于校园内的操场，散了两年步，连手都不曾拉过。聊天的话题倒很广泛，校园生活、社会百态、名山大川、家乡风俗，有时也谈及爱情，但都是别人的。

晓月一直不明白韩力为什么屡次约她，却始终没有任何表示。她想，韩力多少还是喜欢她的吧，否则干吗频频约会呢？虽说每次约会都是韩力提出来的，但她从没拒绝过。为了赴韩力的约会，她也曾几次推掉别人的邀请。她想起一句挺有意思的话，被约会的姑娘如果说没有时间，那一定是没有兴趣，因为爱情是姑娘们的头等大事。所以，她每次准时赴韩力的约会，表明她对他有兴趣，而且很在乎他。韩力那么聪明，不会连这一点都看不出吧。

她在想韩力是否在爱她的同时，也在想自己是否爱韩力。似乎也不那么清晰，她从未谈过恋爱，不知道真正的爱情是什么样的。她的爱情理论都是从书本上看来的，但书上总是说得很玄乎，一见钟情、心灵感应、海誓山盟、魂不守舍、意乱情迷……她觉得好像没那么复杂。也许因为她的性格比较平和，很难产生大喜大悲？也许因为他们之间还只是友谊？也许韩力是个成熟的男孩，从来没有令她不安过？书上说，爱上一个什么样的男人，就会开始一段怎样的感情。但他们之间能算是爱情吗？晓月想得有点累了，她知道自己一向不够聪明。

韩力毕业了，在一家大公司就职，老板相当器重他，他本来就很优秀。虽然工作并不轻闲，但他还是时常约晓月见面，只不过由散步改为吃饭，毕竟挣工资了。

他最喜欢带晓月去那家韩国烤肉店，晓月也很喜欢，饭店环境幽雅，饭菜也可口。他们通常各自点上一份烤肉，晓月爱吃骨头旁边的肉，她觉得贴近骨头部分的肉格外细嫩，就像刺多的鱼远比刺少的鱼味道鲜美。韩力发现后，每次都把自己面前的那块骨头也夹给她。虽然啃起来有点不太雅观，但晓月确实很喜欢，也没想那么多，每次都毫不犹豫地将两块骨头边上的肉吃得一点都不剩。韩力总是微笑地看着她，若有所思，失落的表情一闪而过。晓月有些疑惑，她定定神，想看仔细些，映入眼帘的却只有韩力微笑的眼神。

这样波澜不惊的日子过了一年多，就在晓月即将毕业时，韩力告诉她自己下个月就要出国了。公司在国外设了机构，他被派去工作，最短两年，也可能就留下不回来了。

晓月一时有些发懵，太突然了。韩力说他也刚刚才接到通知，第一个就告诉了晓月。

晓月想问那我们今后怎么办，但张了张口，终于什么也没说出来。她想，如果韩力不考虑这个问题，答案不是已经够清楚了吗？本来他们之间就没有过任何表白，更谈不上什么承诺。

临走的时候，韩力请她去吃烤肉。虽然谁都没有说，却彼此心知肚明，

也许这就是最后的晚餐了。不觉都有些伤感，但谁也不愿流露。晓月想，既然他走得那么无牵无挂，就让他潇洒地去吧。韩力猜，她连一句挽留的话都没有，可见她并不看重这份感情。当初一直迟迟没有表白，就是吃不准她是否爱自己，多亏没说出来，否则该多尴尬。

这顿饭吃得有点寂寞。晓月猜，看他心事重重，一定在考虑如何适应新的环境吧？韩力想，看她若无其事，一点都不伤心，可真是个淡漠的女孩。当初领导找我谈话，我还有些犹豫，看来真是不必要，晓月离开我也会生活得不错，尽管我对她这么好。

晓月的面前只剩下那块骨头了，她习惯把最好的东西留到最后吃，书上说这类性格的人多少有点悲观。

韩力照例把自己的那块夹给了她，晓月稍稍犹豫了一下，还是接了过来。反正是最后一次了，不要辜负他的一番好意吧。她边吃边想，韩力对我真好，只不过更像个师兄。

韩力看着晓月吃骨头，在心里叹口气，这个女孩只是喜欢我而已，一直把我当哥哥吧？只有妹妹在哥哥面前才会这么随意地啃骨头，说到底，她从来没有爱过我。

韩力走后不久，晓月开始忙着找工作了。他们通过邮件保持联系，还是说些家常话，他传授她一些求职经验，她问他国外的气候并让他保重。

韩力出国两年了，晓月工作也一年多了，就在渐渐淡忘之际，韩力回国了。

晓月接到韩力电话时，老板正在会上大谈特谈一个最新创意，并布置一项新任务给她，是个急活，又要加班。

第一次不能赴韩力的约会了，并非没有兴趣，而是真的抽不出时间。

韩力颇感意外，他满以为晓月会很盼望见到他，分别已经两年零一个月了。也许晓月已经忘了他，也许已经有男朋友了，他充其量只是个故人而已吧。想到晓月会有男朋友，韩力的心隐隐地疼了一下，眼睛微微发酸。

晓月见韩力不说话，猜他可能生气了，一时也不知如何解释。老板又在隔壁拼命叫她，便匆匆地挂了电话。

第二天下午，她忙完工作，再打给韩力，却始终关机。

后来才知道，韩力这次回国时间极短，办完公务就急着赶回去了。那天是他在国内的最后一天，本想留给晓月的。

晓月黯然，这也许就是天意吧。

之后，他们的联系越来越少。韩力在国外的公司挑了大梁，每天工作异常辛苦。晓月在国内也很不容易，再加上两边的时差。总之，总有这样那样的理由。

今天又是一个大风天，晓月走在风里，忽然闻到一股烤肉的香味。自从韩力走后，她一个人再没去过那家烤肉店。同事们更热衷于吃火锅，热热闹闹的，老板也喜欢那种氛围，于是每次单位聚会都去吃火锅。别的男孩大多喜欢请晓月吃西餐，晓月觉得西餐厅也很安静，最重要的，她从不是个主动的女孩。

再次闻到熟悉的烤肉香味，晓月猛然惊觉韩力已经离开很久很久了，但似乎一直没走出她的心田。有些东西深藏在记忆深处，本来以为已经消失殆尽，没想到被风一吹，又全都回来了，依旧历历在目。

她不知道今后还能不能再见到韩力了，但她知道今后再也不会有人像韩力对她那样好了。

风起的时候，思绪也随风轻舞飞扬，这也是她不喜欢刮风的原因之一，不仅吹乱了头发，也吹皱了一池春水。今天的风真挺大的，吹得晓月流出了好些眼泪。

风中飘来一支歌——《千里之外》。她不欣赏周杰伦，但喜欢费玉清，好多年以前就喜欢了，韩力也是，他们聊过。

我送你离开千里之外你无声黑白
沉默年代或许不该太遥远地相爱
……

晓月想，她和韩力那段始终没有说出口的爱，早已飘落在千里之外了吧。

断缘

（一）

羽没有想到会再次见到林。

是个梦。

梦见自己回到大学校园。背着书包，拎着暖瓶，一个拐角处，林远远的身影。

羽的血液迅速凝固。想动，动不了；要笑，笑不出；欲哭，却无泪。

林一步步近了，对羽点点头，甚至，微笑。

后渐远，没有回头。似乎有声叹息，敲打在羽的心扉。

羽看不见林的眉头舒展还是紧蹙，但深信，那就是林的叹息。

羽突然腾空飞起，心悬在了半空，还有暖瓶。

重重地落下，啪的一声，碎了。

林！

羽惊醒。凌晨两点十分。

（二）

20年前。

羽19岁，大三。林21岁，刚从外校考入本系的研究生。

羽相信一见钟情。第一眼见林，心中的红豆便跃跃发芽。

不厌其烦地搜集关于林的点点滴滴，家乡、兴趣、习惯、好友，如获至宝。

羽想，爱情的代名词就是疯狂，相爱是两个人甜蜜的狂热，暗恋是众人皆醒我独醉。那时的她正在首都图书馆里悉心阅读林家乡的地方志，查找他姓氏的来源以及家乡名人谱。高考前背历史也没有这般用心。

林并不知情。大学里的女友来看他，夕阳下的十指相扣，击碎了羽粉红色的梦。

夜深人静，羽骑车狂奔在空旷的街头，内心的酸楚如夜雾般笼罩。

数年以后，单位同事失恋自杀，羽的心里掠过这段午夜狂奔。

再见林，羽的笑容秋叶般枯黄。

（三）

羽毕业去了南方，从此天之涯，海之角。

去北京出差，羽回母校探望继续读研的同窗。林也在，神情落寞。

同窗悄言，林失恋了，女友刚出国。

羽的眼睛闪过忧伤。失去爱人的心痛，沁入骨髓。不忍林跌进她曾经的绝望。

临别，羽给同学们留下了通信地址，也写了给林。

不久，圣诞节来了。

羽犹犹豫豫地写了张明信片，担心林会不会回信。

没想到，刚寄出没多久就收到了林的明信片。

他还记着我。羽的眼泪滴在字上，模糊了遥远的祝福。

鸿雁传书，来来往往，那段时光是羽今生的幸福深处。

话题比草原还要广袤，校园、学业、工作，甚至《渴望》、伊拉克，唯独没有爱情。怕自己的心跳惊醒林的寂寞。

半年后的一天，林说要出国，与女友结婚。羽将失意埋进工作。

给林的最后一封信竟忘了贴邮票，被无情地退回。夹进写有许许多多林的名字的那本日记。

（四）

毕业十年，同学聚会。羽的儿子已上幼儿园。

在系门口的宣传栏里，意外地看到林的照片。林已回国，在系里执教，成为学术界冉冉升起的一颗新星。

隐隐地盼望能见到林。十年生死两茫茫，不思量，自难忘。

指尖微微发凉。失落，熟悉的失落。十年前的心痛如同系门口的雕塑，冬去春来，固执地尖锐。

羽在系门口拍了些照片，镜头不经意地停在林的脸上。林默默地看她，一直看到她心里，昔日的红豆已长成一粒朱砂痣，殷红滴血。

有一种情怀，像藏在雪堆下的玻璃片。不小心触及，无声无息，却已伤痕累累。

有一种心事，像一颗尘埃，掉进眼里，就流出泪来。

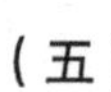

（五）

羽坐在办公室，反复地端详林的照片，十年前的那张。忆起昨夜的梦境，不曾有过地心乱如麻。

看来今天什么也干不成了。轻抚林的面庞，守着无边的牵挂，羽轻叹。

点击新浪，浏览新闻。

股市暴跌、地震水灾、艺人车祸……

忽然袭来莫名的恐惧。攥紧双手，迟疑片刻，羽心慌地输入林的名字。林早已成为名人。

最新消息，林因病去世，今日凌晨两点十分。

原来，林，是来告别的。

原来，他，一直知晓。

（六）

一年后，羽无意间看到一段话，几乎不能呼吸。

尘世间的爱情不外乎两种：一种是相濡以沫却厌倦到老，一种是相忘于江湖却怀念至哭。

缘已断。

窗外细雨绵绵。

是谁还在心伤？

秋天不回来

（一）

周末，从外地出差回来。坐在车内，听着似有若无的音乐。初秋的天，冰冷的夜，回忆慢慢袭来。

小竹是我的大学同学，准确地说，是校友。既不同系，也非同届。她比我高一届，我们是文学社的社友。

吴刚是她的男朋友，低我一届。也就是说，吴刚比小竹低两届，小两岁。两岁在今天盛行姐弟恋的年代已算不得差距了，但在当时，虽不至于惊世骇俗，可还是着实轰动了一番。可能由于他俩都是校园名人吧，小竹时常在校刊上发表一些美不胜收的小诗，吴刚则是灌篮高手，身高 1.9 米，虎背熊腰，属体育特招生。

我们社友时常于晚间 9 点以后聚集在地下室的文学社里，或位卑未敢忘忧国，或为赋新词强说愁。鼎盛时期有 20 多个社友，但平均每晚也就来七八个人。赶上考试，则人去楼空。

有个学期，我经常在周二晚上去，因为周三上午第一、二节没课。碰巧小竹也是，所以那段时间我们常常碰面，也结下了友情。

文人相轻，难得我们竟会惺惺相惜，可能我们离传统意义上的文人还相去甚远。她欣赏我的明快犀利，我喜欢她的缠绵婉约，互补吧。可是我们的友谊几乎因为吴刚的出现而分崩瓦解。

吴刚就是那个学期刚刚入学的。他们篮球队的器材房也在地下室，就在文学社隔壁。一个微凉的秋夜，小竹在黑乎乎的走廊里和吴刚撞了个满怀，撞出了一段爱恨情仇。小竹被吴刚重重地踩了一脚，钻心般疼痛。吴刚将小竹背到校医院，幸好只是外伤，没有伤筋动骨。

可是，对于小竹来说，已经病入膏肓、不可救药了。

伏在吴刚的背上，嗅着他的汗味，小竹陶醉得不能自已。她认定，这就是冥冥之中的缘分，否则怎么没有早一步，也没有晚一步，刚巧撞上了？而且她是那么迷恋他身上的味道。等了 20 年，原来是在等他，而他，终于来了。

多年以后，我在一个秋日的落阳下偶然听到辛晓琪的《味道》，忽然就读懂了小竹彼时的心情。

想念你的味道，从此无处可逃。这歌似乎是专为小竹写的，她一定喜欢，如果她，还活着。

（二）

在他们相识相爱一年后的又一个瑟瑟秋夜，小竹像片枯萎的秋叶，从最高的留学生大楼的楼顶悄然飘落。

缘于他的薄情寡义。他那时俨然一个明星，无数女生梦中的白马王子，风流倜傥。绯闻如同他手中的篮球，日日如影随形。

先是同班同学，后是老乡，再是外校的校花，还有隔壁附中的一个小妹妹，直至后来公然和一个外国留学生出双入对。荒唐得令人齿冷。

从见吴刚的第一眼起，我对他就没什么好印象。并非我歧视体育特招生，但我讨厌一切四肢发达、举止粗野的人，觉得他们尚未进化好，就被上帝匆匆打发来了人间，充其量只能算是半成品。

小竹平素娇生惯养，却开始为吴刚洗衣服、刷运动鞋。寒冷的冬天，北风吹，雪花飘，她在水房里用力搓洗那些又厚又重的运动衣，还有又脏又臭的鞋子，纤弱的小手冻得通红。我刻骨铭心地意识到有种付出叫作徒劳。

虽说运动员有伙食补贴，但痴情的小竹心疼吴刚运动量大，于是省吃俭用，买来奶粉、鸡蛋为他增加营养。我有次在校门口遇见她正用粮票和一个老太太换鸡蛋，还讨价还价。

这还是我认识的那个优雅恬静的才女吗？整个一家庭妇女。当时，不谙世事的我们常常以阳春白雪自诩，骄傲得像白天鹅，对家庭妇女极为不屑，认定那简直就是庸俗的代名词。

我边叹息边于内心深处为小竹深感不值。

（三）

也许他们也曾有过甜蜜快乐的时光。

吴刚有辆破旧的自行车，没有后座，小竹只能坐在前面的横杠上。小鸟依人的她被人高马大的他拥在怀里，像一朵水莲花不胜凉风的娇羞。很久以后，我在路上见到男孩这样骑车带着女友，眼前都会倏然闪现小竹荡漾着幸福的笑脸，只是越来越模糊。你的笑容已泛黄，花落人断肠。

吴刚的车上有时一天都能几易其主。偶尔遇见了，我便会狠狠地瞪上一眼，年轻时我曾经疾恶如仇。吴刚从来都很坦然，还得意地吹着口哨。就是这个轻狂的男生使小竹一天天迷失了自己。

小竹个头中等，为了尽可能缩小和吴刚的差距，她穿上细细的高跟鞋。一天下来，脚又红又肿。我忍不住数落她，何苦呢？你不是灰姑娘她姐姐，吴刚更不是什么王子。她不语，第二天仍然像踩高跷一样。我不知道爱一个人爱到自虐算不算高尚。

关于吴刚的风言风语并没有传到她耳朵里，直到有一天，小竹亲眼看见。推开吴刚宿舍的门，小竹手中的塑料袋骇然落在地上，里面装着洗净晒干的运动鞋，他的。

吴刚一开始还耐着性子哄她，说仅仅是同学、老乡，后来干脆三缄其口，任小竹默默流泪。烦了，就骂小竹几句，有次还甩了她一巴掌，之后扬长而去。我始终不解，心高气傲的她何以能承受这份羞辱？但我一直不敢和她探讨这个问题。吴刚已经伤得她体无完肤了，我又怎忍心雪上加霜？

我不知道能为她做些什么。有一天，我试着写了篇文章登在校报上，大意就是不应该爱到伤害自己，意图曲线救国。小竹果然看到了，她只说了一句：我不是不明白，只是放不下。

她临走前的一个晚上，我们在宿舍楼下相遇，简单聊了几句。或许那时她已有所决定了吧，我记得她翻来覆去地叮嘱我："以后遇到再怎么喜欢的人，也不要对他太好，男人都不会珍惜对自己太好的女孩。"

末了，她凝视着路灯下飞来飞去的飞蛾叹了口气，喃喃自语："也许我就是一只飞蛾，可谁说飞蛾扑火就不是为了爱情呢？"

如果这也算爱情，我宁可一辈子不要。我在心里对自己说。

（四）

斗转星移，沧海桑田。

我目睹了无数的聚散依依，见识了更多的悲欢离合，觉得吴刚只不过是个花心的大男孩，还不能称之为十恶不赦。可那时的他对于天真单纯的小竹来说无异于一枚毒药。我不杀伯仁，伯仁因我而死。

或许，有些女人天生是为爱情而生的，小竹、林黛玉，还有茨威格笔下的陌生女人。小竹把爱情当成了人生的主旋律，将吴刚给予她的爱视为生命。爱情已逝，又如何能苟且偷生？此情无计可消除，才下眉头，却上心头。

那个秋夜，她穿着初遇吴刚时穿的白色毛衣，身上唯一携带的物品是吴刚和她的合影，紧紧贴在胸口。我怀疑那一刻她的神志是否清醒，尤其后来我听到了她母亲悲痛欲绝的哭声，在宿舍楼道里久久回荡。

人生若只如初见，何事秋风悲画扇？我们怀念过去，只因为我们永远无法再回到从前。

或许，吴刚也不是不爱小竹，只是他们相遇得太早了。那时他还是个桀骜不驯的浪子，对于爱情游戏乐此不疲。如果小竹在吴刚厌倦了这一切之后再遇到他，说不准会成为他最后的港湾，就此演绎一段花好月圆。

想起小竹曾将自己比作飞蛾。有些男人年轻时就是一团熊熊烈火，恣意地燃烧自己，殃及池鱼。年岁稍长，会慢慢地变成一盏长明灯，照亮自己，温暖他人。

即便是两个合适的人，如果相遇在不合适的时间，除了一声叹息还能怎样呢？

（五）

毕业十年后的校庆日回到母校，物不是，人亦非。我走在既熟悉又陌生的校园里，希望找回一些青春的足迹和记忆的碎片。走过高高的留学生楼时，我依稀看到小竹正在风中微笑，像一朵水莲花不胜凉风的娇羞。

迎面走过来一个男人，身材魁梧，手里牵着个小女孩。他来这里干什么？凭吊吗？

我扭头想走，可吴刚已经看见我了。硬着头皮打了招呼，都有些讪讪地。他拉过女儿，快叫阿姨好！

小女孩声音脆生生的，不似小竹的柔声细语。

我随口问道，小姑娘几岁了？

六岁。

叫什么名字呀？

阿姨，我叫吴思竹。

抬眼看吴刚，他沉默不语。

这又何苦呢？良心发现？以为自己是卢梭？何必这样无休止地打扰小竹的在天之灵？

或许，他只是为了告诫自己不要再重演昨日的悲剧吧。

其实，不管怎样，这些都不再重要了。

重要的是，小竹离开的那个秋天再也不会回来了。

（六）

就让秋风带走我的思念，带走我的泪……

歌者还在如泣如诉。

阿黄和小花

小时候，家里养过一条狗和一只猫。

你猜猜，谁是阿黄，谁是小花?

阿黄是小狗，小花是小猫。猜对了吗?

再猜猜，谁是男孩，谁是女孩?

当然，阿黄是男孩，小花是女孩。

呵呵，骗你的，我也不知道它们是男是女，管他呢，谁知道小天使是什么性别呢?

阿黄是先到我们家来的，那时我刚上小学。阿黄来得很突然，我一点思想准备都没有。真是，天上掉下个阿黄。

那天父亲骑车去乡下，很晚才回来，阿黄就是跟着他一起回来的。父亲也觉得不可思议，以前在路上，也会有小狗跟着跑，但跑一段就没了。这条小狗可不一般，跟在自行车后面一直跑得挺欢，那么远的路都没跟丢。到家了，也不认生，找个墙角就睡了。

我是第二天早晨才发现它的。我欣喜若狂，一直逗着小狗玩，兴奋地顾不上吃早饭，甚至想逃学一天，在家看着它，别让父母把它赶走了。父母见状，保证说同意留下小狗，让我赶紧上学去。

一上午，身在学校心在家，好不容易熬到放学，飞一般地冲出教室。谢天谢地，小狗还在。看它浑身的毛是黄色的，就叫它阿黄了。

从此，阿黄就在我们家安居乐业了。

没错，阿黄有工作，每天跟着我上学放学。上学时，送我到校门口，放学了，一准儿在门口等着我。当时，那份神气劲儿绝不亚于现在每天有宝马奔驰接送的孩子，小小的虚荣心得到了极大的满足。

小花的来临就没有那么戏剧性了，是我一天天掐着手指头盼来的。邻居家的老猫要产小猫，早早地便和他们家说好了。

小花，是只黑白相间的小猫，基本上是白色的，只有额头、爪子和尾巴上有些许黑色，好看得很。小花是我一天天看着长大的，感情自然非同小可。

它小时候胆子很小，不像阿黄，威风凛凛，所以我一直认为阿黄是男孩，小花应该是女孩。

有一次，小花不知怎么爬到了墙头上，却又不敢跳下来，在上面转来转去的。天都黑了，它急得在上面乱叫，我急得在下面乱跳。父母也很着急，但墙太高，上不去，我号啕大哭。父亲忙说，明天一早就去单位借个梯子，上去把它抱下来就没事了。我不答应，那晚上它冷了怎么办？而且它还没吃晚饭呢。噢，有了！我冲回家，把小花吃饭的小瓷盆找了出来，拿了个小勺，开始对着小花使劲地敲。小花在墙头上转得更快了，毫无疑问它在进行激烈的思想斗争。终于，猫以食为天，人为财死，猫为食跳，小花在美食的诱惑面前，一咬牙，一跺脚，它，从墙头上勇敢地跳了下来。猫急也跳墙。

我目睹了小花从一只胆小如鼠的猫变成了食胆包天的猫。以后，常常会想起这一幕，每当有人抵挡不了金钱和美色的诱惑时，便会想起我们家的小花。

自从有了小花后，阿黄明显地受到冷落。阿黄刚开始有点嫉妒小花，哼，万千宠爱在一身，凭啥？一只小小猫，连份正经工作都没有。但它心态调整得极快，很快就和小花相处得很融洽，形影不离，每天一起送我上学接我放学。我每天在哼哈二将的前呼后拥下，招摇过市，神气活现。假猫狗之威，童年无限美。

我从未做过对不起阿黄的事儿，对小花却曾经心中有愧，因为我制造了一起冤假错案。

有一天放学回家，倒茶时不小心，将茶壶碰倒了，滚到地上，碎了。我惊呆了，那可是父亲最钟爱的茶壶啊，出差从外地买回来的。想着父亲回来肯定要大骂我一顿，弄不好皮肉还得吃苦。怎么办？怎么办？急中生智，陡生一个罪恶的念头，我决定嫁祸于猫。我赶紧把替罪猫小花抱来，在桌子上按下爪印，然后，把门一关，出去玩了，迅速逃离作案现场。

天快黑了，我才鬼鬼祟祟、探头探脑地回家。一看，风平浪静，父母正等我吃饭呢。想问又不敢问，怕不打自招，就忙着招呼阿黄小花来吃饭。小花来了，冲我委屈地叫了一声，还好父母不是那古代的公孙长。父亲随口说了句，这该死的猫，今天跳到桌上，把茶壶打碎了，说完，又愤愤地踢了它一脚。我偷眼看了一下小花，它又委屈地叫了一声，似乎期盼我为它平反昭雪。我可没那勇气，赶紧把它轰了出去，省得父亲一会儿再生气踢它。

茶壶事件就这样波澜不惊地过去了，我暗自庆幸，对小花却充满了内疚。

第二天，我就到我们家后面的河边，看人钓鱼，捡了好几条小鱼回家喂它。小花开心地围着我喵喵直叫，我跟它说，咱俩扯平了噢，不许再生气了呵。它喵了一声，表示同意。

快乐的日子总是太短太短了，一如痛苦的日子总是那么漫长。

不知怎么的，说是有狂犬病，政府下令打狗，要把所有的狗全抓走。我听说后，五雷轰顶，哀求父母。父母也没办法，最后说，不行就先把它送到乡下躲躲吧。怕阿黄不肯去，父亲把它装在一条麻袋里，驮在自行车后面带走了。

我一直以为阿黄是条神犬，它简直太了不起了。三天后的一个晚上，我都睡了，忽然听到门外有狗叫声，我一下子跳了起来，一定是阿黄！父母也不敢相信，但真的是阿黄，它居然一路找回来了。我们全家人，还有小花，都围在阿黄身边，嘘寒问暖。小花更是绕着阿黄载歌载舞。此刻的阿黄扬扬自得，像个凯旋的勇士，也是万千宠爱在一身了。

无奈好景不长，一个星期后，阿黄失踪了，再也没有回来。失踪的当晚，我一直心神不宁，到门口张望了无数次，半夜惊醒，似乎听到阿黄在窗外叫唤，但侧耳仔细一听，却什么也没有。那段时间我每天神情恍惚，只要听到狗叫声，就立刻冲过去看，是不是我的阿黄回来了。每天放学，我总是第一个奔出教室，看阿黄会不会又来接我回家了。结果总是事与愿违，大失所望。

那段时间，最常做的一件事就是抱着小花，喃喃地问，小花，你想阿黄吗？它喵喵两声，想！想！再问，小花，你说咱家阿黄会回来吗？喵，喵，会！会！

父母经常安慰我，说阿黄是条神犬，聪明得很，过段时间，一定能找回来。你看，上一次不是好好地回来了吗？

但，这一次的间隔实在太长太长了，长得父母都忘了这回事，他们居然要搬家。父母工作调动，要搬到另外一个地方。那怎么行！我一听就炸了，阿黄回来还怎么找我们呀？父母不得不告诉我，阿黄其实早就死了，那一阵所有失踪的狗都是被抓走的，再不会回来了。我放声大哭。

现在只剩下小花陪我了。小猫毕竟没有小狗忠诚，小花贪吃贪玩，敬业精神极其不强，接送我时总是三心二意，常常走到半路就溜得不见猫影了。想念阿黄。阿黄，你真的死了吗？

后来，我们搬家了，小花一直跟着我们。但搬到新家后的第二年，它也死了，吃了人家拌着老鼠药的什么东西吧。唉，它从小就贪吃，上回是猫为食跳，这回真是为食亡了，以身殉吃。小花死了，我并没有像失去阿黄那样悲痛欲绝。是年龄大了一岁，变坚强了？是小花死得不太光彩，内心有点轻视它？是经历了阿黄的离去，承受能力强了？还是我才到一个新地方，发现了更好玩的新东西？或许兼而有之吧。

我把小花埋在一棵树下，把它的小瓷盆也埋进去了，这个贪吃的小东西呀。从此以后，再不养任何宠物。

从前哪，有一种香喷喷的油条

油条是我小时候极为喜爱的一种食物，酷爱了很长时间。

小时候买油条通常要排队，那时候无论买什么几乎都要排队。买肉、买鸡蛋、买糖、买电影票，但凡喜欢的统统都要排队，只是当时还不会说郁闷这个词，顶多在心里闷闷不乐。

那时候的油条炸得可脆了，一口咬下去，口感极好，既松软又酥脆，有的地方还稍稍凝点油，唇齿之间，留有余香。

冬天的时候油条买回家往往已经凉了，没关系，泡在滚烫的稀饭里，连稀饭也变得香喷喷的。彼时的油条既温暖又带着米香，稍稍还有些甜味。油条于儿时的我，恰似苏联的土豆烧牛肉，毋庸置疑地意味着幸福的共产主义。

最天才的吃法是把油条夹在烧饼里。以前的烧饼上芝麻云集，密密麻麻的，恰似一个英姿勃发的青少年，乌发浓密。哪像现在的烧饼早已步入中老年时期，不是光头就是谢顶了，星星点点的几粒芝麻纯属点缀，益发透出人老珠黄的悲凉。让我们为芝麻的渐稀默哀三分钟吧。

不过，烧饼夹油条平时一般吃不着，特意留给考试的早晨，以示隆重。就像皇后娘娘也不可能天天凤冠霞帔，除非大典。据说一根油条加两个烧饼象征着能考 100 分，大吉大利。没有烧饼，用鸡蛋代替也可，但我更偏爱烧饼。

烧饼本来就香，再加上油条，那叫一个绝配！郎才女貌，珠联璧合。我喜欢锦上添花的感觉远胜于雪中送炭。锦上添花是美上加美，美不胜收，比如看电影吃爆米花，读书嗑瓜子，海聊品香茗，闲逛听音乐，葡萄美酒夜光杯，双倍享受，且 1+1>2。雪中送炭再怎么送也嫌美中不足，穷困潦倒时得了几两银子，好比倾盆大雨中撑把快散架的雨伞，看起来是少淋了些雨，但终究沦为狼狈的落汤鸡，与闲庭信步相差十万八千里。

邻居的小男孩也好喜欢吃油条，每次看到我吃，都垂涎三尺。碰巧大人不在，便低声下气地央求我分点给他，可怜幼小的心灵屡屡惨遭伤害。我们家旁边有一处果园，里面种了不少梨树、桃树，还有苹果树。小男孩常趁黄昏的时候翻墙而入，兜里揣得鼓鼓的再溜出来。第二天早上，他就会喜滋滋地掏出两个小苹果或是青桃，觊觎我手中金灿灿、香喷喷的油条，妄图以物易物。有时败兴而归，有时阴谋得逞。

后来的后来，他下海经商了，也许当年的油条曾经一度成为他的励志宝典。有次偶遇中年的他，大腹便便，翻墙的矫健早已一去不复返，不知对油条的钟爱是否还痴心不改。

快乐而美好的童年就在一根根油条中一天天地逝去。

油条究竟是从什么时候开始彻底淡出我的生活的?

中学？非也。尽管那时我已恋上新宠小笼包、馄饨、蛋炒饭什么的，但仍会隔三岔五地惠顾老友。

大学？没错，和油条的正式离别就是在大学。那时候我们早上经常睡懒觉不吃早饭，偶尔勤快一次，食堂里永远只有蔫不拉几的馒头和花卷们懒洋洋地等在那里。寻寻觅觅，始终瞧不见英俊挺拔的油条。估计大师傅嫌炸油条浪费油，最重要的是太费事。馒头花卷多乖啊，一批可以克隆出 N 屉，卖不完也没事，热一热下顿接着卖。油条可没这么好伺候了，炸的时候要一根根不停地翻动，嫩了不熟，老了就焦了，得寸步不离地守着。卖不完更麻烦，热都没法热，娇气得像个地主家的大小姐，特不招大师傅们待见，朴实憨厚如村姑般的馒头和花卷才是他们掌心的宝。

可是，但凡高品质的东西不都这样吗？极少批量生产。你瞧人家范思哲的名款服饰，都是手工制作的不说，且每种款式只有一件，绝不雷同。你丝毫不用担心满大街都是同样的款式，更可以避免上班或聚会时撞衫的尴尬，这才是精品的概念。咱油条也这样，物以稀为贵。虽然拿油条比范思哲，似乎隆重了点。

工作以后，打发自己的早餐通常只是面包、饼干、速冻食品。没时间也没心情更没地方去买油条，住所附近从来就没见过炸油条的，或许他们改行做蛋糕了，瞧那满大街的蛋糕店。

出差住在宾馆，自助早餐中如果有油条，总喜欢拣上一根，但味道往往不尽如人意，不脆也不香，多数时候还冷冰冰硬邦邦的，咬都咬不动，真真所谓的老油条了。

唉，再也没邂逅从前那种风华绝代的油条了。众里寻伊千百度，频频回首，灯火阑珊处总不见油条之芳踪。

忆往昔，饕餮岁月稠。从前哪，有一种香喷喷的油条……

岁月如歌

岁月如歌，每个人的成长都伴随着一阵阵的歌声吧。

从奶声奶气的《丢手绢》到清脆嘹亮的《让我们荡起双桨》，童年便在歌声中渐行渐远，少年的思想和个头如雨后春笋般茁壮成长。

中学时代的歌曲好像不太多，也许那时心无旁骛，两耳只闻读书声，无暇顾及其他。间或还夹杂着老师和父母的唠叨交响乐，坚决严防死守，杜绝玩物丧志。

大学时代，歌曲如同生活，刹那间五彩缤纷。从高三到大一，宛如黑白电视陡然换成了彩电，目不暇接之际，莫不惊喜万分。

费翔的一把火烧红了大江南北，接着三月里的小雨又洒向长城内外。他的声音厚实，带有磁性，音域很广，使情窦初开的女孩充分领略了一个成熟男人无与伦比的魅力，对身边稚气未脱的小男生越来越不屑一顾。于每一个夜深人静的时刻从耳机里传来费翔的“读你千遍也不厌倦，读你的感觉像三月”，便从心底涌起如江南细雨般连绵的遐想，春天，花季，爱恋，陶醉……后来听蔡琴唱过这首歌，感觉韵味差了一些。尽管蔡琴也是我喜欢的一位歌手，有几首歌唱得相当不错，但《读你》怎么也赶不上费翔那无穷的韵味。还有费翔的那首《Love Story》，一度成为我的最爱。

驿动的青春总是伴随着聚散两依依，商人重利轻别离，少年轻狂常分手，齐秦的《大约在冬季》和《外面的世界》便成了最好的诠释和告白。“轻轻地我将离开你”，我们曾轻柔地拭去别人眼角的泪，也曾默默地擦干自己心头的泪。“你问我何时归故里”，“我想大约会是在冬季”，冰雪皑皑的冬季就这样在齐秦的歌声里一天天融化，渐添温馨、浪漫的色彩，成为恋人们企盼的季节。

千百惠的《咖啡屋》和《想你的时候》唱响在校园的每一个角落，无数的男女同学于热恋和失恋之际喜欢在咖啡屋流连忘返，千百惠无意间引领了爱情消费的新时尚。“当我想你的时候，泪水悄悄地滑落”，哪个少男不多情？哪个少女不怀春？有多少男孩、女孩没有为爱情流过眼泪呢？甜蜜的、苦涩的、感动的、悔恨的、无助的，更多的是莫名的。恋爱中的人儿心有千千结，流水、落花、残月、秋风、断桥、孤舟，无不勾起满腹的心事，只能在歌声里一遍遍地怀想和感伤。

邓丽君的每一首歌我都十分喜欢，主要是酷爱她的声音，有着独特的柔媚与细腻。人又清纯秀雅，怎能不成为无数男人的梦中情人？用梦形容她最恰当不过，如梦如幻，似一个身披轻纱、不食人间烟火的仙女，月朦胧，人朦胧。她似乎本不属于凡尘，只是偶然飘落到人间的天使。此曲只应天上有，人间能得几回闻？此女只应天上有，不得长留在人间。上帝发现了这个重大失误后，迅速将她召了回去，原本是一场美丽的梦。梦醒时分，留下的只有柔情似水的歌声，还有那甜美如初的笑容。甜蜜蜜，你笑得甜蜜蜜，好像花儿开在春风里。春风吹散了你的花容，却将你的歌声吹向千山万水，吹进千家万户。

说到邓丽君，自然想起王菲，两代歌后，各有千秋。王菲比较另类，有着艺人身上罕见的冷漠与清高，是特立独行的清高，并非浅薄无知的轻慢。轻慢在各类艺人身上很容易找到，惹人生厌，不值一提。只有王菲的目空一切令人在气愤之余不禁慨叹，这才是王菲。不是所有的人都有资格傲慢的，还记得那本《傲慢与偏见》吗？有些人的傲慢令人拍案而起，有些人的傲慢令人鄙夷唾弃，但有些人的傲慢却令人不以为忤，实力决定魅力。王菲注定了不同凡响，无论唱歌、说话、结婚、生女。王菲的声音空灵悦耳，回肠荡气，只有她敢唱邓丽君的歌，而且如此绝妙，别有洞天。我始终很难判断那首《但愿人长久》谁演绎得更为出色一些。无论如何，在我们失去邓丽君之后，能有幸听到王菲的翻唱，也不失为一种安慰和补偿吧。

后来的乐坛越来越多姿多彩了，各色歌星层出不穷。有的如昙花一现，有的如过眼云烟，有的则似流星，划过的天空没留下任何痕迹，但有一些还是征服了听众的心。

苏芮的《牵手》牵引着我们从爱情过渡到亲情，领略了一种超越爱情之上的情怀。毛阿敏的《思念》大气恢宏，如果她一直保持晚会歌手的风格，一定远比今天更受听众欢迎。那英的《一笑而过》唱尽了女人的辛酸和凄凉，若没有切身体会，很难演绎得如此动容。再坚强的女子，终逃不过一个情字，只可惜多情总被无情恼。

值得一提的是周杰伦，我原来极其反感他的口齿不清，直到有一天我路过一家音像店，听到了《东风破》。谁在用琵琶弹奏一曲东风破？犹记得那年我们都还很年幼，一时间被他舒缓忧伤的声音打动。后来的《菊花台》我也很喜欢，据说张艺谋当时对他唯一的要求便是尽量把歌唱得清楚一些，果然不辱使命。看来原来的含糊其词是不为也，非不能也。另类的未必都是天才，但天才多少有点与众不同。

辛晓琪的《味道》，周华健的《花心》，刘欢的《弯弯的月亮》，林忆莲的《爱上一个不回家的人》，罗大佑的《穿过你的黑发我的手》，等等，都在歌坛上留下了自己的足迹。当然，还有众所周知的四大天王、四大天后，佳作更是不绝于耳。

早先听到的外国歌曲多是美国乡村歌曲，《Take Me Home,Country Road》，《I Just Called To Say I Love You》，还有《Lemon Tree》，平实纯朴，却悠扬深情。还有苏联的不少歌曲，《莫斯科郊外的晚上》《红莓花儿开》《山楂树》《小路》。我尤其喜欢黑鸭子演唱的，我甚至觉得她们翻唱的许多歌比起原唱毫不逊色，比如《光阴的故事》就比罗大佑唱得更加悠扬动听，层次感明显增强。

最喜欢的外国歌手当属卡伦·卡朋特，那是被上帝吻过的嗓子。When I was young i'd listen to the radio……这首歌的旋律一响起，心里便溢满了一种深深的感动。昔日的一幕一幕在眼前慢慢掠过，无限美好，无限欢欣，无限感慨，无限追忆，每个人都曾在不同时刻期待过昨日重现吧，昨日的景、昨日的人、昨日的情。

喜欢听老歌，越听越有感觉。伴随着老歌的是我们曾经走过的悠悠岁月，或轻松愉快，或艰辛坎坷；或平淡从容，或跌宕起伏；或心如止水，或挥斥方遒。当我们再次回首，触摸到的永远是内心最温柔的角落，掩不去的是嘴角浅浅的微笑和心中难舍的眷恋。

在这个周末的午后，听着这些脍炙人口的老歌，写下这些信马由缰的文字。于我而言，何尝不是一种享受呢？

岁月如歌，如歌的行板，思绪就在歌声中轻舞飞扬，飘飘洒洒，直至千里之外，直抵记忆深处。

It's yesterday once more.

游山玩水

丽江的温软时光（之一）

——走进古城

丽江是一个我向往已久的地方，自从 1997 年被列入世界文化遗产名录，这个有着 800 多年历史的古城便走进了人们的视野。据说古城是上天遗落在人间的城邦，能让人们找回前世的家园。

记得当时曾有家旅行社为丽江做过一个广告，套用了一句经典国问：“你，丽江了吗？”

那么，今天，我，丽江了。

丽江的出租车都很有情调，播放着古老的纳西民乐，空灵幽远，荡气回肠。纳西古乐用自然的声音唱出宇宙的颂歌，据说是众神之乐，是安详和谐国度的音乐。

纳西古城，用五花石铺地，格外古朴典雅。古城文化内涵丰富，空气中弥漫着爱与怀旧的情怀。一户人家有人去世了，贴出来的对联令我感慨不已，上联是“风号鹤唳人何在”，下联是“月落乌啼霜满天”，横批“哀哉”，洋溢着浓郁的文化气息。言而不文，行而不远，纳西风情能吸引全世界的眼光，与其深厚的文化底蕴是分不开的吧。

纳西是典型的母系社会，至今还留下了深深的烙印。纳西是女主外男主内，过去的纳西男人只做七件事，琴棋书画烟酒茶，会抽烟会喝酒的才算好男人。现在的农村还是女人下地干活，男人在家背娃娃。俗语说，娶到一个纳西婆，赛过十头牛。

纳西人以黑为贵，纳西就是“黑人”的意思。此地紫外线极强，越黑表示越勤劳。另外，丽江的水含碱量大，而且身处高原，水烧到85摄氏度就沸腾了，因此胆结石是丽江的地方病，当地人多半是有胆有识（石）。正因为纳西人不容易长胖，物以稀为贵，所以他们以胖为美。这里称女子为胖金妹，男子为胖金哥。

纳西实行的是男嫁女娶。男人如果长得又黑又胖，可以换个好价钱，封顶价是八匹马，文弱的书生在此地可就没有市场了。

纳西女人在家是顶梁柱，地位非常高。女人说话，男人闭嘴；女人吃饭，男人只能站一边看。不挣钱的人是永远没地位的。要想人格独立，首先经济要独立，没有人喜欢太穷的人，不论男人还是女人。灰姑娘不是好歹还有双水晶鞋吗？松下幸之助说过，一家不盈利的企业对社会来说是种罪恶。一个不挣钱的人对于家庭来说也未尝不是。我一直对女人做全职太太心存疑虑，一是国家法律还不够完善，离婚的赡养费并不高，一旦有所不测，很难安享晚年;二是与社会隔绝并非好事，女人本来心胸就不够宽广，再天天闭门不出，只会越来越狭隘，最终为老公、孩子所不容，酿成家庭悲剧，与当初的心愿背道而驰。纳西女人虽然辛苦，但精神愉悦，工作着的女人是美丽的。纳西男人就更轻松了，只要干好那七件事即可。纳西画面上的男人都是揣着手，一副无所事事的样子，他们也很快乐。纳西人有着永远的欢笑，是世界上最快乐的民族，不知道跟他们的社会分工是否有关。

在古城中，可以看到关于茶马古道的描述。滇南产茶叶，要运出去，便有了这条通往青藏高原的古道。最早接触到这个词还是在北京，朋友请我们去后海吃饭，便是这间餐馆，因为名字奇特，加上菜肴还算可口，一下子就记住了。没想到今天会以这样的一种方式再次见到，这也是我喜欢旅游的原因所在，前面的每一步对你来说都是个谜，你无法预知能看到什么样的景致，会遇上什么样的人。

每个人对旅行的看法是不同的。旅行，就是对一个地方进行丈量，用心。只要带上心，就会有温柔的心意，凡事都要用心才能做好。未来的世界不是有钱人的世界，不是有权人的世界，而是有心人的世界。

我喜欢旅游，更多的是追求一种生活在别处的感觉。近处无风景，并非真的没有风景，而是没有欣赏的心境，就像我们宁愿去网上和不认识的人交流，而不愿和邻居说话一样。面对不认识的人你可以敞开心扉，恰恰因为不认识，说过就算了，你轻松了，别人也不必替你保密，压根儿就不知如何泄密。如果是邻居，你说完了，心理负担会更重，又多了个知情者。邻居也挺冤的，好端端的便重任在肩了，严守秘密不是人人都能做到的。从前，康熙微服私访，在一户农家看到喂猪的米糠，康熙不认识，就抓了把放在嘴里尝了尝。农民觉得很好笑，又不敢说出去，但憋着实在难受，只好在夜深人静时，跑到山上对着一棵树狂喊："康熙吃糠，康熙吃糠。"日复一日，以后只要轻敲树干，树干便会发出"康熙吃糠"的回音，藏了太多的秘密，总要有个出口来释放吧。

古城里处处可见店铺，鳞次栉比，销售的多是些木刻工艺品，有着浓郁的异族风情。路上随处可见拍照的行人，我不喜欢拍照，我觉得自己的眼睛就是照相机，心灵便是存储器。如果喜欢，心自然记得；如果忘了，说明不够刻骨铭心。

高原地区，空气稀薄，走几步就微微发喘，本以为是自己长期缺乏锻炼，却发现大家都在喘息，都是高原惹的祸，顿觉释然。

遇到一个喜欢的地方，就像遇到一个喜欢的人，都堪称幸运。于我而言，旅游是极其愉快的，不明白为什么大家要用"驴友"这个称谓，旅游本是浪漫轻松的，与一辈子辛苦劳碌的驴子相去甚远。

来到丽江，最大的感受便是"温软"二字，周边环境温馨美好，心中荡漾着一种柔软的情愫，柔软得像是要将心儿融化开来。此行用温软时光来形容应该还算合适吧。

丽江，我来了。我在心里快乐地叹了口气。

丽江的温软时光（之二）

——"丽水金沙"歌舞表演

白天逛古城，晚上看演出，实乃人生一大享受。

我喜欢舒适安逸的生活，追求精神和物质上的享受，我从不隐瞒自己的观点，也没觉得有什么不妥。喜欢享受的人并非就不具备吃苦耐劳的品质，只是因为没到那一步，车到山前未必没路。

一直以为，人的潜力是无穷的。二战时期，犹太人在那样恶劣的环境中想的都不是如何轻生，而是怎样坚强地活下去。病人也如此，身患绝症的人想的从来都不是死亡，而是生存。我认识一个人，肝癌晚期，明知收效甚微，却从不放弃任何一次治疗的机会，像神农氏和李时珍那样尝遍了良医庸医开出的种种药方，终究回天无力，撒手人寰。但他尽力了，不愧对自己的生命。

还有那些地铁里乞讨的人，通常是残疾人，拎着个喇叭，四处卖唱。只要有可能，每次我都会给一点钱。曾有人批评我，说不应该给他们钱，这些人就是被我们给惯坏的。如果大家都不给，他们自然收手，地铁里的秩序也不会那么乱了。

我不能同意。我给他们钱，不是怜悯，更谈不上施舍，那一点点钱，杯水车薪而已。

我给他们钱，是对生命的一种鼓励，为那份顽强和坚韧。我不知道自己是否有那样的勇气，在人们的鄙视和厌恶中苟且偷生。但凡有一点点可能，谁又愿意选择这种遭人冷眼、为人不齿的生活呢？有时候，选择死亡比选择生存更为轻松，人们放弃生命往往就是那一念之差。人在山穷水尽时，一个关切的眼神、一句温暖的话语、一次微小的帮助，都可能成为一根救命稻草，都会传递一份信心，让人不至于感到自己被全世界所抛弃。生命是每个人的权利，在生命面前，人应该是平等的，无所谓高低贵贱，再高贵的人也只是一条命而已。

我每到一个地方，都喜欢参观当地的名胜古迹，品尝当地的特色小吃，一定要当地人去吃的那种小店才正宗。有次去广州出差，我觉得宾馆里的早茶不够地道，便打听到旁边有家小小的早茶店生意很好，吃过后发现，名不虚传，肠粉味道尤其一流。每次去兰州，都会去吃兰州拉面。很多人说兰州拉面不好吃，是因为他们从未吃过正宗的兰州拉面，多半是北京街头粗制滥造的。正宗的兰州拉面口感极好，面条劲道，汤味香浓，更别说色香味俱全的牛肉了。这次来丽江，品尝了过桥米线，还有丽江粑粑，价廉物美。特别是粑粑，感觉很好，因为几年前来昆明时吃过米线了。

再就是看看当地的风土人情，一场有特色的演出通常是浓缩的精华。至今记得长沙田汉剧场里的那场演出，长沙不愧为星城，难怪湖南卫视的收视率会那么高。他们总在揣摩观众的心思，然后加以创新，不断地创新，持之以恒地创新。虽然超女大赛骂声四起，但并不影响湖南卫视赚个盆满钵满，谁赢谁知道。

《丽水金沙》是一场大型民族服饰、民族风情的舞蹈诗画表演，展示了一个神奇的世界。

背景板上是只很大的青蛙，主持人介绍青蛙是纳西人的图腾。纳西族人口少，全国只有30万纳西人，他们希望具有青蛙那样超强的繁殖能力。

有一个舞蹈是描写摩梭族的走婚，神秘美丽的泸沽湖畔，一个奇异的民族，一种奇异的习俗，令众多男女心驰神往。这片土地，弥漫着童话色彩，杨二车娜姆便是他们的代表：强烈的生命力和敢爱敢恨的张扬个性。不过，我并不喜欢个性过于张扬的人，避之唯恐不及，总觉得他们像刺猬，不小心便会被扎个千疮百孔，满目疮痍。个性张扬的人往往不顾及别人的感受，不懂得尊重别人的私人空间，眼里心里始终只有自己，活得太自我了。我喜欢个性温和圆润的人，像一块玉那样散发出温软的光泽。谦谦君子，不以物喜，不以己悲，超然洒脱，淡泊明志，宁静致远，似乎更有智慧、更富涵养、更加理性、更为儒雅。这样的人似涓涓细流，慢慢地流过我的心田，轻轻掬起的是温情、甜美，还有梦幻般的沉醉；而个性张扬的人似山洪暴发，跌宕起伏，远观尚可，切莫靠近，弄不好便殃及池鱼。

还有一些杂技表演，我不太爱看杂技，总觉得有些残酷，好端端的一个孩子扭曲成那样。看的时候又很紧张，生怕那些茶杯花瓶之类的会掉下来摔碎。这与小时候的一次经历有关。那时候刚上小学，有一次去看杂技，有个小女孩表演叼花，一不小心，把花瓶打翻了，后来被老板狠狠地抽了两记耳光，这残忍的一幕刚好被我路过看见。从那以后，我时不时地便会梦见自己被卖到马戏团，练习杂技表演，每每从高空中摔下方才惊醒，总是吓出一身冷汗。所以，对杂技向来没有太多好感。

接下来一个舞蹈很有趣，描写爱情和生命的。那个风姿绰约的妩媚女子将爱情演绎得温婉动人，又活泼有趣。眼波流转间便轻易捕获了男人的心，嫣然巧笑时男人早已拜倒在石榴裙下。窃以为，风情万种的女子应该是爱神最为宠爱的小女儿，让男人更加勇猛阳刚，让庸常的生活多姿多彩。总觉得，少数民族的人尤为看重爱情，他们的舞蹈、诗歌、音乐、绘画几乎都是关于爱情的，也许他们比我们更加至情至性？抑或他们的生活太单调，爱情是平淡生活中最为鲜活的色彩？爱情对于他们来说，便是一切，至高无上。纳西还有个很有名的习俗，就是殉情。据说纳西又被称为殉情王国，生命诚可贵，爱情价更高，不期然在这里得到了验证。随着时代的进步、观念的变迁，这样痴情的人儿应该越来越少了吧？社会越来越人性化了，对待真心相爱的人会有越来越多的包容心。

不知不觉，一个半小时过去了，意犹未尽时演出已经到此结束了。

幸福时光总是稍纵即逝，平淡生活往往度日如年。我们之所以耐着性子一天天地去打发那些乏味的日子，就是因为我们知道前方总有一些幸福时光在等着我们，一生只为这一刻，只这一刻，足矣。就像我们挨过了漫漫冬季，只为了捕捉早春二月枝头萌动的一抹嫩绿；就像我们在泰山顶上瑟瑟地坚守了一夜，只为了眺望一轮红日喷薄而出的光芒；就像我们走过千山万水，只因为我们坚信前方会有一个值得我们追寻的人。

很多人不远千里来到丽江，也是为了追逐曾经的一个梦想吧。这是一个可以寻梦的地方。

在这样一处美丽的地方，在这样一个静谧的夜晚，欣赏了一场宁静祥和的轻歌曼舞，领略了山地民族的万般风采，度过了一段温软的好时光，还有什么比这更加享受的呢？

丽江的温软时光（之三）

——别样的品茶

此次丽江行程中毫无例外地有一个固定栏目是购物，美其名曰“品茶”，推销茶叶罢了。前几年来昆明时，对此雕虫小技早有领教。

我们被导游带进一个小房间，两个姑娘满面春风地迎上前，眉开眼笑，接着便徐徐拉开了别样品茶的序幕。

第一次不明就里是在青岛，被导游拉去参观海产品生产基地，参观完各道工序，导游说夏天用干虾仁煨冬瓜汤最清火了。我特喜欢喝汤，瞬间丧失理智，不假思索地左手几袋干虾仁，右手几袋虾仁干，浩浩荡荡地荣归故里了。一时间，冰箱成了海底大世界，虾仁荟萃，铺天盖地，蔚为大观。送父母，送公婆，送兄弟，送姐妹，送同学，送同事，始终怀疑脑白金广告的“始作俑者”

和我有着同样悲惨的遭遇。经过全家人整整一个夏天的浴汤奋战，还有两包干虾仁静卧在冰箱的角落里几度春秋。那个夏天家里始终弥漫着大海的气息，很长一段时间我不能听到“虾仁冬瓜汤”这几个字。有次朋友请客，点汤时问及虾仁冬瓜汤，便断然大喝一声：“不要！”

剩下的那两包我始终没扔，就是为了让自己记住这惨痛的教训，前事不忘，后事之师。每次出差前便会打开冰箱，瞻仰一下活教材，告诫自己忘记过去就意味着背叛，立誓要像捍卫生命那样捍卫钱包，人在钱在。过完这道安检，方能安心启程。还别说，真挺管用的。感到快要失控时，便像阿里巴巴一样念念有词，芝麻虾仁，钱包关门。每次均能力挽狂澜，化险为夷。

后来经历过几次惊涛骇浪，血雨腥风，也屡屡虎口脱险，分文未损。

一次是去杭州灵隐寺，那个女导游绝对是个高人，销售界的翘楚，我至今想起她的时候就像武当派的弟子们想起张三丰那样顶礼膜拜。

离灵隐寺还有相当一段距离时，她便谆谆告诫我们万万不可胡言乱语，头上三尺有神灵。然后举例说，张三因为叫邻居不要信神，出门便被车撞死了；李四因为对神灵出言不逊，全家人惨遭不测……全车人毛骨悚然，战战兢兢，咳嗽的分贝都小了许多，呼吸都小心翼翼的，生怕冒犯了神灵。

到了灵隐寺，她把我们带到一个商店，告诉我们店里所有的东西均由得道高僧开过光。然后逐一介绍各式各样的护身符，男戴观音女戴佛，请座观音送给老公，请座佛像送给自己，夫唱妇随，比翼双飞。文殊菩萨是保佑孩子读书的，谁不希望子女金榜题名呢？望子成龙、望女成凤的切莫错失良机。药师佛是保佑父母身体健康的，百善孝为先，谁言寸草心，报得三春晖，一秒钟的犹豫都堪称罪过。最后一张是财神爷，专门帮人日进斗金、家财万贯的雷锋叔叔。

一个字，买！两个字，快买！！三个字，全都买！！！

一张护身符38元，一套5张，原价190元，优惠10元，180元，讨个吉利。

于是乎，善男信女们纷纷慷慨解囊，争先恐后地吉利了。难得有几个清醒者，因为提前被导游打了预防针，被告知佛门圣地不可多嘴多舌，只能三缄其口，眼睁睁看着众人飞蛾扑火。从店里出来，是自由活动时间，众人怀揣着各式护身符作鸟兽散，这才发现每个小店均有卖护身符，一问价钱，立马心肌梗死，最便宜的一张才两块钱。一时间，莫不痛心疾首，群情激奋，有个买了五套的止不住呼天抢地、捶胸顿足。我们纷纷前往慰问，人在江湖飘，哪能不挨刀?

全车幸免于难的寥寥无几，我便是那侥幸逃生的凤毛麟角，芝麻虾仁，钱包关门。摸摸依然丰满如贵妃般的钱包，不禁面有得色，吃一堑长一智，知错能改善莫大焉。

还有那次海南历险记，也令人没齿难忘。

那一次，我们被导游拉去参观水晶工艺品店，领教了什么是天外有天，人外有人。

我们被导游引入一个小房间，看了段如何鉴别水晶的录像，导购小姐随口问我们来自哪里。这一问，便祸起萧墙，在劫难逃了。后来才知道，那一招看似轻描淡写，实则暗藏玄机，是明知故问，请君入瓮。这种推销有个专业名词叫“包厢销售”，民间俗称瓮中捉鳖。

导购小姐听罢我们的家乡，立刻喜上眉梢，像只花喜鹊一样叽叽喳喳地飞奔进里屋报喜去了。紧接着店老板跌跌撞撞地一溜小跑出来了，见到我们，就跟见到解放军似的，亲人、我的亲人哪，可把你们盼来了！找到冤大头组织的感觉，真好。他和我们每个人狠狠地握手，若不是闪得快，定要被他抱个满怀，接着便开始痛说革命发家史，声泪俱下。男儿有泪不轻弹，只因未到忽悠处。据他说，他和我们是正宗老乡，他是某某小镇上的人，我们那里似乎是有这么个小镇。他六岁便跟着父母来到海南，风餐露宿，饥寒交迫，饱尝人世间的酸甜苦辣，最终爱拼才会赢。如此这般，这般如此。言者有心，听者动容，我们老总有点发晕，眼角微微湿润。惺惺相惜，相见恨晚，重新握手拥抱，险些义结金兰。

那老板眼见老总已然入瓮，便开始痛下杀手。只见他猛一拍大腿，叫来导购小姐，咬牙切齿地说，罢了罢了，他乡遇故知，这拨客人不赚钱了，他们今天买的所有东西均按成本价，三折！言毕，痛楚万分，如丧考妣。然后，又神神秘秘地千叮咛万嘱咐我们千万不要将此机密泄露出去。众人连忙点头承诺，只差签字画押。大家欣喜若狂、你追我赶地挑选起来，我也有些按捺不住了。汝今能持否？恐怕不能了，手已痒痒地摸向钱包，晚节即将不保。说时迟那时快，春雷一声震天响，来了救星虾仁干。芝麻虾仁，钱包关门。好险好险！

最后，清点战场，一共消费 8000 元，老总一人独占鳌头，花了 3000 多元，他买了个玳瑁手镯，2000 元。临别时，胖乎乎的老板笑得花枝乱颤，手舞足蹈地和我们依依惜别。

回程中，老总琢磨出什么地方不对劲了，一向自信满满的他一反常态，反复追问我们，那手镯到底值不值两千。我们异口同声地说，值，太值了，原价七千呢。掷地有声，铿锵有力，众口铄金，三人成虎。

我打心眼里对那假老乡佩服得五体投地，没见到高山，不知道自己是平原；没见到大海，不知道自己是小溪；没见到海南老板，还以为自己是什么推销高手。强中自有强中手，厚黑学学无止境，唯有活到老学到老，厚山有路勤为径，黑海无涯苦作舟。

鼎沸的人声将我又拉回了丽江茶室，卖茶女还在巧舌如簧，蛊惑人心，竭尽挖坑之能事。周边陆续有人掏出钱包迫不及待地往里跳了，扑通，一个，扑通，又一个，前赴后继，视死如归。

两个卖茶女一直在用诱惑的眼神不怀好意地瞄着我的贵妃娘娘，准备伺机刺来温柔一刀，见血封喉。我报以微微一笑，想当年，我经历了多少大风大浪，风里来雨里去，站在众多虾仁的肩膀上，终于练就一身盖世武功，于险恶江湖中如履平川，毫发无损。现如今，岂能在尔等这间小小的茶室翻船？

于是，从从容容地披上盔甲。芝麻虾仁，钱包关门。有此《葵花宝典》，自能练就金刚不坏之身，在众目睽睽之下、于刀光剑影之中旁若无人地全身而退。

“轻轻的我走了，正如我轻轻的来”，挥一挥衣袖，不带走一片茶叶。

丽江的温软时光（之四）

——一米阳光酒吧

古城中一个非常有特色的地方便是酒吧一条街，临着一条小河。小桥流水酒吧，颇有意境，我总是这么不可救药地痴迷于诗情画意的东西。

水流不急，是我喜欢的那种，既活泼欢快又不显湍急浮躁，自自然然的，像个天真的少女，清水出芙蓉，天然去雕饰。也有的地方水波不兴，像个熟睡的婴儿，只有风儿才能吹皱。

一米阳光是间酒吧，在这里很有名，开着好几家分店。

一米阳光，与一部电视剧同名，那部电视剧很多镜头就是在丽江拍摄的，这间酒吧想必因此而得名吧。

平日极少去酒吧，嫌吵。有次去上海，客户领着去了一家，尚可，但那是需要会员证的，闲人莫入。一般的酒吧给人的感觉就是乱哄哄的，人声嘈杂，实在不喜欢那样的环境。

但来了丽江，酒吧却不可不进。这是古城非常著名的一道风景，我想全方位地感受丽江。

进了酒吧，自然要喝酒，要了杯红粉佳人，纯粹是意思意思。我最不喜欢喝酒，什么酒都不喜欢。白酒过辣，啤酒太苦，红酒发酸，黄酒简直难以下咽。我平日很少喝酒，不想勉强自己做不愿意做的事。最惭愧的是品不出好坏，二锅头和五粮液对我来说是一样难喝，所以尽可能不去暴殄天物。

酒吧里，一男士明显喝多了，正在高谈阔论，大谈特谈世间的各种女人，一副阅人无数、过尽千帆的样子。

我尤为不喜欢酒后失态的人，总觉得他们缺乏自制力，虽说人在酒桌身不由己，但凡事均是内因决定外因，外因通过内因而起作用，实在怨不得别人。

我不知道别人来酒吧是什么心态。如果一群朋友，可能是热闹热闹，人生得意须尽欢，莫使金樽空对月；如果两个人，可能是谈天说地，也可能是谈情说爱;如果一个人，尤其是一个女孩子，通常是有点心事，要么寻寻觅觅，要么借酒浇愁。

这不，那边桌上就有一个。长发披肩，挺漂亮的，正一杯接着一杯，不一会儿，已是眼波迷离，略显醉态了。

她一定是失恋了，这么漂亮的一个女孩子，除了感情，还有什么会这样伤害到她呢?

很多人来丽江，是为了疗伤。陌生的环境是疗伤最好的去处，熟悉的环境难免触景伤情，太多的时光是曾经共同度过的，太多的东西是曾经共同拥有的，你的影子剪不断，独留我孤单。在这个异域的土地上，则可以任意挥洒自己的忧伤，尽情释放昔日的爱恨情仇，梦在远方，化成一缕香。

女孩忽然间慢慢流下了眼泪，接着趴在桌上，抽搐的肩膀诉说着她的伤心。想起有一次在飞机上，我旁边的一个女子也是哭得这般绝望、这般心碎，隐约感知也是因为感情。

女人，似乎天生就是为了感情活着的。有些女人，更是任由自己的感情来伤害自己。水能载舟亦能覆舟，感情便是那水，控制得好，带给自己的是琼浆玉露，清澈甘美；任由感情恣意泛滥，则是洪水猛兽，吓退了别人，呛着了自己，更有甚者，连性命都随波逐流了。

大学时代，每年学校都会有人自杀，多是女生，而且是漂亮的女生。红颜薄命，一语成谶。不漂亮的女生往往心态很好，时常感叹造物主的良苦用心。如果一个女孩，没有漂亮的容貌，再缺乏良好的心态，如何能拥有属于自己的一片天空呢？人生便如一场牌局，丑女孩抓了一手差牌，只求输得不要太惨，早不把宝押在容颜上了。先天已然不足，只有提升后天的牌技，这反而成全了她们。由于注重精神的丰富与内心的修为，人生便拥有了另一番风景。以才侍君者久，腹有诗书气自华；以色侍君者短，色衰而爱弛。

漂亮的女孩通常难逃庸俗，美丽的容颜注定了她们不可能有太多的时间去亲近书本，外面的世界很精彩，天生丽质难自弃。漂亮的女孩通常不够聪明，有一个有趣的说法不无道理，女孩漂亮才会被男人爱，不聪明才会很容易爱上男人。如果一个女孩既漂亮又聪明，一定敏感脆弱，我们学校自杀的女孩基本属于这一类，令人扼腕痛惜。历史上更是屡见不鲜，阮玲玉、翁美玲，一个个貌若天仙又蕙质兰心，一样遇人不淑又难以释怀。

人，究竟是为谁活着的呢？

多数时候是为别人活着的。小时候为父母、为老师，硬着头皮读那些童年不想读成年后也没啥大用的书；成家以后，是为爱人、孩子而活着。想想也公平，父母、爱人、孩子又何尝不是为了我们而活着的呢？在难以承受的时候，我们告诉自己要坚强要忍耐，并不仅仅是为自己，而是为了挚爱的亲人，他们也一样地爱着我们。

我一直认为选择自杀的人是自私的，他们选择了弃亲人而去。死了的人是一走了之，一了百了，活着的人却承受着无尽的痛苦，日日以泪洗面，夜夜辗转反侧，没完没了地哀恸。

尤其是为情自杀的女孩子，更为不值。为一个不爱自己的人，而放弃了众多深爱自己的人。我们学校有个女生因为失恋而跳楼，那男孩爱上了别人，也谈不上喜新厌旧、始乱终弃，只是一方已经没了感觉，而另一方却不愿放手。山有木兮木有枝，心悦君兮君不知，有时候不是不知，而是不愿知、不想知。不能同步的爱情是可悲的，在正确的时间遇到正确的人，白头偕老，一生幸福；在正确的时间遇到错误的人，半途而废，一场心伤；在错误的时间遇到正确的人，擦肩而过，一声叹息；在错误的时间遇到错误的人，两败俱伤，一段荒唐。

那个女生的父母来了，巨大的打击让他们一夜间白了双鬓，绝望的哭声一直回荡在楼道里，久久不能散去。我不知道那个女孩跳楼的时候有没有想起她的双亲，也许她满心难以割舍的只是那个令她心碎的人。那个男生，后来我们也多次见到，的确丰神俊朗，但眉宇间看不出丝毫的哀伤。

我不知道这个男孩怎样看待为他轻生的女孩。爱恋？肯定没有，人很难爱上一个自己曾经爱过又不再爱的人。人一旦遗弃了自己爱过的人，对她便多多少少有了些轻蔑。惋惜？也许吧，毕竟她为了自己放弃了宝贵的生命。怨恨？极有可能，没有人愿意承受这样的心理压力，一辈子活在别人的诅咒和指责之中。爱，就像糖，放一点，生活是甜的；太多，则成了灾难。载不动，太多爱。

酒吧里的女孩还在一杯杯地买醉，身体发肤，受之父母，无权如此糟蹋。希望多情的丽江能成为她这段感情的终点，更要成为人生新的起点，冬去春来，柳暗花明。

人被一种爱抛弃并不可悲，病树前头万木春，可悲的是从此走不出阴影，一叶障目，对万水千山视而不见，失去了爱的心境。

爱，其实就是一种心境。有此心境的人可以爱很多东西，春天里第一朵绽放的迎春花，夏季清澈湖面上一行惊飞的白鹭，秋高气爽时脚下一片片金黄的落叶，冬日邻居孩子堆在门前那个胖胖的小雪人。

泰戈尔有句诗：“你离我有多远呢，果实呀？”“我藏在你心里呢，花呀。”心中有爱，眼中见爱，世界充满爱。

大千世界春华秋实，人间之爱多姿多彩，何必局限于这一米阳光之中呢？即使别人不能给予我们这爱情的一米阳光，至少我们还拥有亲情的万丈光芒。更何况，我们手中也握有这一米爱的阳光，并非穷途末路。只要不放弃自己的一米阳光，我们永远都不会输。

酒吧里不知名的女孩，希望你能愉快地享受别人赠予的一米阳光，更祝愿你能挥洒好自己的一米阳光，生如夏花之绚烂。

丽江的温软时光（之五）

——东巴纸坊

转过街角，一个古色古香的地方牵引了我的视线。起初以为是书店，忙不迭地奔进去，准备恶补一下。这几天只顾游山玩水了，生怕被黄山谷先生不幸而言中，三日不读书，便语言无味，面目可憎。

不承想却是东巴纸坊，一个造纸的地方。架子上摆放的笔记本、明信片、名片、书签等都是他们制作的，上面还印有一些神秘的东巴文字。

东巴有自己的文字，这是纳西人引以为豪的。据说，东巴文字是诉说灵魂的语言，是专门与天神沟通的密码。

东巴文字，我一个也不认识，应属于象形文字。有些东西越看不懂越喜欢，看不懂才显得深奥、有学问。见过不少暴发户，在金碧辉煌的豪宅里，辟出一间书房，书橱里摆满了各种各样的精装书，簇新簇新的，连翻都没翻过。窃以为，所谓精装书就是专门卖给这些不看书的人，真正读书之人不会选择这些华而不实的书，一是价格不菲，二是不方便阅读，那厚厚的封面实在碍手碍脚。就像那些珠光宝气、拖沓冗长的礼服是专供T台上的模特儿摇曳生姿的，平常百姓还是家居衣服来得舒适得体。

从没看过人家当场造纸，这回饶有兴致地观赏了一会儿，煞是有趣。

那就选几张书签吧，有一段时间我特别喜欢收集书签，就像小时候喜欢收集糖果纸、火柴盒的贴画一样。那时候每到一个旅游景点，总喜欢买些带有地方特色的书签，有时碰到特别精美的，也不忘带回去送给爱书的朋友。宝剑赠英雄，书签送书友。

我的朋友很多，各种类型的都有，吃饭的朋友、喝茶的朋友、逛街的朋友、打牌的朋友、闲聊的朋友、谈话的朋友、旅游的朋友。我交朋友的原则很宽松。水至清则无鱼，人至察则无徒。通常每一类朋友只做一类事，他们只须和我一起做我们都喜欢的事，我不会请求吃饭的朋友陪我逛街，更不会勉强打牌的朋友陪我谈话。我从不奢望在一个人身上能同时欣赏到春之明媚、夏之热烈、秋之深邃、冬之典雅，就像从一本书中不可能学到所有的知识。

有一次看到描写金圣叹的一段文字，甚合我意。金圣叹遇酒人则曼卿轰饮，遇诗人则摩诘沉吟，遇剑客则猿公舞跃，遇棋客则鸠摩布算，遇道士则鹤气横天，遇释子则莲花绕座，遇辩士则珠玉随风，遇静人则木讷终日，遇老人则为之婆娑，遇孩童则啼笑宛然也。所以，金圣叹很快乐，他的33个“不亦快哉”，令人击节称绝。

记得其中一句，夏日于朱红盘中，自拔快刀，切绿沉西瓜，不亦快哉！我最喜欢吃西瓜，每逢吃到上等的西瓜时便会想起这句话。物质享受和精神享受其实很多时候难以区分。如果说吃西瓜属于物质享受，读金圣叹无疑是精神享受，那么吃西瓜时想起了金圣叹的话是哪种享受呢？我最喜欢一边嗑瓜子一边看闲书，真的很难分清究竟是书香还是瓜子香更令我流连忘返。

我很欣赏这样一个比喻，把朋友分为几个楼层。一楼的是店面朋友，见面打打招呼，谈谈天气；二楼的是客厅朋友，聊聊八卦新闻，打打麻将；三楼的是厨房朋友，可以说说心事；四楼的是卧室朋友，闺中密友、红颜知己；顶楼的阳台是心灵朋友的空间，可遇不可求，恰似伯牙与子期。我对一楼、二楼的朋友一向来者不拒，多多益善，三楼以上的朋友则是精挑细选、宁缺毋滥，至今罕无人迹。一楼、二楼的朋友们往往觉得我很好相处，宽容随和；而有些朋友则会认为我有点冷漠甚至清高，有意无意地拒人于千里之外，那通常是处在三楼的朋友，因为缘分只有这么多了。三楼以上是不设楼梯的，我愿意等待有翅膀的天使，缘分是翅膀，有缘才能一起飞翔。

我精心挑选了几张书签，打算送人。价格还算公道，关键是这间店不会有假货。有次去泰国旅行，到商店买东西，大家关切地问，东西不会是假的吧？售货员没好气地回答，假货只有你们中国才有。太伤自尊了。想我五千年文明古国，竟沦落到如此不堪的境地，世风日下，人心不古。

做中国的老百姓确实太不容易了，要想不受骗，那得是个专家，而且是各个领域的。买电器得是个物理学家，小敲小修的别老麻烦人家；买家具得是个化学家，甲醛超标会引发白血病；买菜得是个计量学家，短斤缺两已司空见惯；买机票、火车票、汽车票还得是个防伪专家，现在正值春运，电视上已经在教老百姓如何鉴别真假车票了，用心良苦。

正在胡思乱想之际，突然眼前一亮，看见一个拖把，随便靠在墙角的一个拖把。天！这也是拖把！拖把也能做成这样！上面居然雕龙刻凤，一个拖把都雕满了花，真令人叹为观止。

不觉为丽江的文化底蕴深深地打动，于细微处见精神。有个经常出差的朋友说过，要想了解一家宾馆的服务和卫生状况，只须去洗手间转一圈即可。诚然，要想知道丽江的文化有多么源远流长，只须看看这个拖把便知。

丽江之行，处处充满了惊喜，此情此景此文化，更令我心驰神往。在这间古朴的东巴纸坊，与悠长的丽江文化亲密接触，心里不觉涌起了阵阵莫名的感动。

这座古城，真的越来越令我着迷了。

丽江的温软时光（之六）

——两只猫咖啡馆

毋庸置疑，是这个咖啡馆的名字强烈吸引了我，其次就是咖啡的香味。

平时很少喝咖啡，喝了便睡不着觉，只好放弃，怕影响第二天工作。但现在无所谓，反正有大把的时间可以挥霍，睡不着便睡不着好了，躺在床上想想心事也挺悠闲惬意的。

想，什么样的人才算富有呢？

有钱人？未必。整天像头驴似的忙得团团转，谈何富有？想起一首老歌《我想去桂林》，真正的富人应该是既有钱又有闲的那种吧，既是金钱的主人，又不至于沦落为时间的奴隶。

总听人说，丽江，是一个可以做梦的地方，是一个可以发呆的地方。

我理解的发呆，就是什么都可以不想，什么都可以想，但不必有结果，随便想想而已。其实，人应该适当地发发呆，给川流不息、疲惫不堪的思想一个停留、喘息的驿站。

当然，发呆也是有讲究的，需要特定的场景，不可随时随地。人在职场，身不由己。

开会可以发呆，当然是开大会，黑压压的一群，分不清谁是谁，而且台上领导大谈特谈的都是事关江山社稷、国计民生的头等大事，与发奖金、评职称之类的鸡毛蒜皮全然风马牛不相及。

坐车可以发呆，当然是长途跋涉，最喜欢坐火车看窗外景色伴着时光同时飞逝。人虽被定格在窗内，但思想早已在青山绿水间纵横驰骋。小时候有个同学的作文被老师批道，下笔千言，离题万里。现在很多人是永远找不回这份想象力了，往往就事论事，在商言商，不在其位不谋其政，未免过于现实过于单调乏味了。偶尔发发呆是必要的，人类失去了联想，世界将会怎样？

看书也可以发呆，在和煦的阳光下昏昏然读书，风吹到哪页看哪页，吹到不感兴趣的那页，便可以扔下书发呆了。

今天，就是个发呆的绝佳时机。坐在这间咖啡馆里，外面大雪纷飞，屋里春意盎然，可以悠悠闲闲、笃笃定定、不慌不忙地慢慢发呆。

发呆，一定要有时间，心要静，思想才会游离于身体之外，就像水和沙子。如果刚下了一场雨，乱糟糟的浑浊一片，是难以分离的。只有让它们静下来，沙子才会慢慢沉淀，水方能显其清澈。

据说，人们死后，都想上天堂，上帝便在天堂门口放着一台天平，专门用来测量人心的重量，心轻的人才能上天堂，心太重的人则被拒之门外。心轻的人没有太多的心理负担，心事太重的人往往作恶多端，良心一刻也不得安宁。这样的人，别说上天堂了，就连发呆也发不好。他们总盯着一件事情没完没了地想，那不叫发呆，那叫苦思冥想、绞尽脑汁，完全失去了发呆的从容、淡定与随意，自然更不能享受发呆的乐趣了。

发呆时，音乐颇为重要。我喜欢发呆时听外语歌曲，有人唱，又听不太懂的那种。听得懂便不太好，思路容易被歌词牵引过去。但也不喜欢单纯的乐曲，比如钢琴曲、笛子二胡独奏什么的，总觉得缺了些人气，太空灵寂寥。曲调当然要轻柔舒缓的那种，柔弱中带伤，却不必太伤感，绝不能大起大落、大开大合，这会打扰那个正在专心致志发呆的人。

这间咖啡馆，还挂着客人的留言本，闲着无事，信手翻看。一边品尝丽江的小粒咖啡，一边翻阅着别人的心事，想象着那时那人那心事，一种浪漫的温情在胸中缓缓流动。

有个叫丫头的留言，她是带着梦想来丽江寻梦的，邂逅了一个不错的男人，开始了一段美丽的旅途。她很喜欢那个男人，但心中却十分渺茫，不知那个男人会不会选择她。

我一直以为，旅行中最重要的一个元素便是同行的旅伴了，这是此行是否美妙和愉快的关键所在。如何能缩短伦敦至巴黎的旅程？最佳答案便是，一个好的旅伴。诚然，目的地美丽的风景只是结果，旅伴则是过程，一个好的旅伴会令沿途风光无限，美不胜收。钱钟书先生有个观点我很赞同，夫妻俩应该在结婚前共同旅行一次，而不是婚后再去，因为旅途中最容易看出一个人的品性。如果一小段旅程两人都心生厌烦，度日如年，如何能执子之手与子偕老？好的夫妻首先是聊得来的朋友，这样无论哪种旅途均不至寂寞，年老的时候尤为重要，那时候会发现善于聊天原来是一个人最大的优点。

丫头能和那个男人愉快地走过了这几天的旅途，至少这段爱情故事已经有了一个美丽的开始。缘起缘灭，缘浓缘淡，爱情唯有随缘，祝福她吧。

还有一个泰国女孩，在昆明留学，寒假来游丽江，留下了她的思想片断。她想“见面个男人”，因为“一个人太 ji mo 了”，寂寞两个字不会写，用拼音代替的。这该是个非常年轻的女孩子吧，可能从未有过真正的恋爱，否则，她就该知道，有了爱情只会更加寂寞，孤独的感觉往往是从你爱上一个人的那一刻开始，情到深处人孤独。无论是静默独处还是高朋满座，内心的那份孤独与寂寞是无法排解的，你会在心里默念一个人的名字，恍惚间，周围的一切都不复存在。那个人就是你整个的世界，占据了你的心灵和思想，却给你留下了一个永恒的角落，叫作孤独。

咖啡馆的小姑娘过来续水，问她，为什么咖啡馆叫这么个奇怪的名字。她解释，老板曾经有过两只猫，他很怀念它们。

我今天选的位置很好，临窗而坐，可以将窗外的景致尽收眼底。窗外都是纳西民居，明清时代的建筑风格，依山傍水，层峦叠嶂，错落有致。建筑是凝固的音乐，音乐是流动的建筑，纳西民居巧夺天工，纳西古乐便是天籁之声，一样浑然天成。身处这样的环境之中，你感觉不到自然在哪里结束，艺术从哪里开始，就这么天衣无缝，不着痕迹。

远处的雪山依稀可辨，仿佛是来自远方的呼唤。纳西古朴的风情让心灵更为宁静，高远的雪山让视野更加开阔。很多人将丽江当作前世的家园，感觉这里的静谧祥和可以安放自己的身心，而平日所处的城市只是一个战场，一个博取名利的战场而已。

忽然想，人，有前世吗？

我的前世是什么呢？不知有没有踏上过这片土地？

也许是一只小鸟，绿色的，和森林同色，在林间快乐地飞越，婉转地歌唱，歌唱春天，歌唱生命。

也许是一尾小鱼，红色的，在清澈的小溪里快活地嬉戏，经常能看到洗衣服的美丽村姑，有时也藏在石头后面躲过前来抓鱼的顽皮孩童。

也许是一朵小花，蓝色的，勿忘我一样的颜色，在春风里恣意地迎风摇曳，桃之夭夭，灼灼其华，等待着被一个少年摘去插在他心上人的发髻上，从而看到了人世间最美的一幅画面，也得到了花儿这一生最好的归宿。

也许是一只小猫，黄色的，每天的任务就是躺在院子里懒洋洋地晒晒太阳，偶尔竖起耳朵，喵喵两声，吓跑前来冒犯的鼠辈。

也许是一片柳絮，白色的，随风飘来飘去，没有目标，没有方向，像思绪那样能飘多远就飘多远，如果把思绪写成“思絮”也未尝不可吧。

……

窗外的雪越来越大了，此次来丽江，赶上了2007年的第一场雪，丽江已经有两年没下雪了。

雪花儿在窗外飘飘洒洒地起舞，我的思绪也随之纷纷扬扬，漫天飞舞。

咖啡，慢慢地冷却了。

我，也该离开了。

大千世界，总有些地方，去过之后还想故地重游；芸芸众生，总有些人，八小时之外还想继续交往。

走过丽江的无边风月，度过了这段温软的好时光，我想，丽江这座古城，什么时候我还会再来的。

丽江，让我们彼此之间守着这份温柔的约定吧。

丽江，等着我。

秋菊烂漫下扬州

故人西辞黄鹤楼，烟花三月下扬州。前些年登黄鹤楼时我就在想，什么时候再下趟扬州呢?

不承想突然有个机会途经扬州，圆了我的扬州梦，只不过不在烟花三月，而是时值深秋，一个秋菊烂漫的季节。

说来有趣，对扬州最初的印象始于李白的诗，但最深的印象却来自韦小宝，那个诡计多端的小家伙。他的机灵、大方、口头禅、恶作剧，让我对扬州有了另类的喜欢。

扬州是我国历史文化名城之一，素有“淮左名都”之誉，风光旖旎、乐声繁华，引无数风流才子流连忘返。谁知竹西路，歌吹是扬州。风流才子如此，荒淫皇帝岂甘落后？隋炀帝为了便于南下寻欢作乐，不惜耗费巨资修建了一条大运河，成全了他自己，也造福于后人，至少扬州人很感激他。康熙、乾隆六下江南，六游扬州，更是把扬州推上了繁华的巅峰。

扬州三把刀闻名天下，厨刀、修脚刀、理发刀，饮食业和洗浴业自古以来一直相当发达。扬州俗有“早晨皮包水，晚上水包皮”一说，早晨悠悠闲闲地品尝小笼汤包，晚上舒舒服服地泡泡脚。这是个自在、逍遥、闲适的城市，我喜欢。

淮扬菜是周总理的家乡菜，享誉甚久，薄淡、味美、得体，一如总理的为人，知识渊博却谦和儒雅，英俊潇洒兼稳重朴实，令人如沐春风。冯其庸说，红楼菜其实就是淮扬菜的体系。淮扬菜的“三头”尤为出名，即清蒸蟹粉狮子头、扒烧整猪头、拆烩鲢鱼头。据说总理最爱的是狮子头，我上大学时一度酷爱食堂的红烧狮子头，尽管食堂的口味和正宗的淮扬菜无法相比。现在我更喜欢鲢鱼头，汤白汁稠，尤其是里面的豆腐，比鱼肉更可口。想起了蓉儿的二十四桥明月夜，还有好逑汤，蓉儿的机灵劲儿不亚于小宝。

有时候胡思乱想，倘若蓉儿遇到了小宝，两人斗智，谁的胜算更大一些呢？估计难分伯仲，都是一般刁钻古怪。当然，在知识方面，不学无术的小宝肯定甘拜下风，嘴里一定不服气地嘟囔着“辣块妈妈的”。但生活中的斗智可不全和知识有关，应变能力尤为重要，小宝绝对堪称个中高手。如此看来，蓉儿还是乖乖嫁给傻乎乎的靖哥哥算了，我怕她累着，女人太劳神易衰老。还是靖哥哥好忽悠，即便半睡半醒蓉儿也可大获全胜，更何况靖哥哥宠着她，对她言听计从，根本不必费心对付。

到了扬州，瘦西湖不可不看。天下西湖，三十有六，唯扬州的西湖，以其清秀婉丽独异诸湖，占得一个恰如其分的“瘦”字。我曾数次游过杭州的西湖，每每人满为患，连叹美中不足。今天到了瘦西湖，倏然眼前一亮，美丽景观尽收眼底，全无攒动的人头遮挡视线。只为此时并非烟花三月，虽没见到春日之似锦繁花，却另有一番深秋之清幽恬静，有失有得，不亦乐乎！

如果说杭州西湖是丰腴圆润、雍容华贵的杨玉环，那么扬州西湖定是那掌中妙舞的赵飞燕，纤秀玲珑，别有一番楚楚动人的韵致。

瘦西湖最美的是水，有宽有窄、有主有次、有分有合，那一湾窈窕曲折的碧水，最宜柔橹轻篙。我们欣然荡舟湖上，沿岸美景纷至沓来，目不暇接。在荡漾的碧波上，一座长虹似的拱桥飞架于两岸，二十四桥明月夜，玉人何处教吹箫。导游介绍，中间的玉带状拱桥长 24 米，宽 2.4 米，桥上下两侧各有 24 个台阶，围以 24 根白玉栏杆和 24 块栏板，同时瘦西湖又有二十四景著称于世。另外还有个美丽的传说——明月之夜，曾有 24 位仙女在桥上吹箫演奏，歌舞欢唱。由此种种，故称二十四桥。

湖面上有座白塔，传说乾隆游湖时，连声叹息少了座白塔，否则就像极了京城北海的琼岛春阴。财大气粗的扬州盐商当即花了十万两银子向太监买来北海白塔的图样，连夜用一袋袋白盐垒成了一座塔。乾隆早晨醒来一看，以为是天降神塔，得知实情后，不仅没有怪罪，反而称赞盐商的财力和智力。扬州盐商更加名扬天下，“腰缠十万贯，骑鹤上扬州”便是其富甲一方的写照。

虽说乾隆认为只要有了白塔便可把瘦西湖当作北海了，但南北差异岂止这一座白塔？瘦西湖的地面上铺满密密麻麻的鹅卵石，充满了南方婉约的风情，北方公园地面大多铺的是大理石，富丽堂皇，尽显皇家气派。就连门口的石狮子都大相径庭，瘦西湖的活泼顽皮，公狮子和母狮子侧身对望，快活地嬉戏；北方的石狮子大都循规蹈矩，肃穆威严，俨然小家碧玉与大家闺秀之俏丽与端庄。

若把瘦西湖比作一个婀娜多姿的少女，五亭桥就是少女身上那条华美的腰带。五亭桥不但是瘦西湖的标志，也是扬州城的象征。茅以升评价道：中国最古老的桥是赵州桥，最壮美的是卢沟桥，最具艺术美的就是扬州的五亭桥。

穿过五亭桥，小船悠悠荡荡地经过一座古亭，名曰钓鱼台。深入湖心的钓鱼台，原是演奏丝竹乐器之地。据传，乾隆曾在这里钓过鱼，为确保龙颜大悦，当地渔民潜入水底，将一条条活鱼挂上皇帝的鱼钩，用心良苦。

万乘之君真的快乐吗？如果身边每一个人都挖空心思地讨好你，都绞尽脑汁地欺骗你，纵使出发点是善意的，久而久之，也不见得有多开心吧。

现在钓鱼台的用处已不是钓鱼了，而是借景。选择一个适合的角度，通过两个圆圆的门洞看去，竟同时能看到莲花桥和喇嘛塔。景象一彩一素，一横一卧，妙不可言。这里也是游客一定要留影的地方，瘦西湖钓鱼台为中国园林的“借景艺术”给出了最精湛的注释。

船娘是个胖乎乎的扬州姑娘，虽没有传说中的扬州美女婀娜多姿，却多了几分清纯可爱。难得歌声婉转悠扬，边摇船边为我们唱扬州小调，有欢快的，有哀怨的，还有俏皮的，伴着潺潺的流水声，回荡在湖天之外，惹得其他游船上的客人纷纷侧耳旁听。

百草竞春色，唯菊有秋芳，岸上正在举办秋菊展览。菊花素有“花中君子”美誉，千百年来为文人墨客吟诵不绝，赞赏其傲骨高洁的气质。扬州菊花栽培文化源远流长，十里栽花算种田。今天的菊花展汇集了4万多盆品种各异的菊花，绚丽多姿、清香宜人。

与如画风景朝夕相伴的扬州人的生活品质定要远远高于常人吧？只是，会不会熟视无睹，会不会麻木不仁，以至于辜负了良辰美景？

于是问导游：每天数次畅游瘦西湖，有没有感到一丝丝厌倦？她轻笑，怎么会呢？四季各有不同的景致，虽各有千秋，却都令人心旷神怡。瘦西湖就像一本书——一本常读常新的书。

我何时再来重温这本书呢？

导游说，如果春天来，袅袅长堤边鲜花簇簇，岸边垂柳依依，一棵柳树夹着一棵桃树，桃红柳绿，尽显瘦西湖的绰约风姿。桃花是粉面，垂柳是青丝，长堤便如同一个千娇百媚的少女在临水梳妆，连湖水都有了淡淡的胭脂味。湖上飘舞的柳絮，又使人感到扑朔迷离，其间妙处只可意会不可言传，所以烟花三月乃游览扬州的最佳季节。

好吧，那就相约在竹外桃花三两枝、春江水暖鸭先知之时好了。

樱花开了

小时候课本上有篇朱自清的散文《春》，特别喜欢，觉得字字珠玑，至今尚能记得第一句：“盼望着，盼望着，东风来了，春天的脚步近了。”

最爱的季节有两个，一个是早春，一个是深秋。

喜欢早春是因为她的清新，如果季节也有性别之分，早春应是个害羞的小姑娘，还有点儿调皮。当大家感觉到她的气息并开始满世界寻找她的芳踪时，她偏偏倏地藏了起来，这便是乍暖还寒了。恍惚间不免怀疑是否只是自己的错觉，春天还没来到我们身边呢。可她偏又让人心生疑窦，瞧，风似乎已经不那么凛冽，不那么无情了。吹面不寒杨柳风，隐隐约约的温情脉脉，令人心驰神往，却又欲说还休。

喜欢深秋是因为他的坚毅和刚强，深秋当之无愧该是个伟岸的男子了。他像个戍守边疆的勇士，坚守着秋天，拼命抵御着严冬的来侵，好生令人敬重。我出生在一个深秋，所以格外喜爱这个季节。最喜欢看深秋的风卷起片片金黄的落叶，旋转、上升，再送往别处。秋风袭地，卷起千层叶。在这肃杀的氛围中总会想起一句诗——风萧萧兮易水寒，顿觉一种庄严和苍凉，惊叹造物主的神奇和伟大，赋予了一个季节以灵魂和力量。

北京的春天也悄悄地来到了，我想去好好看看。对于我这样一个以游山玩水为已任的人来说，出游是不需要理由的，更何况有名有分的春游呢。

前两天坐车时，听见收音机里有听众说玉渊潭的樱花不错，就有些向往了。为保险起见，事先给公园打了个电话，问问花事。公园里的人支支吾吾地说开了一些，我追问“一些”是多少。他实话实说，“一些”就是快开了，还有两三天的样子吧。

三天后的一个早晨，我来到玉渊潭。人的一生中，有几件事是该做的，其中之一，就是认真地看一次花开花落，一花一世界，一沙一天堂。小时候最喜欢的一件事就是躺在树下静静享受被花瓣掩埋的滋味，现在这种享受早已不复存在了。一是很难找到一片可以静卧的树荫，放眼望去，花花世界人满为患；二是年岁渐长，已不能似儿时般随心所欲，于循规蹈矩中平添了许多顾忌和畏惧。

以前读《红楼梦》，每每看到黛玉葬花这一段，泪水总会夺眶而出，止不住心伤，止不住遐想。侬今葬花人笑痴，他年葬侬知是谁？那时躺在树下，常想起这一段，书中为什么不给黛玉安排这样的结局呢？让黛玉来到一片鲜花丛中，花儿见到黛玉，便纷纷起舞，黛玉置身于漫天飞舞的鲜花之中，慢慢地隐去、隐去。一缕香魂，就这样无声无息地随风飘逝，今年侬葬花，他年花葬侬。一生痴爱的人儿也许会辜负她，但善待的花儿永不会背弃。走向生命尽头的时候，如果有花儿形影不离地相知相伴，于她而言能否称得上一种慰藉呢？常常会躺在花丛中，呆呆地想上好一会儿。

玉渊潭里的植物挺多的，树枝和小草都争先恐后地发芽了。最喜欢那一

抹嫩绿，浅浅的，草色遥看近却无。可惜北京的环境实在有些糟糕，灰尘太大，你很难欣赏到什么是嫩绿，都被浮尘染得灰蒙蒙的，做北京的小树和小草蛮可怜的。

花儿争相用盛开的声音敲醒了春天，黄色的迎春花、粉红的桃花，还有艳丽的三叶花，玉渊潭最出名的应数樱花了。

原想等几天再来看樱花，又怕错过花期，那可是大大的憾事了。杜牧年轻的时候路过潮州，与一少女一见钟情。无奈少女年纪偏小，于是相约十年后再来迎娶。十年后，杜牧如约而至，少女已经嫁人，成了两个孩子的母亲。杜牧悔恨万分："自恨寻芳到已迟，往年曾见未开时。如今风摆花狼藉，绿叶成荫子满枝。"

只是，来得实在早了一些，寻遍整个园子，就开了一株樱花。公园为郑重起见，特意用栏杆围起来，疑似黄山的迎客松。赏花人围绕在这株花团锦簇的樱花树四周，或近观，或远眺，开花要趁早。

其实，最早的往往不一定是最好的，因为早，也许会拥有一些机会，也许会失去更多的机会，世事难料。"狗熊掰玉米"是我们耳熟能详的一则寓言，从小到大我们总拿狗熊当反面教材，笑话它捡一个丢一个，最终两手空空。后来历经一些事情后，觉得做一个虚位以待的狗熊也没什么不好，给自己留有选择的空间。人的成熟是从何时开始的？应该是从懂得给自己留有余地开始的吧。贝利总说最好的球永远是下一个，但当最好的下一个人出现时，情何以堪？双手满满的人只能付之以一声叹息了。

几年前在《读者》上看过一篇短文《人生列车》，印象极深。人生如同一次旅行，父母把我们领上列车，却不能陪伴我们走完人生之旅；兄弟姐妹一度是我们的亲密旅伴，但中途他们会转去别的车厢。有时候，情深义重的旅伴却坐到了另一节车厢，你只得远离他，继续你的旅程。当然你也可以穿越千山万水去找寻他，可惜，你再也无法坐在他身旁，因为这个位置已经让别人给占了……当时我就想起了"狗熊掰玉米"的故事，发现狗熊并非传说中的那般愚蠢。丑到极处便是美，傻到极处便是智，有一种智慧叫作大智若愚。

通往樱花园的小径中刻满了作家们对樱花的讴歌与赞美，想起了去年游览黄果树瀑布时的见闻。一路上都是描写水的佳作，本来就乐水，再有这些美文相伴，读读脍炙人口的诗句，赏赏波澜壮阔的水景，真真心旷神怡，飘飘欲仙。

此刻的心情稍稍有些异样，樱花之美在于绚烂，眼花缭乱、铺天盖地的那种嚣张甚至放肆。现在只有孤零零的一株，多少有些孤寂甚至寒酸。估计再过四五天就尽善尽美了。但今天公园里人不多，如果等到樱花开到极致，樱花园肯定水泄不通，哪能似现在这般闲闲地游逛，静静地观赏，细细地品味呢?

不远处就是昆玉湖，湖面上漂着寥寥几只游船，空气中还透着几分凉意。我最喜欢五月份的时候泛舟湖面，真到了夏天，阳光太强，可惜五月份的时候已经没有樱花了。

世事皆如此吧，总不能令人完全称心如意，多少留有一丝遗憾。虽然我不是个伤春悲秋的人，但在这一刻，却有些惆怅了。这种心境也许和我即将离开这座城市有关，到底在这里逗留了一段不短的时光。想起一首老歌《粉红色的回忆》，也许会在每个花开的季节忆起北京，忆起一些故人，忆起几多往事。

樱花开了，就要在这个花开的季节离开北京了，不知会不会在下一个花开的季节再回这里，再欣赏京城的花开花落。